Jo

Joseph Incardona est né en 1969, de père sicilien et de mère suisse. Écrivain, scénariste et réalisateur, il est l'auteur d'une quinzaine de livres. Personnalité atypique et auteur prolifique, ses références sont issues à la fois de cette culture de l'immigration ainsi que du roman noir et de la littérature nord-américaine du XXe siècle. Malgré la gravité des thèmes qu'il a pour habitude de traiter avec un style très noir et rythmé, on trouve aussi dans ses œuvres un ton décalé souvent associé à une forme de pudeur. Il remporte en 2011 le Grand prix du roman noir français avec *Lonely Betty* et en 2015 le Grand prix de littérature policière pour *Derrière les panneaux il y a des hommes*, tous deux parus aux éditions Finitude. On lui doit plus récemment *Permis C* (BSN Press, 2016) – repris chez Pocket sous le titre *Une saison en enfance* –, *Chaleur* (Finitude, 2017 ; Pocket, 2018, Prix du Polar Romand) et *Les Poings* (BSN Press, 2018). Son nouvel ouvrage, *La Soustraction des possibles*, est à paraître en 2020 chez Finitude.

Retrouvez toute l'actualité de l'auteur sur :
www.josephincardona.com

DERRIÈRE LES PANNEAUX, IL Y A DES HOMMES

DU MÊME AUTEUR
CHEZ POCKET

DERRIÈRE LES PANNEAUX IL Y A
DES HOMMES
UNE SAISON EN ENFANCE
CHALEUR

JOSEPH INCARDONA

DERRIÈRE LES PANNEAUX, IL Y A DES HOMMES

FINITUDE

FSC
www.fsc.org
MIXTE
Papier issu de sources responsables
FSC® C003309

Pocket, une marque d'Univers Poche,
est un éditeur qui s'engage pour la préservation
de son environnement et qui utilise du papier fabriqué
à partir de bois provenant de forêts gérées
de manière responsable.

ISBN : 978-2-266-30848-9

Ce qu'un homme a fait,
un autre homme peut le défaire.

I

1

Pierre Castan ouvre les yeux.

Derrière le pare-brise sale, le monde est toujours là : une aire de repos écrasée par la chaleur.

Herbe jaune piétinée jusqu'à la trame. Poubelles débordant de déchets. Tables de pique-nique en ciment dont les angles révèlent des moignons de métal rouillé. Mouchoirs tachés de merde, recouvrant la merde elle-même, au gré des buissons longeant la clôture de l'autoroute. Au-delà : des champs moissonnés happés par l'horizon.

Mouches voletant sur les mouchoirs maculés. Mouches sur le pare-brise, bourdonnements brefs. Ne pas se fixer. Ni sur la douceur du caca ramolli. Ni sur la courbe brûlante du verre.

Lucilia Caesar ou mouche à merde.

À tort : se nourrit de nectar et de pollen. En revanche, elle pond ses œufs sur les charognes qui nourriront les larves.

Lucilia Caesar vaut la peine d'être vue par microscope. Dos vert aux reflets jaunes. Yeux orange. Ailes translucides et profilées. Six pattes articulées. Des poils symétriques sur tout le corps comme autant de capteurs.

Lucilia Caesar est une perfection de la nature. Nous lui sommes redevables pour son activité pollinisatrice hyperactive. Son espérance de vie est de trois jours. Elle est un pilier du *Millenium Ecosystems Assessment* (MEA) : bénéfices que les humains retirent des écosystèmes sans avoir à agir pour les obtenir. Service gratuit, mutualisation du bien commun.

Parmi ces bénéfices, celui de faire partie des premiers insectes à visiter un corps en décomposition.

Derrière le pare-brise sale, Pierre Castan ne bouge pas. Il fixe la mouche quand la mouche se présente. Sa chemise est une flaque de sueur. La sueur a coulé sous la ceinture et le pantalon de toile, entre la raie de ses fesses. Il a fermé toutes les vitres, laissé sa Renault Vel Satis en plein soleil. Moteur éteint, sans air conditionné. Il fait croire à son corps qu'il a entamé son calvaire, qu'il va mourir comme ça, déshydraté. Il lui fait croire qu'il est enfermé, qu'il ne peut ouvrir le loquet de la portière, que les vitres sont incassables.

Le corps est crédule. Alors le corps commence à se rebeller, à envoyer des signaux de détresse : soif, crampes à l'estomac, fourmillements dans les cuisses, transpiration excessive. La langue gonfle dans sa bouche. Mousse blanche aux commissures.

Trois heures que son nombril est une piscine. D'abord la sieste. Puis le réveil. Puis l'attente qu'il prolonge.

Mourir prend du temps. Évacuer les cinquante litres d'eau contenus dans un corps de soixante-quinze kilos. Le poids estimé de Pierre Castan depuis qu'il en a perdu une quinzaine sur l'autoroute. Pierre sait exactement ce qui se passera avec son corps s'il nie à l'organisme la stimulation de la soif et le geste réflexe d'ouvrir la portière : il finira par s'endormir toujours plus fréquemment. La transpiration diminuera progressivement ainsi que la production d'urine. L'eau des cellules pénétrera alors dans la circulation sanguine. Les cellules fonctionneront de moins en moins bien au fur et à mesure qu'elles se contracteront. Les tissus du corps commenceront à se dessécher. Les cellules cérébrales étant les plus sensibles à la déshydratation, le sujet présentera un épisode de confusion. La pression artérielle s'abaissera au-dessous du seuil minimal, entraînant des vertiges et une sensation de perte de conscience imminente jusqu'au choc hypovolémique. Conséquences : lésions graves des organes internes, foie, reins, cerveau.

Enfin, le coma.

La libération.

La mort.

Absence de larmes. Avantage de la déshydratation.

Pas de pourriture du corps, mais momification. Mourir sec, sans gonflements. Sans gaz. Sans putréfaction. La classe.

Mais.

Derrière la vitre sale, il y a l'aire de repos écrasée par la chaleur du mois d'août.

L'herbe jaune usée jusqu'à la trame, mettant à nu la terre sèche et poussiéreuse.

Les poubelles pareilles à des abcès crevés dégorgeant de sucres et de graisses.

Les tables de pique-nique aux angles mutilés.

Les mouchoirs parfumés chimiquement chargés de merde.

Les mouches.

Derrière la vitre sale, Pierre a volontairement omis l'activité des hommes : deux camping-cars, quatre voitures, une moto. À présent, leurs occupants sont agglutinés autour de sa voiture, excepté les enfants, tenus à l'écart.

On frappe sur les vitres de la Renault. Mains, cliquetis des alliances sur la vitre. Éclats de voix superposés.

Il les comprend : urgence. Excitation. Peur.

Pierre regarde leurs visages bouffis, en sueur.

Il voit l'intérieur de leurs bouches : leurs langues, leurs dents, leurs mots. Constate la fatuité de toutes ces vies en vacances. Il pense à leurs intestins, à tout ce qui s'y trouve quand on ouvre un corps du sternum au bas-ventre, à toute la merde digérée, macérée. Toute cette merde qui révèle ce que nous sommes.

Pierre Castan ferme les yeux. Il les trouve émouvants. Vue d'une certaine hauteur, l'humanité est émouvante. Sa main bouge malgré lui. Il aurait voulu rester mourir dans sa voiture, mais il entend l'un des hommes se frayer un chemin dans la petite foule, un cric à la main. Il est sur le point de briser une vitre, il demande qu'on s'écarte de lui.

Pierre Castan ne peut pas mourir.

Pas encore.

Son index accroche le loquet. Déclic de la portière et ouverture. Vent chaud, Babel de voix :

— Il est conscient ?

— *Schnell ! Holt einen Krankenwagen !*

— Elle a dit quoi ?

— D'appeler une ambulance.

— *Cosa sta succedendo ?*

— C'est quoi, déjà, le numéro ?

— *Como se siente, señor ?*

— Le con.

— *Sir, sir, do you hear me ?*

Putain, l'Europe en goguette.

Il comprend leurs langues. C'est le sens qu'il ne comprend plus.

Leurs vacances en famille. Leurs vacances seuls, à deux, avec l'amant, la maîtresse, les amis, leurs chiens, leurs hamsters.

Leurs vacances au mois d'août.

Avant, il était comme eux. Optimiste, d'une certaine façon. Croire au lendemain, à la promesse du plaisir sur dépliant : tentative de bonheur.

Question : comment Pierre sait-il tout cela, les caractéristiques de *Lucilia Caesar*, les symptômes de la mort par déshydratation, les éléments présents à l'intérieur d'un ventre ouvert du sternum au bas-ventre ?

Réponse : Pierre Castan a été médecin légiste pendant dix-sept ans et *Lucilia Caesar* est une des clés fondamentales de l'entomologie médico-légale.

Pierre tourne la tête, les regarde. Sa voix est calme et fatiguée. Parmi les cinq langues qu'il parle, il choisit le français, parce que c'est sa langue maternelle :

— Foutez le camp.

Les mouches à merde, il connaît.

2

Pascal retourne la viande.

Trois hamburgers de bœuf haché certifié aux normes en vigueur.

Mon cul.

La plaque de cuisson à induction avoisine les quatre cents degrés.

Il boit environ cinq litres d'eau par jour.

La spatule racle sous la viande, la déplace pour éviter qu'elle se carbonise.

La viande dégorge son eau. Fumée blanche. Odeur de brûlé. Bœuf élevé aux antibiotiques et stéroïdes. Dans les cas les plus extrêmes, on injecte d'abord de l'atropine dans la bête une fois abattue afin de lui dilater les veines. Ensuite, de l'eau chargée d'antiseptique dans le cœur. Le liquide se répartit ainsi dans tout le réseau sanguin de la bête.

Le poids de la viande augmente. Le prix aussi.

C'est ce qu'il a lu. Il lit beaucoup. Revues spécialisées de toutes sortes, sites internet, blogs. Ce qui l'intéresse, c'est l'information.

Personnellement, il s'en fout de la viande, il est végétarien.

Il cuit la viande pour les autres, les clients du self-service. Touristes, routiers, employés des autoroutes, représentants de commerce, flics.

Les steaks hachés, c'est surtout pour les enfants. Le grand classique accompagné de frites. Grasses, l'huile qu'on vidange une fois sur deux. Les collègues attendent que ce soit lui qui le fasse et il suit les consignes du chef. Il n'y a pas de petites économies. Graisse. Sel. Ketchup. Sucre. Cholestérol.

Personnellement, il s'en fout, du cholestérol, il est sec.

Pas maigre, non. Du muscle, des nerfs. Il occupe son temps libre en faisant du sport : course à pied, trekking, escalade, vélo. Tout ce qui renouvelle l'oxygène sur la durée. Régénérer les globules rouges dans la nature, le vert, la végétation. Couper avec le béton, l'asphalte, les échangeurs, l'air conditionné, les odeurs de cuisine. D'essence. De monoxyde de carbone.

Oxygène. Nike Air.

Fuir l'autoroute.

Fuir son travail.

Ôter le calot de papier ridicule qu'il est obligé de porter en cuisine. Avec le tablier, la chemise blanche et les sabots blancs aux pieds.

Cuisinier de pacotille.

Il ne crée rien.

N'invente rien.

Reflète juste une image, rassure les clients.

Il se tient avec trois autres collègues derrière le long comptoir du libre-service et sert les clients en fonction des menus proposés.

Il voit des centaines, des milliers, des dizaines de milliers de têtes chaque année. En revanche, il a constaté que personne ne le regarde vraiment. Ce qu'ils voient, c'est la nourriture disposée derrière les vitres de séparation du comptoir, les assiettes « modèles » sur les présentoirs, les cartes géantes disposées dans son dos, les publicités et les offres du jour.

Ils ont faim. Ils sont fatigués. Harassés. Irrités. Ils ont chaud, sont inquiets ou excessivement rigolards.

Rendez-vous des hasards, la meute constituée au fil des arrêts pipi, du plein d'essence et des creux à l'estomac.

Le petit monde de la station-service.

Mais lui les voit.

Les observe. Analyse. Les décortique. Sans jamais se départir d'un sourire de feinte cordialité. Efficace dans ses gestes, minimal.

De l'autre côté, rien. On fixe surtout ses mains, la nourriture qu'elles déplacent. S'ils le regardaient lui, s'ils le regardaient attentivement, ils verraient des yeux trop rapprochés, l'absence totale de clarté qui les caractérise. Des pupilles retenant la lumière. L'absorbant sans la réfléchir. Ils verraient aussi ses avant-bras puissants au point d'en être presque disproportionnés.

Mais personne ne voit.

Personne ne regarde.

Même pas ses collègues. Qui vont et viennent. Contrats à durée déterminée, ras-le-bol, coups de gueule et démissions sur le champ. Étudiants en saison, immigrés au statut précaire.

Mais lui reste.

Il sait esquiver. Abaisser ses épaules puissantes, rentrer les pieds. Sembler moins fort que ce qu'il est, amoindrir la force inouïe de son corps. Voûter à peine le dos pour paraître plus petit que son mètre quatre-vingt-deux. Cette force qu'il a depuis la naissance et qu'il entretient par une pratique obsessionnelle du sport.

Non, lui reste.

Et s'ils savaient regarder, s'ils savaient voir, s'ils lui enlevaient son calot de cuisine en papier, ils découvriraient sous les cheveux châtains, sous les épis touffus de sa coupe en brosse, ils verraient une longue cicatrice courant d'une oreille à l'autre sur la partie haute de son crâne.

C'est arrivé il y a longtemps. Deux chirurgiens s'étaient relayés pendant dix heures pour lui sauver la vie après un accident de moto.

Soins intensifs. Longue rééducation dans un centre spécialisé. Résultat au-delà des pronostics les plus optimistes.

Seul handicap : la surdité.

Séquelles : crises de migraines récurrentes. Troubles du sommeil. Perte du sens de la soif, du goût et de l'odorat.

Pour le reste, une vie normale.

Il devrait apprendre à lire sur les lèvres et ne pas oublier de boire régulièrement.

Sa force l'a sauvé.

Sauf qu'on n'a pas vu ce qui se tramait dans l'ombre.

On l'avait décalotté pour y introduire le Mal.

Il en avait parlé à un psychologue qui avait transmis son cas à un psychiatre. Deux séances par semaine, lundi et vendredi. Le psychologue n'avait pas compris. Le psychiatre comprenait autre chose. C'était pourtant simple : on l'avait décalotté pour introduire le Mal à l'intérieur de sa tête. Un Mal adulte. Jusqu'à l'accident, il avait pu contenir un Mal enfantin, puis adolescent. Pendant l'opération, l'un des docteurs s'était débarrassé de son Mal à lui et l'avait déposé dans sa tête.

Il en a eu assez des séances, de répéter la même chose en vain.

Il est devenu coopérant. Il prenait ses médicaments. Il a attendu.

Il est sorti du centre hospitalier.

Il est parti dans le Sud.

Enfant de la DDASS, il n'avait personne à qui dire adieu.

Signer un bon de sortie.

La solution au Mal dans son crâne, pour ne pas que le Mal sorte : se faire tatouer une fermeture Éclair sur le bourrelet de la cicatrice.

Les cheveux avaient repoussé après la tonsure.

Et maintenant, il est là. Chapeau en papier sur la tête.

Les clients passent, s'adressent à lui sans le voir.

Lui les compte.

Lui reste.

Contrat à durée indéterminée. Employé modèle. Ponctuel. Propre. Efficace. Peu causeur. Flexible. Pas syndiqué.

Lui les regarde.

Lui choisit.

Son étiquette indique le prénom : « Pascal ».

En réalité, il est quelqu'un d'autre.

Ainsi, le Mal peut rester longtemps à l'intérieur.

Jusqu'à ce qu'Il demande à sortir, s'agite, le presse. Que sa cicatrice se gonfle et le démange. Que les migraines le poussent plus profondément dans le silence avec lequel il cohabite.

Pascal pose alors une même question aux parents qui lui demandent le steak-frites-salade. Ils sont un peu étonnés par la façon étrange qu'il a de parler. Il doit souvent répéter sa question. Ses yeux restent ternes malgré ses efforts pour sourire. Mais le sourire suffit à les rassurer.

Comment s'appelle la petite ?

Le plus souvent, les parents répondent pour leur enfant.

Leurs bouches s'ouvrent, s'étirent, se referment.

Pascal acquiesce.

La réponse qui le satisfait arrive assez vite : il aime les prénoms de saintes, comme sainte Lucie, par exemple.

Nous vivons dans un monde chrétien. Mais pas forcément un monde de bonté.

Alors Pascal passe sa main sur son crâne. On pourrait croire qu'il ajuste son calot.

On pourrait le croire.

En réalité, Pascal ouvre la fermeture Éclair.

Avant de servir la viande.

3

Le téléphone sonne.

Parmi les dizaines de mélodies disponibles, Ingrid a choisi une progression crescendo à cinq tons. Le volume est bloqué sur trois.

Le bruit du téléphone s'insinue en douceur dans le living et dans sa vie. La plupart du temps, il la surprend alors qu'elle se masturbe, affalée en peignoir sur le divan. Se toucher est devenu un réflexe, une sensation nécessaire creusant toujours plus profondément les cernes sous ses yeux.

Autour d'elle, la désolation.

Quelqu'un est venu et a tout retourné dans la pièce.

L'habituel bordel de la solitude, du renfermement sur soi, de l'aboulie.

De la dépression : sous-vêtements, cendriers pleins, vaisselle sale, restes de nourriture, bouteilles vides, courrier (lettres, factures, magazines, gratuits, publicités : professeur Dialo, retour immédiat et définitif de l'être aimé).

Dans la cuisine, la chambre à coucher, la salle de bains. Partout où elle va, elle touche, prend, utilise, jette. Sème la désolation qu'elle porte en elle.

Quelqu'un est venu et a tout retourné dans la pièce.

Dans toutes les pièces.

Dans son corps qu'elle fustige par le plaisir devenu torture.

Dans sa tête où la progressive perte de la raison est en train de tout dévaster.

Le plaisir obsessionnel du majeur qu'elle frotte sur son clitoris pour repousser l'obscurité poisseuse qui l'entoure.

Car autour d'elle, les rideaux n'ont plus été ouverts.

Ni les fenêtres.

Et ça sent.

Nourriture, nicotine, air confiné.

Ses cheveux roux et gras tombent sur le col crasseux du peignoir. Ses jambes sont magnifiques. Si elle enlevait son peignoir, on découvrirait un corps de trente-huit ans, empâté par la mauvaise bouffe et l'alcool, mais fondamentalement beau, proportionné, autrefois fort. Un corps d'athlète. Trois fois championne d'Allemagne d'escrime, catégorie fleuret.

Aujourd'hui, elle ne s'escrime plus que sur son sexe.

Sur l'écran de télévision allumé, se succèdent des images muettes. L'écran plat est soumis au test de longévité permanente jusqu'à l'obsolescence programmée. Elle se branle devant des reportages de guerre, des séries, des publicités, des jeux, des variétés, des émissions de téléréalité.

Peu importe. Son clitoris est un abcès. Pas d'images érotiques ni de fantasmes. De la mécanique. Elle mouille de moins en moins. La jouissance est une bulle éclatant de plus en plus tard.

Quelqu'un est venu et a tout retourné dans la pièce.

Dans toutes les pièces.

Sauf la chambre de Lucie.

Intacte. Rangée. Propre.

Les livres, les jouets à leur place. Le petit bureau où elle faisait ses devoirs est net, crayons taillés, feutres disposés dans leur boîte suivant le spectre des couleurs. Sur le lit, les draps ne font pas un pli, les coussins sont distribués sur le couvre-lit imprimé d'un motif de marguerites géantes. Un globe terrestre mettant en avant l'Océanie et l'océan Pacifique. Un Pinocchio en bois pendu à un ressort et accroché au plafond. Des dessins sur les murs : kangourous, koalas, plages, papa, maman, bateaux, fonds marins, coraux, poissons. Photos fixées tout autour du miroir : papa, maman, copines, mamie, papy, et « Floppy », le cocker de sa marraine. Lucie, seule, léger maquillage et premier rouge à lèvres lors du dernier réveillon sur terre. L'armoire et les vêtements à l'intérieur : robes, pantalons, sous-vêtements, chaussettes, pyjamas, shorts, vestes, pulls, chemisiers. Quatre étagères remplies de livres : « Énigme & Mystère » pour la plupart. Jouer à se faire peur. Le croquemitaine. L'invoquer par jeu.

Et qui a fini par venir.

Comme Pierre, Ingrid voudrait mourir mais elle ne peut pas.

Pas encore.

Le téléphone sonne.

Il est vingt heures précises.

Elle arrête de se toucher. Le verre de bloody mary est sur la table basse. Les cigarettes, elle en a des cartouches plein les placards de la cuisine. Avec des conserves, des saucisses sèches, des paquets de chips, des friandises, toute cette merde qu'elle a toujours refusé d'acheter à sa fille.

Maintenant, c'est ce qu'elle veut. Des livreurs lui apportent ce qu'elle veut.

La plupart du temps, elle les suce ou elle se fait baiser. Les emballages sont l'accumulation. La preuve de ce qu'elle évacue au fur et à mesure.

Pierre n'est pas revenu.

Depuis que c'est arrivé, elle refuse de le voir.

Dans ses yeux, il y a ceux de Lucie.

Bleus. Les paupières un peu lourdes.

Dans son nez, il y a celui de Lucie.

Droit, légèrement empâté au niveau des narines.

Dans ses oreilles, il y a celles de Lucie.

Droites, bien collées au crâne, le lobe qui se détache nettement du pavillon.

Le reste, la bouche grande, les lèvres charnues, le front haut, les cheveux roux, les pommettes saillantes, c'est elle, sa mère :

Ingrid.

Il n'y a plus un seul miroir dans la maison.

Le téléphone sonne.

Vingt heures.

Ailleurs, on regarde les nouvelles à la télévision. Le monde peut aller se faire foutre. Ce à quoi elle croyait : le respect, la dignité, la rectitude, une certaine forme de générosité. Le monde l'a trahie.

Elle appuie sur la touche verte du combiné sans fil qu'elle garde à portée de main, active le haut-parleur.

Bruit de fond des moteurs.

Il n'est pas revenu.

Depuis six mois.

Il chasse.

Elle attend.

Elle décroche.

Il laisse d'abord dérouler le silence.

Elle écoute le bruit des moteurs.

Il n'a jamais cessé de l'aimer. Il est l'homme d'une seule femme. Elle en a connu plusieurs avant lui, sept exactement. Mais c'est lui qui l'a aimée le plus.

L'amour fou, l'amour inconditionnel, ça ne se refuse pas.

Il n'était pas le plus beau, pas le plus spirituel, pas le plus intéressant, pas le meilleur amant, pas le plus riche.

Mais il était le plus solide. Le plus intègre. Le plus patient. Le plus sincère. Le plus fidèle.

Celui avec lequel on fait un enfant.

Celui avec lequel on perd un enfant.

Elle prend le verre de bloody mary, agite l'intérieur avec une cuillère et boit une gorgée.

Il dit son nom, comme d'habitude. La toute première chose. Son nom.

Ingrid ne l'a jamais autant aimé qu'en ce moment. Le « jamais autant » n'est pas beaucoup, mais c'est tout ce qui lui reste à donner à cet homme.

Les nouvelles du front.

Le chasseur au rapport.

Pierre commence à parler.

1

La météo annonce des pics de chaleur record pour ce samedi 15 août. La canicule est devenue une seconde peau.

Au nord également, là où vit Ingrid, mais « vivre » est un mot trop connoté d'optimisme.

Là où se traîne Ingrid. Là où elle se répand. Elle l'ignore, mais le bulletin météo parle de chiffres du siècle. Si le son était activé, on ne comprendrait pas exactement s'il s'agit du siècle passé ou de celui en cours. À cheval sur la centaine, suivant les circonstances, on n'a pas l'impression d'avoir appartenu au passé.

Seulement l'avenir.

Vide de sens.

Les jours à venir. Canicule. Et puis le gel.

Ingrid ronfle doucement, la bouche entrouverte, un filet de bave coule à la commissure de ses lèvres, côté gauche où repose son visage, sur le rebord du canapé en cuir. Se prolonge sur sa joue et pénètre le conduit auditif où la salive s'accumule. Elle pourrait poursuivre jusque dans son cerveau, elle y trouverait un creux que l'abrutissement des antidépresseurs contribue à évider jour après jour.

Ingrid sursaute.

Ouvre les yeux et voit des soleils miniatures.

Elle reconnaît vaguement la trace des frontières politiques d'un pays qui lui est devenu étranger.

La météo.

Une jeune femme sourit, amorce de grands gestes qui se déploient sur une carte physique du territoire. En silence. Elle est vêtue de façon légère mais sans provocation. Tout est parfait chez elle : maquillage, coupe de cheveux, posture. Même si elle annonçait l'Apocalypse, tout serait parfait chez elle. Vif, coloré, net. La haute définition promet l'avenir radieux : phosphore excité par l'impulsion électrique de plasma entre deux plaques de verre.

Ingrid referme les paupières, les soleils incrustés sur la photo satellite l'éblouissent. Le cerveau enlisé dans la poisse, elle pense au petit déjeuner « Formule Dépression » : grand verre de vodka-jus de tomate-Tabasco-céleri, comprimé de Xanax et cigarette.

Il est six heures trente.

La lumière filtre par les interstices des rideaux mal fermés. Ailleurs, des femmes chaussent leurs baskets, enfourchent des VTT. D'autres espèrent que leur enfant dormira encore un peu, se blottissent contre leur homme.

À quelle heure s'est levée la fille de la météo, compte tenu du réveil proprement dit, du petit déjeuner, de la toilette, du déplacement depuis chez elle jusqu'aux studios, du maquillage en coulisse et du briefing matinal ?

Elle ne fera pas ça toute sa vie. Derrière ce réveil aux aurores, il y a l'ambition d'un projet plus gratifiant.

Il y a un avenir.

Encore une fois.

Ingrid s'assied, rabat le peignoir sur ses cuisses nues, les poils de son bas-ventre en friche. Sent l'odeur d'urine mêlée à la sueur.

Une belle femme qui tombe tout en bas, c'est encore plus avilissant. La beauté n'a pas le droit de se meurtrir.

Elle se lève, traîne ses pieds nus jusqu'à la salle de bains du rez-de-chaussée. S'assied à califourchon sur le bidet. L'eau du robinet coule entre ses cuisses ouvertes. Elle attend que le bidet se remplisse, le front appuyé contre le carrelage froid. Elle prend le savon, il lui reste encore un peu de dignité.

Elle a vu des soleils au réveil. Que voit Pierre en ce moment, quelle est sa première image de la journée ?

Un frisson.

Ingrid.

L'émail froid sous ses fesses ?

Non. Une intuition.

Quelque chose bouge sur la route.

Le cycle d'un autre, son propre temps qu'il doit réitérer.

L'eau est arrivée à sa limite de débordement, s'échappe par le déversoir du bidet. Les vaguelettes chatouillent l'intérieur de ses cuisses.

Ingrid lui envoie le message.

Ouvre les yeux, Pierre.

C'est aujourd'hui.

La troisième.

De sexe féminin. Entre huit et douze ans.

Une petite, une jeune fille.

Sur l'autoroute.

On ne pourra plus invoquer le hasard.

Tu es là, Pierre ?

2

Gazouillis des oiseaux mêlé au ronflement du trafic : véhicules dispersés, circulation fluide.

Pierre retient son rêve. Il vole au-dessus d'une jungle, le vent souffle dans ses oreilles. Il incline le dos de ses mains ouvertes et son corps frôle le sommet des arbres. Une caresse. Là où l'arbre continue de grandir. Où les troncs séculaires sont les plus fragiles, tout en haut. Comme l'enfance qu'ils continuent de porter en eux et qui se déploie sous l'écorce.

Pierre déplie le bras sous sa tête. Le sang afflue, les fourmillements pèsent au bout de ses doigts. Le sourire du rêve s'efface. Il se retourne et voit le plafonnier de la voiture dans laquelle il a dormi.

Il a de la place pour étendre ses jambes.

Il a démonté la banquette arrière depuis qu'il vit sur l'autoroute. L'a abandonnée dans les bosquets d'une aire de repos. À la place, il a gonflé un matelas pneumatique acheté dans une boutique de station-service.

Il s'assied. Son cul s'enfonce dans les sillons boursouflés du matelas. Il passe entre les sièges avant, déverrouille la portière du côté passager et sort.

Le soleil rase les champs au-delà du grillage, se faufile entre les troncs des pins parasols. La lumière douce lui fait cligner les paupières. Pieds nus, il marche sur le bitume, puis sur l'herbe et la terre. Les aiguilles de pin piquent la plante de ses pieds. Il évite une capote usagée, des débris de verre, une canette en aluminium.

Pierre sort son sexe et se met à pisser. D'abord par à-coups, puis le jet fluide arrose en continu la souche devant lui. Un chemin étroit en S mène aux toilettes en contrebas de la petite butte. Construites avec de la brique rouge.

Et l'éducation ?

Et la bienséance ?

Si tout le monde faisait comme lui, où irait-on ?

Ferme ta gueule, Ducon. Je suis libre de faire ça. Ça et autre chose.

Ce que lui avait dit un ingénieur :

Quand on a construit l'autoroute, on a déterré des mammouths entiers par dizaines, des ossements, des restes de civilisations antérieures. On a tout mesuré, quantifié, recensé, catalogué avant d'aplanir, de solidifier et de bitumer. Fouilles de sauvetage, qu'on appelle ça. Parfois, l'autoroute contourne : on cimente, on fait des tumulus répertoriés qu'on garde pour fouiller plus tard. Parfois on érige des pilotis sur caissons étanches et l'autoroute passe quand même et on garde juste la trace dessinée pour mémoire, plans d'archéologues, pour les générations à venir, comme dans un coffre-fort qu'on n'ouvrira jamais.

Là-dessous.

Pierre pisse comme a toujours pissé l'homme. L'homme d'aujourd'hui sur l'homme d'hier. En réalité, Pierre est très proche,

très, très proche,
de l'homme d'hier,
d'avant-hier,
de l'homme à l'état brut.

Il sait conduire une voiture, il a fait des études, il parle plusieurs langues, il est socialisé.

Sauf qu'il a été blessé dans sa moelle. Son cerveau reptilien a pris le dessus. Ce qui est enterré émerge de la couche d'asphalte surchauffée. Les racines apparaissent, la barbe pousse sur le visage fatigué, ombre sur la peau brûlée des aires de parking.

Pierre secoue sa queue d'homme contemporain, la range sous le slip, referme son pantalon.

Revient à la voiture.

Sur le parking, deux semi-remorques garés à la queue leu leu. Immatriculés en Espagne. Malaga. Les chauffeurs sont encore loin de leur foyer, du matelas épousant la forme de leur corps comme un moule.

Un sarcophage.

Pierre prend une serviette défraîchie, la petite trousse de toilette au logo de « Hello Kitty » dans son sac à dos. Deux petits yeux sans la bouche. Deux petits yeux d'autiste. Ce que peut faire un père par dépit, par chagrin. Porter sa souffrance en creux, la négation de tout ce qui peut porter l'espérance.

Sous les pédales de conduite, Pierre trouve ses mocassins usés. Les toilettes publiques sont sales, des nids à saloperies, remontant des pieds jusqu'au cœur et puis c'est la maladie. De n'importe quelle façon, il ne peut pas se permettre de faiblir.

L'eau est tiède, les gouttes font masse. Le lavabo de métal sonne creux et lui renvoie l'écho du vide. Le faux miroir en aluminium évoque l'image voilée d'un visage qu'il ne regarde pas : les cicatrices d'acné, les cheveux noirs devenus gris en l'espace de trois mois. Il se brosse les dents avec acharnement, ses gencives saignent. Le dentifrice à la menthe apaise, rafraîchit. Évacue le goût des aliments des restoroutes, les particules de métal et de rouille s'accrochant à l'intérieur de ses joues. Il se rince la bouche, crache. Il ôte sa chemise auréolée de sueur séchée, se lave le visage et les aisselles avec un bout de savon. Pierre s'essuie avec la petite serviette bleue et rêche. Le coton s'adoucit au contact des gouttes d'eau emprisonnées dans les poils de sa poitrine.

Pierre revient à sa voiture, la brise tiède caresse son torse nu. La voiture est le radeau. Surveiller le niveau d'huile, le liquide de refroidissement, la pression des pneus.

Sur le point de refermer le capot, il s'arrête et ferme les yeux, son torchon sale dans la main. Un apaisement, l'oubli momentané de ce qui le retient ici, sur ce circuit en vase clos. De ce qui l'anime et le fait tenir. Tant qu'il bougera, ne s'arrêtera pas. S'il s'arrête, il est foutu. Comme le squale. Sans cesse en mouvement. Lui aussi devient prédateur.

Il ouvre les yeux et voit les deux camions rouges Iveco immatriculés en Espagne. Tout est pareil sur le parking immobile, sauf la présence nouvelle d'un camping-car, cliquetis du moteur encore chaud, légèrement en retrait des mastodontes. Pierre est à l'affût, enregistre les moindres variations physiques. La présence d'êtres humains à la ronde ferait comme une tache rouge et mouvante sur un détecteur d'infrarouges.

Il ouvre la portière, jette sa chemise sur le siège et prend le petit Taurus à 9 coups dans la boîte à gants.

Il coince le court canon du pistolet dans sa ceinture et passe un T-shirt froissé.

Pousse la portière sans la refermer, contourne la Vel Satis et se dirige vers les buissons, silencieux.

Le subit excès d'adrénaline a séché sa bouche. Ses oreilles bourdonnent, ses doigts sont une fourmilière. Il continue d'avancer sans bruit, voit par anticipation le corps d'un homme penché sur celui d'une fillette. Il voit le sexe de l'homme frotter entre ses petites jambes bronzées. Le bourdonnement s'amplifie, l'arme est froide sur son ventre. Il hésite encore à l'extraire, il sait qu'il pourra le faire très vite : saisir la crosse, déverrouiller le cran de sûreté et tirer. Il a répété la scène jusqu'à la nausée, explosé un tas de bouteilles vides. Ce qu'il attend pour se libérer enfin.

Pierre surgit des buissons la bouche ouverte, le cri collé dans sa gorge. Ce qu'il voit dans la petite étendue herbeuse séparée des champs par le grillage, ce qu'il voit n'est pas une diapositive de l'enfer.

Un homme.

Une femme.

Chabadabada.

Lui : fouille le sol avec un détecteur de métaux. Consciencieusement. Dans un lent mouvement de va-et-vient, hypnotique.

Elle : est assise sur une minuscule chaise de camping dépliée quasiment à hauteur du sol et fume une cigarette fixée au bout d'un fume-cigarette.

L'homme porte une chemise ivoire sur un pantalon crème à pinces, des chaussures bicolores marron et vanille.

La femme a de longues jambes s'échappant d'une courte jupe fuchsia, un chemisier violet à pois noirs noué au-dessus du nombril. Le ventre est plat. Au bout des jambes, des escarpins roses. Le maquillage sur sa bouche est rouge et épais.

Pierre s'approche, constate que le couple a la soixantaine. La femme ne l'a pas vu. Elle consulte un calepin ouvert sur son giron, donne des consignes à l'homme :

— De toute façon, léger comme c'est, ça n'aurait pas pu aller plus loin que le grillage.

— Va savoir où c'est tombé, répond l'homme.

— Refais-moi le geste, chéri. Tu veux bien ?

— Depuis là-bas ?

— S'il te plaît. Il n'y a que comme ça qu'on va y arriver.

L'homme pose son appareil par terre et revient à la lisière du petit bois, une vingtaine de mètres en arrière. Surpris, il découvre la présence de Pierre, le salue d'un hochement de la tête et se place à l'endroit indiqué par sa femme.

— Ici ?

— Vas-y. C'était un geste comme ça (la femme mime un lancé), dans cette direction-là.

L'homme prend un petit caillou dans sa poche et le jette devant lui.

— J'ai fait une connerie, dit-il en s'adressant à Pierre. Voilà un peu plus d'un an. Maintenant, j'essaie de rattraper le coup. Ça va ? Vous allez bien ?

Pierre sent la bosse du revolver sous sa chemise. Il se juge con, décalé. La vie continue autour de lui. D'autres gens, d'autres problèmes. Le malheur est égoïste.

— Voulez-vous du café ? propose la femme. J'en ai ici dans mon thermos.

— Allez-y, dit l'homme. Le café de ma femme est le meilleur qu'on puisse trouver sur l'autoroute. Elle le prépare dans notre camping-car.

— « Future femme », le corrige-t-elle.

— « Ex et future femme », ajoute l'homme. Nous avons été mariés pendant vingt ans, Sabine et moi. Avant de divorcer.

— Ça n'allait plus dans notre couple, continue Sabine. On devait aller dans le Sud... C'était quand, Hugo ? Début ou mi-juin ?

— Début, fait Hugo. Début juin de l'année passée.

— On devait aller dans le Sud, répète Sabine. Et là, plus question. On a fait demi-tour, ça s'est mal passé, très mal. Comment vous appelez-vous ?

— Pierre.

— Alors, vous le voulez, ce café, Pierre ? demande Hugo.

— Tenez, approchez, fait Sabine en essuyant le gobelet du thermos avec un mouchoir en papier. Rassurez-vous, je suis saine comme un poisson. À 62 ans, jamais pris d'antibiotiques de ma vie.

— Je confirme. Une vraie force de la nature.

— Merci, dit Pierre.

— Asseyez-vous, fait Hugo en dépliant l'autre chaise basse à côté de Sabine.

— Je disais à Hugo : laisse-moi, je me débrouillerai toute seule. Et lui, il ne voulait pas, ça m'énervait encore plus.

— Dans l'affrontement, elle se saisit de mon alliance, enlève la sienne.

— C'était compliqué, d'abord c'est moi qui les avais, mais lui les a reprises. Finalement, c'est lui qui les a lancées...

Pierre goûte le café. Fort, noir, sucré. Il a oublié ce que le mot « générosité » signifie. Il a oublié l'humanité. Il le faut. Rester méchant. Mais pas maintenant. Pas avec eux.

— Montrez-moi, demande Pierre. Montrez-moi comment ça s'est passé.

Sabine sourit, se lève sans effort de sa chaise. Ses muscles, toniques, jouent sous la peau sans une once de graisse, à peine quelques plis autour du genou. Pierre pense à Ingrid, à sa souplesse, à sa force, à sa beauté. Une fois, au début, elle lui avait fait l'amour avec son masque d'escrime. Son corps nu et le masque recouvrant son visage. Pas de baisers, rien que des mots excitants sortant du grillage comme d'un confessionnal. Il se souvient parfaitement de ce corps, c'est le souvenir qu'il en garderait, même si Ingrid devenait obèse, même si son corps n'était plus qu'un morceau de charbon calciné.

Le couple se place à l'orée des buissons. Elle mime le geste de lui ôter son alliance, et lui de reprendre quelque chose, ils sont l'un contre l'autre, à présent, sourient, gênés, des éclairs dans les yeux. Il fait un geste du bras, une rotation ample un peu théâtrale. Ses yeux à elle suivent le mouvement et la trajectoire invisible des alliances.

Pierre rompt le silence :

— Les alliances sont donc parties là-bas, vers cette frange d'herbe et de bois ?

Hugo fait oui de la tête. Il est ému, essuie les larmes sous ses yeux. Sabine prend sa tête et la pose contre sa poitrine et lui caresse les cheveux.

Qu'est-ce que tu fous là, Pierre ?

C'est leur vie et ils ne peuvent rien pour toi.

Rien.

Pierre veut partir mais le café est brûlant, il ne veut pas vexer la femme en le jetant.

— Avant de partir, il y avait déjà eu une dispute, reprend Sabine. J'avais fait mes bagages, rassemblé mes affaires. On avait convenu que je m'en irais deux mois chez ma sœur, à Nice.

— C'est moi qui la conduirais et je reviendrais, dit Hugo.

— Pour souffler.

— Respirer un peu, loin l'un de l'autre.

— Mais là, à mi-chemin, brusquement...

— Ça s'est aggravé...

— Plus question que je la conduise, vous comprenez ? dit Hugo.

— Alors cette année, on est revenus avec le détecteur de métaux, reprend Sabine.

— La table, le banc, le grillage, tout ça, y a pas de problème, c'était ici à cet endroit-là. Je peux détecter jusqu'à quatre-vingts centimètres sous terre, ça laisse une marge.

— On a divorcé, on va se remarier. On a vécu huit mois séparés.

— À quoi ça servirait de racheter des alliances, c'est les mêmes qu'on veut retrouver. Les nôtres.

Lève-toi de cette putain de chaise, Pierre.

Et marche.

Mais tu ne peux pas.

Tu es le témoin. Le seul qui les aura vus rejouer la scène. Tout ce qu'ils ont enfin compris de la valeur de l'autre, à cause de son absence.

Comme toi avec Lucie.

Mais Lucie est une meurtrissure.

La disparition d'une enfant.

Qu'on lui a prise, volée.

Pas besoin de ça pour savoir combien il l'aimait.

Le pire dans le pire.

Bon pour l'asile, le suicide ou le crime.

— Ça fait rien si ça prend du temps, dit l'homme. Repasser aux mêmes endroits, l'appareil sur une sensibilité différente. On dormira là. On reste au moins jusqu'à demain soir.

— On les retrouvera, bien sûr on les retrouvera, intervient la femme.

— Les pies, c'est dans les contes pour enfants.

— Si c'est un orage qui les a enfoncées sous la terre, nos alliances, on les détectera.

— Or et platine, le platine ça ne sonne pas, mais l'or ça sonne.

Pierre boit enfin cul sec le reste de café. Refroidi, il a perdu un peu de son arôme, de sa force.

Pierre essuie son visage avec le bas de son T-Shirt.

Trouver ce fils de pute.

— Trouver ce fils de pute, répète Pierre à voix haute.

Hugo et Sabine se figent.

Le Taurus PT 22 est un pistolet automatique de petit gabarit, d'une longueur totale de 133 mm et dont le poids à vide n'excède pas 350 grammes.

Il n'empêche : le voir soudain apparaître accroché sous la ceinture d'un type peu loquace, ça fait soudain passer l'histoire des alliances au second plan. On pense plutôt à se faire tout petit, à sauver sa peau.

Pierre baisse la tête et comprend. Laisse tomber le pan de son T-shirt.

— Moi aussi, je cherche, dit Pierre.

L'homme a repris son appareil en bandoulière, tente de se donner une contenance. La femme s'accroche à son bras.

Pierre s'éloigne, s'arrête, se retourne.

Un instant, lucide, il voudrait s'excuser.

Les regarde.

Et ne le fait pas.

3

Pascal est assis dans le bureau utilisé par le directeur quand il est de passage dans leur restaurant. En temps normal, c'est le bureau du manager, un dénommé Patrick. Sous-fifre actuellement occupé à pointer les produits livrés par le camion de ravitaillement.

Pièce spartiate : une table, un fauteuil « relax », deux chaises, moquette grise ignifugée. Une étagère avec des classeurs, les horaires affichés sur un tableau à aimants, une armoire métallique contenant des documents.

En ce qui le concerne, Pascal traite avec le sommet de la pyramide.

Directement avec son directeur : Gérard Lucino. Privilège de l'ancienneté.

Au-dessus du directeur, un conseil d'administration.

Autrement dit, des ombres.

L'abstraction.

Pascal se tient droit sur sa chaise, position correcte de la colonne vertébrale, sans effort, les muscles dorsaux soutenant naturellement la posture idéale de l'homme assis.

À montrer dans toutes les écoles.

Affiche de prévention.

Pascal lit si bien sur les lèvres que même Gérard Lucino oublie qu'il est sourd à quatre-vingt-dix pour cent. Pascal s'est acheté une mini-table de mixage dont les aiguilles rouges indiquent les fréquences et modulations de la voix sur de petits écrans lumineux. Patiemment, il a enregistré sa voix jusqu'à ce que toutes les aiguilles soient dans la zone intermédiaire simultanément. S'il reste calme, si le bruit ambiant n'est pas trop fort, il parle comme tout le monde. En fonction du lieu où il se trouve, il hausse le ton, mais là, il n'est jamais très sûr du résultat, si sa voix porte comme il le souhaite.

Gérard Lucino a rallumé son bout de cigare tout en parlant. Pascal doit lui faire répéter à cause des mains devant la bouche, le frottement de l'allumette, les joues se creusant pour attiser le foyer.

— Pardon ? demande Pascal.

Gérard Lucino, 47 ans, directeur des quatre relais de cafétérias sur le réseau autoroutier Sud-Ouest, a le ventre proéminent des hommes ayant perdu la guerre contre les calories. Complet-veston beige fatigué par les incessants déplacements en voiture. Pascal détecte chez lui le sanguin accro à la bouffe trop riche et au cul des gonzesses. Le nez épaté de l'ancien joueur de rugby qui a lâché la rampe et boit trop.

Gérard Lucino transpire abondamment sous les aisselles, s'éponge le front avec un large mouchoir en tissu malgré l'air conditionné. Il a dénoué sa cravate jaune sur sa chemise bleu roi. Cholestérol, hypertension. Sous peu le diabète fera son apparition, s'il n'est pas déjà à l'œuvre.

Les hommes sont désolants.

La plupart du temps, ils le sont.

C'est ce que pense Pascal.

Ils n'ont pas de discipline.

La discipline. Le geste juste sur la durée.

Gérard Lucino a dû être bon en son temps. Le temps de l'ascension. Sauf qu'il a cru qu'il était arrivé. Maintenant, il doit mettre du talc entre ses cuisses pour en atténuer le frottement.

On appelle ça le loup. Moche.

Il ne voit plus sa bite quand il pisse. Peut-être qu'il ne la voit plus même quand il bande.

Lamentable.

Le directeur tire une dernière série de courtes bouffées sur son cigare. Souffle sur la longue allumette qu'il jette dans le cendrier sur le bureau. La volute de fumée blanche se dissipe, absorbée par le système d'aération.

— Je disais qu'il va falloir me rendre un service, Pascal. Je sais que je peux compter sur vous.

Sur vous.

Léger décalage dans la réception du message.

— Oui, bien sûr.

— Parfait. Il faut remplacer un cuistot à l'aire des Campanules. Le temps de lui trouver un remplaçant. Je dirais une à deux semaines. J'ai besoin de vous pour me sortir de ce merdier. Là-bas, ça chie un max, chiffre d'affaires en hausse constante. Bien sûr, vous serez indemnisé pour le trajet avec un bonus à la fin du mois. Prise de service à dix-huit heures, ce soir. Vous quittez votre service ici après le coup de feu de midi. Patrick est au courant. Ça roule comme ça ?

— Qui je remplace ?

— Enrico.

— L'Italien ? Que lui est-il arrivé ?

Le directeur est d'abord surpris, puis laisse tomber. Pascal est employé depuis plusieurs années dans l'entreprise, il ne sait plus combien exactement, faudrait qu'il consulte le fichier. Il ignore que Pascal a mémorisé le trombinoscope de chaque restaurant. Les jolies photos avec leurs gueules de Photomaton à l'entrée des cafétérias.

— La caméra de surveillance l'a filmé fourguant de la viande congelée dans son sac de sport. Six kilos d'entrecôte. Du filet, pas de la merde.

— Devait avoir une sacrée faim.

Lucino rigole.

— Je compte sur vous pour faire passer le message aux Ritals qui bossent en cuisine. La moindre entourloupe et c'est direct à la maison avec une poursuite pénale au cul. C'est pas parce que c'est l'Europe que je suis la poule aux œufs d'or. J'ai passé la consigne à Sandrine : vous serez le seul à avoir accès à la chambre froide. Une clé, un homme : vous.

— Et le manager sur place ?

Lucino grimace. Pascal comprend que c'est une impulsion causée par l'agacement.

La question à mille balles.

Il attend.

Le directeur lâche le morceau :

— Le manager est impliqué lui aussi. Je soupçonne une arnaque qui dure depuis un certain temps. Je serai sur place dès demain, histoire de remettre les pendules à l'heure et décider qui prendra sa place.

Pascal sourit.

Tout ça lui convient.

Il aime changer d'environnement. Varier sur le même thème : il y a neuf mille kilomètres d'autoroutes dans ce pays. Gérées par différentes sociétés qui se partagent le gâteau. Elles-mêmes sous-traitent à des franchises le marché des cafétérias. Lorsqu'il aura épuisé toutes les solutions de Gérard Lucino, il proposera son CV ailleurs. Il a de l'avenir. Une marge de manœuvre confortable chaque fois qu'il devra ouvrir son crâne et laisser sortir le Mal.

— Qu'est-ce qui vous fait sourire, Pascal ?

— Je vous remercie de me faire confiance.

— Je fais confiance aux honnêtes gens ainsi qu'aux caméras de surveillance. C'est le petit alinéa en fin de contrat que personne ne lit jamais, et grâce auquel je chope ces enculés qui me prennent pour un pigeon.

Pascal se lève, hésite, prend la main que lui tend son patron. La peau est étonnamment douce. Il pense : manucure. Et malgré la force qu'elle laisse présager, Pascal sait qu'il peut la broyer comme il le ferait avec une pomme.

— À part ça, vous allez bien, Pascal ?

Pourquoi il me demande ça ?

— Une doléance ? Une suggestion ?

Pascal se détend.

— Tout va bien, monsieur Lucino.

— Quel âge avez-vous, déjà ? Vingt-sept ? Vingt-huit ?

— Trente et un.

Gérard Lucino est sur le point de lui proposer de monter en grade, se souvient tout à coup.

Putain, si ce con n'était pas handicapé, il pourrait faire l'affaire, nom de Dieu.

Au lieu de ça, il devra proposer le poste à Sandrine. Celle qui l'avait humilié comme une vraie merde quand il avait essayé de la coincer près des toilettes. Amour-propre laminé à la paille de verre, mais, dans l'urgence, la seule en mesure de prendre autre chose que sa bite en main.

— Bon sang ! On en redemande, de la jeunesse comme la vôtre. Portez-vous bien, Pascal. Et ouvrez l'œil sur ces margoulins. Ils nous ont déjà volé une Coupe du monde, on va pas se faire baiser deux fois.

Pascal s'est trompé. Non pas rugby, mais football.

Football.

Sport de merde.

4

Elle s'appelle Marie.

Elle a douze ans. T-shirt spaghetti blanc, short en jeans ultracourt, tongs jaunes.

Menu « Formule Enfant » à 5,99 euros : steak haché-frites, deux boules de glace (au choix), une boisson (soda, eau ou jus de fruits), ketchup et mayonnaise en libre-service près des plateaux et des couverts.

Douze ans, c'est limite pour un menu enfant. La caissière a fermé les yeux.

Les parents, Marc et Sylvie, se sont engueulés lors du petit déjeuner, juste avant de prendre la route. Depuis, l'un et l'autre n'ont desserré les dents que pour le strict minimum :

Passe-moi la carte bleue. Dans le portefeuille, grouille, bordel. (*Station de péage*)

La petite doit faire pipi. (*Kilomètre 430*)

La petite a une langue et peut s'exprimer toute seule. (*Kilomètre 430*)

Non, la monnaie, j'ai dit. (*Station de péage 2*)

Où t'as mis l'eau ? (*Kilomètre 489*)

Tu roules trop vite. (*Kilomètre 530*)

J'en ai ma claque ! T'as qu'à prendre le volant, merde ! (*Kilomètre 531*)

Tu sais très bien que je mets le ticket sous le pare-soleil. (*Station de péage 3*)

Marie sent bien que ces vacances, ça va être la merde. Ses parents sont au bord de la rupture, elle n'est pas conne. Peut-être tout près du divorce ou, du moins, d'une période de séparation, « pour réfléchir ». Sa mère en a déjà évoqué l'hypothèse. Son père l'envisage comme une possibilité tout à fait réelle. Ce que Marie ignore, c'est que papa s'est envoyé une assistante de direction fort jolie et que maman l'a su. La faute à l'iPhone. Tôt ou tard, la communication, ça vous fout dedans. On devrait donner des stages d'adultère aux amateurs.

Du coup, les vacances s'annoncent comme une mission de la dernière chance : comment sauver un couple au milieu de la foule du mois d'août ?

Sauvez un couple, détruisez un iPhone.

D'autant plus que Marie, elle était bien avec sa copine Solange au bord de la mer. À l'arrière de la

Citroën C3, elle ne comprend pas pourquoi ils sont venus la chercher si c'est pour se faire la guerre. La mère de Solange est super-cool, jamais là pour tout dire. En une semaine, Marie :

a fumé deux cigarettes
a bu du Malibu-jus d'ananas
a roulé des pelles à un garçon
s'est laissé toucher les seins
ne s'est jamais couchée avant minuit
est excitée de raconter ça aux autres copines
a envie en ce moment même de vomir et demande à son père de s'arrêter.

— Tu n'as rien mangé depuis ce matin, ma chérie, ce doit être la faim, dit la mère.

— Elle n'a qu'à manger un biscuit en attendant, intervient le père.

Midi quarante, le prochain restoroute est à une cinquantaine de kilomètres. Sylvie fait ses calculs : compte tenu de la circulation et de l'heure de pointe, ils ne mangeront pas avant treize heures trente.

Elle lui avait bien dit de s'arrêter avant. Il lui avait répondu qu'ils s'arrêteraient quand ils prendraient de l'essence.

— Au prochain, on fait une pause, Marc.

La mère a parlé. C'est décidé.

Marc s'en fout. Au retour, il la quitte. Lara a le même âge que sa femme et paraît dix ans de moins. Drôle, dynamique, sportive, modérément cultivée. Ras le cul des maîtresses d'école, ras le cul de son engagement auprès du père Machin, des soirées de soutien aux sans-abri provoquant dans ses yeux ces flammèches d'excitation.

Bordel, Sylvie, où es-tu passée ?

Maintenant, ils sont assis face à face devant une table en formica.

Marc regarde manger sa femme le nez dans son assiette.

Il a envie d'une clope. Refume en cachette, surtout après avoir baisé avec Lara.

Marie n'a pas faim (quelques frites, trois bouchées de viande), la nausée vient du désolant spectacle de ses parents. La glace, elle n'en veut pas.

Sylvie a dû batailler ferme pour leur trouver une place assise tandis que Marc faisait la queue au self-service. Ils mangent une banale salade, juste pour les calories. Rien à dire, Marc et Sylvie sont en forme, limite maigres. La proximité de la table voisine et d'un groupe de jeunes gens excités oblige le couple à limiter les remarques assassines. Si elle le pouvait, Sylvie se laisserait aller et pleurerait. Le soulagement lorsque Marie demande :

— Je peux vous attendre dehors, maman ? Il y a des jeux.

Marie n'en a rien à battre du parc de jeux, c'est juste pour les rassurer.

Marc est sur le point de dire non, Sylvie l'anticipe et pose la main sur son bras tout en regardant sa fille :

— À condition que tu ne t'éloignes pas trop.

— Je ne crois pas que...

— Laisse-la. Il faut qu'on parle, Marc.

Marc se tait.

Il est fatigué. Il se sent coupable. Il abdique.

Marie se lève, emporte son Fanta. Une paille orange et bleue dépasse de la canette de même couleur.

Ce détail lui reviendra, ce détail ridicule la hantera jusqu'à sa mort. Zéro pointé pour ce qui est de l'instinct soi-disant maternel. Comment faire autrement ? Il fallait bien qu'elle tente un geste, les sauver tous les deux, elle et Marc, sauver leur petite famille.

— Tu reviens dans un quart d'heure, d'accord ?

Marie hausse les épaules.

Marc regarde sa fille s'éloigner.

Il trouve que le short qu'elle porte est bien trop court pour une fille de 12 ans. Il a peur que Marie ne soit déjà devenue une petite conne s'habillant chez H&M. Il pense aussi qu'il ne veut plus que leur fille fréquente cette Solange ni toutes ces petites connes en train de bousiller des années d'éducation patiente.

Il pense que trop de choses sont parties en couille ces derniers temps : son boulot au fitness, ses cours du soir qui finissent en histoire de cul. La plupart du temps, il n'en a pas envie, mais c'est comme si sa bite était incluse dans le prix du fantasme d'un cours de *body-sculpt*.

Il pense aux épouses négligées, attirées par l'interdit.

L'interdit étant un dosage compliqué d'excitation sexuelle, de masochisme, d'exhibitionnisme et de volonté de rédemption maternelle. La voiture étant un des lieux de prédilection de son avènement, avant que les besoins creusent leurs sillons et exigent une chambre d'hôtel et un lit confortable. Les épouses négligées ont tendance à vous bouffer tout entier si on n'y fait pas gaffe.

Marc n'est pas très futé. Pas complètement con non plus. Sa femme est Bac+4 et il la soupçonne de préférer ses abdos à son point de vue sur la politique intérieure du pays.

En revanche, il sait d'instinct que ce short en jeans est trop court sur les jambes longues et dorées de sa fille. Il sait que Marie leur causera du souci. Le sexe est un problème permanent tant que les hormones sont en agitation.

Mais les mammouths reposent sous terre.

Ces temps sont révolus.

Les tabous existent, bordel. Les règles. Les lois. L'éducation. La bienséance. Le respect.

Une couche d'asphalte entre l'homme d'hier et celui d'aujourd'hui.

Marie pousse la porte de la cafétéria.

Sort.

Sylvie a pris ses mains dans les siennes.

Marc fait un geste pour les retirer, les lui abandonne.

À partir de ce moment-là, le malheur entre dans leur vie.

5

Marie déambule, lascive. Son Fanta à la main encore frais qu'elle sirote en marchant. Il fait si chaud que ses tongs collent au bitume. Elle-même a l'impression de se liquéfier en plein soleil. Marie suit l'ombre irrégulière dessinée par les pins parasols. Elle aime cette odeur de pives, de terre sèche, de lavande. Elle observe les gens, les trouve ridicules pour la plupart, songe à sa copine Solange, aux conneries qu'elles ont faites la semaine précédente. Parmi les touristes, elle cherche ses semblables, des adolescentes qui s'ennuient, qui voudraient juste danser toute la vie sur une plage en buvant des alcopops et sentir sur elles le désir des garçons qui les convoitent. Rester en marge de l'action, juste une poupée en vitrine, désirable et désirée. Rester légère, ne penser à rien d'autre qu'au rythme qui monte dans le corps, un petit désir frotte au fond de la culotte, juste ce qu'il faut pour se sentir adulte sans pour autant entrer dans leur monde. Ses parents sont comme tous les autres, finalement. Ils ne peuvent pas lui promettre ce monde-bulle, cette surface plane du désir, la vie comme un frottement et non pas une pénétration. Ce danger l'effraie et l'attire en même temps, cette idée sous-tend tout le reste, le grand bordel du devenir femme.

Marie transpire, elle devrait peut-être revenir vers son père et sa mère, hésite. Les laisser seuls encore un moment, qu'ils causent, peut-être que ça va les calmer. Elle marche en équilibre sur le bord du trottoir, lève la tête vers les cabines des poids lourds, portières fermées, les diesels tournant au point mort pour la climatisation. L'aire de repos indique des jeux, un mur d'escalade en direction du bosquet. Elle croise des jeunes qui courent en sens inverse, la bousculent en riant. Des garçons. Elle décide de revenir par le parking, de couper tout droit, elle se sent inquiète, tout à coup. Elle n'est qu'une enfant dans un corps trop grand, trop développé pour son âge. Les seins poussent et lui font mal. Ou l'apaisent, suivant les moments, ça dépend de comment elle les touche. Elle marche entre les camions, les voitures, les camping-cars. Les moteurs brûlants rendent l'atmosphère encore plus suffocante.

À cet instant, il y a convergence d'événements insignifiants en apparence :

Son portable vibre dans la poche arrière de son short.

Exactement au moment où elle passe près d'un fourgon gris métal étincelant.

Exactement à l'intersection d'une zone d'ombre où souffle une brise tiède.

Un peu à l'écart du bruit, des autres. Un peu cachée.

Marie reconnaît la sonnerie particulière : texto de Solange.

Elle lit : « Je suis avec Renaud à la plage. »

Pincement au cœur.

Non, douleur, carrément une douleur.

Renaud, c'est le garçon qui l'a embrassée et pelotée : cheveux blonds, longs et bouclés, collier de coquillages autour du cou, surfeur, trois ans plus âgé qu'elle.

Marie commence à taper son message de réponse, pouces aussi souples que des tentacules.

Jalousie.

La salope.

Solange salope.

Grosse vache.

Fille de conne.

Elle ne voit plus rien autour d'elle.

La porte latérale du van s'ouvre, bref chuintement. Mécanique entretenue, huilée. Elle n'a même pas imaginé que quelqu'un puisse se trouver à l'intérieur, derrière les vitres teintées.

Marie lève la tête.

Marie est une élève particulièrement vive. Son enseignante l'a suffisamment répété.

Marie reconnaît le cuisinier qui l'a servie dans la file d'attente du self-service.

Celui qui lui a demandé comment elle s'appelle, son visage figé essayant de sourire.

Maintenant, il sourit toujours, cela lui demande toujours autant d'effort.

Mais pour une autre raison.

Deux bras puissants.

Deux mains énormes.

L'une sur son ventre. L'autre sur sa bouche.

Goût d'oignon, de viande crue.

La porte se referme.

Et l'engloutit.

Par terre, le Samsung chat 335 (forfait bloqué 30 min de communications + 1h d'appel vers le numéro des parents + SMS/MMS illimités soir (16h-22h) et week-end (24/24h), 11,99 euros/mois engagement sur 24 mois).

À trois cents kilomètres de là, le texto envoyé à Solange vient de lui parvenir : « grosse pute ».

Solange, au creux des dunes, entend le grelin du portable mais s'en fout. Les yeux fermés, elle a ouvert la bouche et roule une pelle à Renaud qui lui touche les seins.

6

Dans son van, Pascal se détend.

Fin de service.

Onze trente / quatorze.

Deux heures et demie de folie. Le putain de coup de feu. Immuable.

Ventres affamés, graisse nourrissant la graisse. Pas besoin de statistiques pour noter le nombre croissant d'individus en surpoids.

Sel. Rétention d'eau.

Lui sait. Lui connaît la merde qu'on leur sert.

Manque de discipline.

Manque de connaissance.

Directeur obèse.

Clients obèses.

Bêtise.

Pascal fait le vide.

Tout ça est resté dehors.

Le van est un combi Volkswagen *California* T5 gris métallisé.

Trente-deux mille balles.

D'occasion.

89 000 kilomètres au compteur, moteur diesel.

Tout équipé.

Climatisation semi-automatique avec diffuseur.

Mais aussi :

Ordinateur de bord avec grand écran, radio, cuisinière à gaz avec deux brûleurs et allumeur, armoire sous la kitchenette, évier, fenêtre arrière gauche coulissante avec moustiquaire, liseuse pour le lit du haut, lit sous toit avec sommier à lattes à l'étage, penderie avec miroir, prise 230V, prolongateur de lit relevable, toit relevable en aluminium avec commande d'ouverture électrique, réfrigérateur d'une contenance d'environ 42 litres, rideaux occultants sur toutes les fenêtres, table de camping intégrée à la porte latérale, utilisable à l'intérieur ou à l'extérieur, table repliable coulissante et amovible fixée devant la kitchenette.

À l'arrière, dans une housse protectrice, son VTT fixé sur un support vertical extérieur.

Pascal doit encore 17 809,20 euros à sa banque. Soit 34 mois à 523,80 euros avant le remboursement total de son crédit.

Son van, c'est tout ce qu'il possède, c'est là où il vit, c'est sa maison.

Son centre de gravité.

Il le bichonne, intérieur/extérieur.

Espace vital, chaque chose à sa place, aucun objet qui n'ait pas sa fonction. Rien ne dépasse.

Pascal est un marin du bitume.

Bientôt, il va prendre la route.

Quatre-vingts bornes jusqu'à son nouveau boulot, lieu-dit « Aire des Campanules ».

Saluer, se changer, se mettre au travail.

Mais d'abord se détendre.

Pascal est assis en tailleur sur sa couchette.

Observe ce qui se passe sur le parking, caché derrière les vitres polarisées du van.

Il est en slip, torse nu.

Ses vêtements de travail sont pliés à l'avant.

Relents de graillon tenus à distance.

Il ne bouge pas, le dos droit, en position du lotus.

Lentes inspirations.

Un crocodile.

Lentes expirations.

Guette.

Les pulsations descendent à cinquante battements/minute.

Un tronc dans un fleuve.

Les singes grimpent sur les branches surplombant l'eau boueuse du fleuve.

Et se font surprendre.

Le crocodile bondit hors de l'eau.

Quasiment la totalité de son corps.

Propulsé par la force prodigieuse de sa queue.

Pascal a vu ça dans un documentaire animalier.

Au foyer de la DDASS, Rémi et Abdel le surnommaient « Scalp ». Il capturait des chats, des petits chiens, lapins, hamsters, souris. Pascal les incisait à la base du cou et des pattes. Selon une technique éprouvée, il les écorchait avant de les pendre aux arbres.

C'était sa signature.

Maintenant, il regrette, c'était con, vraiment une connerie d'adolescent.

Exutoire sans panache, sans risque, lâche.

Maintenant, il est entré dans le Grand Jeu. Il opère au milieu des humains.

Être invisible dans la foule, être toujours là sans qu'on le remarque jamais.

Ça demande beaucoup d'efforts.

Abnégation. Renoncement. Humilité.

Disparaître et frapper et disparaître.

Attendre.

Le tribut qu'il doit au Mal.

À l'intersection exacte des angles morts des caméras de surveillance. Étudier chaque parking, établir une topographie, faire des calculs au compas, vérifier qu'il n'y ait pas eu de changements depuis la dernière fois. Déjouer les petits malins de la technologie et du contrôle.

Tout est en mouvement. Toujours.

Et si l'espace convoité n'est pas sûr, renoncer.

Savoir renoncer, même si le Mal veut sortir.

Lui parler, lui dire, expliquer, marchander. Avec douceur ou fermeté.

Composer avec ses caprices.

Attendre.

L'ampoule de chloroforme est sur la console de la table rétractable.

Disposée sur la serviette en éponge.

Il a lu sur des forums que c'est le fantasme de beaucoup de gens : se faire chloroformer. Être à la merci de l'autre.

Il ne comprend pas.

De toute façon, les adultes ne l'intéressent pas

Les adultes prennent plus de place, sont plus forts. Moins naïfs, aussi.

Quoique.

Il voit tellement de cons.

Les adultes sont frelatés.

Tellement de connerie tout autour.

Attendre, oui.

Il sait qu'elle viendra.

Il sait qu'elle s'ennuie.

Pascal a encore de la marge avant de devoir prendre des risques, de devoir aller chercher la proie. D'après ses estimations, son van restera à l'ombre jusqu'au milieu de l'après-midi. Il a appris que l'ombre et sa fraîcheur relative favorisent la venue potentielle d'une proie. Lorsqu'il n'y a pas d'ombre, il tire la toile de son camper. Déplie une chaise. Crée une oasis de frais. Mouche sur l'hameçon.

Mais.

Mais lorsque.

Mais lorsque la jeune fille.

Mais lorsque la jeune fille arrive et s'approche, Pascal a beau se contrôler, les palpitations s'accélèrent, une bouffée de chaleur envahit son cou, empourpre son visage comme un débutant.

Comme une première fois.

Marie. Tu es venue. Enfin.

Les lèvres charnues, les yeux trop grands. Les détails qui ont grandi plus vite que l'ensemble. Les petits mamelons sous le T-shirt.

Et comment s'appelle cette jeune demoiselle ?

...

La demoiselle est timide ?

...

Réponds, chérie. Le monsieur t'a posé une question.

Marie (doucement).

Elle est timide, vous savez.

Encore des frites, Marie ?

Marie avait haussé les épaules et il lui avait rempli l'assiette jusqu'à en recouvrir la viande, avant de la poser sur le support en verre et de passer au client suivant.

Gagner la confiance pour plus tard.

Éventuellement.

Mais tout ça est inutile. Elle vient, arrive, approche. S'arrête exactement devant la portière coulissante latérale. Sort son téléphone portable. Son visage se crispe, elle se mord la lèvre à la lecture du message. Elle se fixe, inconsciente du danger, lui tourne le dos.

Petit singe sur la branche d'un arbre.

7

Le dispositif « Alerte enlèvement » a parfaitement été mis au point.

Mutualisation des hommes, des services, des ressources et des technologies.

Interruption des programmes sur différents médias :

Un enfant a été enlevé, nous avons besoin de vous.

Télévision : (sirène – le son est coupé) panneau rouge, photo, descriptif de l'enfant et contacts. Ingrid lâche son verre de bloody mary qui tombe sans bruit sur la moquette. Le jus de tomate ressemble à un neurone sur la laine écrue du tapis.

Info Trafic, FM 107.7 : sirène, voix enregistrée (homme), descriptif de l'enfant et numéro vert. Pierre se rabat sur la voie de droite, feux de stop arrière dans le rouge, bandes rugueuses et freinage sur la bande d'arrêt d'urgence. La manœuvre lui vaut une succession d'appels de phares et une longue plainte de klaxon du Renault Trucks qui manque de l'emboutir.

Le moteur tourne au point mort.

Ingrid retombe sur le divan, ses jambes ne la soutiennent plus.

Sans quitter la télévision des yeux, elle cherche à tâtons la télécommande dans le désordre de la table basse. Ses doigts fouillent, écartent, s'enfouissent.

Ingrid pense : Lucie.

Pierre enclenche ses warnings. Ferme les yeux. Pose sa nuque contre l'appui-tête.

Prend le paquet de cigarettes sur le tableau de bord.

Il a abaissé le pare-soleil. Lorsqu'il aura fait demi-tour, il aura le soleil dans le dos.

Pierre pense : enfin.

Faire demi-tour, c'est remonter le temps.

Il allume sa cigarette.

D'après son GPS, le prochain échangeur est à 15 kilomètres. Ensuite, il devra parcourir un peu plus de 80 kilomètres, emprunter une nouvelle sortie et se remettre dans l'axe frontal du soleil avant de rejoindre l'aire des Lilas. Il la connaît, bien sûr. Comme il connaît toutes les aires de repos avec station-service, parkings et cafétéria. Il connaît par cœur leurs : toilettes, boutiques, restaurants, mobiliers, marchandises, menus. Il saurait reconnaître le visage de la plupart des employés. Certains le saluent, les préposés à la caisse. Ils ne savent pas qui il est, bien sûr, ne connaissent pas le motif exact de sa présence sur l'autoroute.

« Commercial », voilà ce qu'ils doivent penser de lui.

Commercial de mes deux.

Pierre garde la fumée un long moment dans ses poumons. Le cancer, il s'en tape, il sera mort bien avant, il est déjà mort.

L'alerte repasse à la radio.

Comme un cauchemar qui revient :

Une fille a été enlevée. Ceci est une alerte enlèvement du ministère de la Justice.

Un frémissement. Le message ancien se superpose à

Marie Mercier, âgée de 12 ans, cheveux châtains, yeux bleus, vêtue d'un T-shirt blanc et d'un short en jeans, a disparu à la station-service des Lilas cet après-midi aux environs de 14 heures alors qu'elle se promenait à l'extérieur du bâtiment.

Chair de poule sur tout le corps.

Cigarette jetée par la fenêtre de la portière.

Tout témoin potentiel est prié d'aviser immédiatement les autorités de toutes informations utiles à la localisation de la victime ou du suspect.

À partir de maintenant, l'alerte sera diffusée toutes les quinze minutes pendant trois heures.

Il connaît la procédure par cœur.

Une étude réalisée aux États-Unis en 1993

Il ne faut pas, Pierre.

... met en évidence que sur 621 enlèvements d'enfants qui se sont terminés par un homicide

Décence. Respect. Dignité.

... 44 % des enfants ont été tués dans la première heure

Imagine si les parents de Marie te voyaient.

... 74 % dans les trois heures

Joie malsaine, Pierre.

... et 91 % dans les 24 heures suivant l'enlèvement.

Honte à toi.

Tu ne peux pas t'en empêcher. Tu penses à Lucie.

« Il » s'est à nouveau manifesté.

« Il » est revenu.

Et tu souris.

8

Le semi-remorque Renault Trucks fait une embardée lorsque Pascal s'engage sur la voie de dépassement. Freinage sec, contrôle du volant. La cause en est une Renault Vel Satis qui s'est rabattue à l'improviste sur la bande d'arrêt d'urgence.

Le semi-remorque fait jouer longtemps sa sirène, les vibrations se répercutent dans le corps de Pascal. Être sourd signifie être un reptile. Être sourd, c'est reconstituer les sons avec l'image, déduction perpétuelle, interprétation des signes.

La circulation reprend sa fluidité, ça la foutrait mal un accident à 130 avec la petite à l'arrière. Le pire, c'est de se faire baiser à cause de la connerie d'autrui. Leurs erreurs te retombent dessus, alors que *tu* as fait attention, que *tu* es la putain de perfection sur cette planète.

Calme-toi, Pascal.

Respire, voilà.

L'idéal serait de ne rien ressentir du tout, de ne laisser transparaître aucune émotion. L'extérieur, il arrive à le contrôler, c'est acquis, mais l'intérieur dérape encore. La chimie, les particules s'agitent. Il faut ralentir pour ne pas risquer de perdre le contrôle et de tout bousiller.

Premier panneau en lettres bulles au-dessus de la voie : « Alerte enlèvement, écoutez 107.7. »

Pascal regarde l'horloge du tableau de bord.

15 heures 19.

Il a quitté sa place de stationnement au moment où la première patrouille de gendarmerie arrivait sur place.

Il s'est engagé peinard derrière une voiture tirant sa caravane.

Va-et-vient dans le parking : voitures, camions, moto, camping-cars...

Confusion.

Leurs vacances de merde.

Leur quinze août de merde.

Assomption.

Immaculée Conception.

Il en a une à l'arrière, une petite Marie.

Entre le temps de la disparition et celui de l'alerte, presque une heure a passé.

Pascal roule.

Davantage de risques à opérer sur une aire d'autoroute, mais après, c'est plus facile.

Tout bouge tout le temps.

Tant qu'on ne sort pas du circuit.

Pascal n'en a aucune intention.

Pascal aime : les centres commerciaux, les supermarchés, les grands parkings, les gares, les aéroports.

L'autoroute.

Un non-lieu.

On y est bien : travail, observation, capture.

On n'est personne.

On est : fonction, rouage, marchandise.

À l'arrière, Marie est sage.

Lanières en plastique enroulées autour des chevilles et des poignets.

Ruban adhésif sur la bouche.

Le chloroforme, c'est pour étourdir.

Ensuite : Flunitrazépam pour un total don de soi.

Perte de mobilité. Mémoire. Conscience.

Cachée sous la double armoire de la kitchenette.

Position fœtale.

Marie dort.

III

1

Ébullition.

Mouvement, friction des hommes ajoutés à la canicule.

Les chemises des gendarmes sont mouillées de sueur. Cuisses poisseuses sous les pantalons. Pieds humides dans les chaussettes.

La tuile. Le scénario catastrophe.

Le bordel.

Installer la logique dans le bordel.

Ratissage, récoltes d'informations.

Gendarmerie départementale en alerte rouge. Brigades territoriales à la sortie des échangeurs, aux péages. Ratissage des périmètres de stationnement en cours.

Un hélicoptère a déjà décollé de sa base.

Sur le terrain, on a fouillé l'entière station-service et les alentours.

Le capitaine de gendarmerie Julie Martinez ôte sa casquette. Une trace rouge cingle son front luisant. Les cheveux courts la soulagent à peine de la chaleur et de la vache configuration qui s'est abattue sur son emploi du temps.

Un collègue lui apporte une bouteille d'eau à température ambiante. Une carie qu'elle n'a pas le temps de soigner la fait souffrir : pas de glaces ni de mets ou de liquides froids. Julie Martinez fait signe au collègue de la laisser seule. Elle s'éloigne en direction d'une table de pique-nique, s'isole comme elle peut.

Dix minutes, elle demande dix minutes de calme.

Elle avance en faisant craquer les branches mortes sous ses rangers. Une grosse couleuvre noire glisse devant elle et disparaît sous les feuillages. Julie marque un temps d'arrêt avant de continuer.

Elle pose ses fesses sur le ciment qu'elle sent plus frais à travers le coton de son treillis. Elle allume une Marlboro light en dépit de l'interdiction de fumer à cause de la sécheresse.

Elle voudrait faire le vide, mais « faire le vide » équivaut souvent à réfléchir. Même en dormant, elle a l'impression de réfléchir. Soucis récurrents se transformant en rêves, demi-sommeil agité des individus sous pression. Et puis le réveil comme une libération avant le pire.

Un putain de merde d'enlèvement.

Ce que les flics redoutent par-dessus tout.

À cause de l'ignominie du geste. De la publicité autour de l'événement. De l'ampleur qu'il génère. Des moyens d'action mis à disposition pour un résultat souvent nul.

Les deux bergers malinois continuent de tourner en rond, ont fait une dizaine de fois l'aller-retour entre la cafétéria et le parking. La brigade cynophile exclut désormais la possibilité d'une fuite par-delà le grillage de séparation de l'autoroute. Les unités opérationnelles cynophiles n'ont pas détecté de « point chaud ».

Le pôle d'odeur de Marie Mercier, 12 ans.

Elle ne faisait que passer.

Marie désagrégée dans l'éther.

La foutue disparition.

Les contrôles et fouilles des lieux et des véhicules présents dans la station-service et ses environs n'ont rien donné non plus.

Julie Martinez malaxe machinalement les trois anneaux de son oreille gauche.

Le pistage ne donne rien.

Les témoignages ne donnent rien.

Tout le monde est concentré sur ses vacances. S'occuper des siens. Crainte du bouchon. Canicule. Enfants insupportables. Envie d'arriver le plus vite possible à la maison de location. Fatigue du voyage. Fatigue des onze mois et quelque de boulot abrutissant. Leurre des vacances.

On n'échappe pas à l'inertie.

Le corps social fait masse.

Sauf un électron libre qui a su se détacher. Emportant avec lui l'enfant d'un autre. Ou emportant avec « elle ». Mais les femmes sont minoritaires dans les statistiques de rapts préadolescents. C'est comme pour les suicides par armes à feu, plutôt un truc de mecs. Stéréotypes qui s'enracinent ou réelles attributions génétiques ?

Pas le moment des élucubrations, Julie. À la moitié de ta cigarette, tu n'as encore rien fait de ton moment de solitude : ni le vide, ni un récapitulatif.

Va pour le récap'.

La base. Déroulé probable des événements. Relecture des notes prises dans le carnet bleu à spirale :

13 h 20 : Arrivée de la famille Mercier à l'aire des Lilas. Entrée dans la cafétéria.

13 h 30 : Marc, Sylvie et leur fille Marie font la queue au self.

13 h 40 : Les trois s'installent à une table pour manger.

13 h 55 : Marie quitte la table. Dit qu'elle n'a plus faim.

14 h 15 : Marc et Sylvie discutent. Sortent ensuite chercher leur fille qui ne revient pas malgré ce qu'ils avaient convenu.

14 h 25 : Sylvie appelle la gendarmerie depuis son téléphone portable.

14 h 40 : La patrouille la plus proche de l'aire des Lilas arrive sur les lieux.

14 h 50 : Le gendarme Lebert appelle le poste central et informe la hiérarchie de la possibilité d'un enlèvement.

15 h 00 : Arrivée sur les lieux de deux nouvelles patrouilles.

15 h 05 : Conditions d'un enlèvement réunies : kidnapping avéré, vie ou intégrité physique de la victime en danger, la victime est mineure.

15 h 15 : Déclenchement du plan « Alerte enlèvement ». Diffusion des informations pouvant permettre de localiser l'enfant ou le suspect.

Rien à dire.

Le plan « Alerte enlèvement » fonctionne parfaitement.

Ça lui fait une belle jambe, à Julie Martinez.

Les jambes qu'elle a plutôt épaisses, trop musclées. Qu'elle ne parvient pas à affiner malgré un programme spécial du prof de gym et des conseils d'une nutritionniste.

Oui, le plan « Alerte enlèvement » est un fleuron de la concertation entre le procureur de la République, les enquêteurs et le ministère de la Justice.

En effet.

Mais pas dans ce cas spécifique. Pas sur une aire d'autoroute. Surtout pas quand on estime primordiale la première heure de recherches.

C'est après que ça se gâte.

La première heure déjà passée.

Julie Martinez termine sa cigarette, la frotte sous la semelle, jusqu'à ce que le mégot soit pulvérisé. Elle sait le risque d'homicide élevé. Dans ce cas, il reste seulement 26 % de chances de retrouver Marie vivante dans les deux heures qui suivront.

Elle regarde sa montre Patrol.

Les aiguilles mangent le temps.

Moins de deux heures, en fait.

Va dire ça aux parents.

Va leur dire, Julie.

2

Pierre entre dans la cafétéria, personne ne fait attention à lui.

Au son de la sirène sous fond de panneau rouge suivi de la photo et du descriptif de l'enfant, tous les clients présents, tous les employés, lèvent les yeux sur les trois écrans fixés aux murs répartis dans le self : le silence se fait d'un seul coup.

Coupe du monde.

Penalty.

Sauf que le ballon est le visage d'une fille de douze ans.

Pierre se faufile jusqu'au bar. Derrière lui, d'autres gens affluent. Les curieux. Ceux qui passent par là et ont su par la radio que c'est à l'aire des Lilas que se trouve le « spot ».

Au cœur de l'événement.

Le centre du monde.

Surfer sur le pli de la vague.

L'attrait du morbide.

Peut-être quelques bonnes âmes parmi eux. Des sincères, des généreux, des Mère Teresa.

Ou alors ni l'un ni l'autre. Une exception. Un exalté.

« Lui ».

Pierre Castan paie son café à la caisse et pose le ticket sur le comptoir. Le message télévisuel est bref, le public se dilue, le public reprend son souffle, se remet à bouger. Le public redevient homme, femme ou enfant, individu et client. On tient la main de son môme bien serrée dans la sienne. On empoigne un peu trop fort, d'ailleurs, le môme se plaint.

La parole revient : le score reste incertain, mais la défaite est dans l'air. La retrouvera-t-on ? Regards inquiets, mots d'angoisse, de consternation. On a touché à l'enfant. Pierre comprend, capte. Cinq langues à disposition, comme on sait. Les autres, il les devine, du côté de la Scandinavie ou de pays émergents, à l'Est : Roumanie, Bulgarie, Croatie. Partout où l'argent permet les vacances.

Le regard de Pierre se pose sur deux gendarmes que le grouillement de personnes semble agacer. L'attroupement se fend d'un passage au fur et à mesure qu'ils traversent la cafétéria. Une femme et un homme. Ils passent si près de lui qu'il peut sentir leur odeur de sueur mélangée à un léger parfum, déodorant, eau de Cologne. Leurs insignes disent capitaine et lieutenant. Trois et deux bandes sur les épaulettes. Il a eu le temps d'apprendre. Il entend la femme appeler son collègue « Gaspard ».

Gaspard, putain.

Pierre les suit, voit les fesses musclées et le bassin un peu trop large du capitaine, ses jambes épaisses qu'il devine solides sous le treillis. La crosse du pistolet dépasse du baudrier, côté gauche de sa hanche. Juste le flingue et le téléphone portable. Rien d'autre du fatras habituel qu'ils trimballent à leur ceinture. Une minimaliste.

Less is more.

Instinctivement, Pierre lui donne sa confiance.

Voilà, c'est fait.

Se presser contre elle, qu'elle lui parle comme une mère à son fils. Lui caresse le visage. Le rassure.

Pierre voudrait toucher son épaule, la retenir, lui parler, lui faire gagner du temps. À force de vivre sur l'autoroute, Pierre a appris des choses, élaboré des déductions.

Le capitaine Martinez se tourne de trois quarts, simple rotation du torse, fluide.

Bref échange de regards.

Des choses.

Parce que tu en es convaincu.

Parce que tu sais que tu as raison.

Mais si tu te manifestes, ils te prendront ta vengeance.

Tu n'auras plus rien pour continuer.

Pierre laisse le capitaine prendre de la distance. Le lieutenant Gaspard ouvre une porte surveillée par un agent. Derrière la porte, un bureau et un couple assis chacun sur sa chaise, côte à côte. Visage en larmes de la mère. Fermé et dur du père.

Flash.

Un cliché.

Tout comme toi.

Avant.

La porte se referme.

3

Tension.

Le capitaine Julie Martinez détecte une présence insistante derrière elle. Elle se retourne, l'air de rien, dans le mouvement et voit l'homme qui l'observe, la cinquantaine, massif mais comme vidé de l'intérieur. Cheveux gris, yeux bleus. Joues creusées, mal rasé. Le capitaine Julie Martinez se détend, distance adéquate rétablie. Elle intègre le signalement de Pierre dans la zone mémoire.

N'y pense déjà plus lorsqu'elle entre dans le bureau mis à disposition par le gérant du restoroute, monsieur Gérard Lucino.

Gros con libidineux cherchant le potentiel baisable sous l'uniforme.

Ne lui en veut pas. Ça fait partie du jeu. Depuis le temps qu'elle se penche sur le roman de l'Homme, elle y voit des schémas récurrents, des incapacités à sortir du cadre : éducation, catégories sociales, fréquentations, manque de curiosité, paresse.

Bêtise.

Si difficile de briser nos chaînes, n'est-ce pas ?

Accéder à l'étage supérieur.

Essayer d'être un peu plus libre.

Le lieutenant Gaspard s'efface pour la laisser passer.

Il est bien, Gaspard. Porte un nom dont on se moque, mais moi, il me plaît. Le nom et le bonhomme. Pudique, efficace, droit dans ses bottes et franc du collier. Aucune ambiguïté, sauf un soir où ils avaient bu et qu'il avait posé sa main sur la sienne.

Julie Martinez contourne le bureau, voudrait que cela soit moins officiel, plus relax, plus intime.

Intime de quoi ?

Relax de quoi ?

En dehors du fauteuil moche mais confortable dans lequel elle vient de s'asseoir, elle ne voit pas, non.

Autour d'elle,

autour d'eux,

il n'y a rien qui puisse inspirer le moindre espoir – classeurs rangés sur l'étagère Ikea, horaires des employés aimantés sur un tableau, armoire métallique contenant d'autres classeurs (fiches de paie, comptabilité, livraisons), moquette à poil ras bourrée d'acariens.

Putain, la vie, comme elle peut être désolante.

Non, rien.

Ni autour d'eux, ni ailleurs.

Surtout pas ici, pas maintenant.

À la question de la mère – alors ? – Martinez ne peut répondre à son tour qu'avec des questions.

— On vous a tout dit, fait le père.

— Un détail, même la chose la plus insignifiante, insiste Gaspard.

La mère prend sa tête dans les mains.

— C'est de notre faute, sans... sans nos disputes incessantes, on n'en serait pas là.

La grimace du père est éloquente. La honte s'ajoute au chagrin.

Julie pense : la maîtresse d'école et le professeur de gym.

Lui saurait peut-être comment affiner mes jambes.

Julie passe une main sur son visage, effacer cette pensée déplacée. Fatigue. Stress.

Qui a le plus honte en ce moment précis ?

Julie ou Marc ?

— Quelles disputes ? demande encore Gaspard.

La mère se lâche, raconte : l'adultère de son époux, les vacances pour tenter quelque chose après leur semaine infernale sans Marie. Une possibilité de réconciliation : la famille, tous les trois, essayer, dit Sylvie en sanglotant.

— On voulait parler, avoue alors Marc. On a laissé notre fille sortir pour décompresser. On s'est comportés comme de vrais cons, Sylvie et moi. On... On s'excuse, mon Dieu, Marie, ô mon Dieu !

Marc manque de tomber de sa chaise alors qu'il se penche sur sa femme. Ils se lèvent pour mieux se serrer dans les bras l'un de l'autre. Ils murmurent des pardons, s'abandonnent aux gestes tendres, à l'amour dans l'adversité.

Comme si les humains avaient besoin du fléau pour réaliser ce qu'ils sont en train de perdre.

Comme si de se ressouder pouvait soudain changer le cours des choses.

Leurs visages en larmes esquissent un sourire.

L'espoir renaît :

— Vous allez la retrouver, n'est-ce pas ?

C'est le père qui demande, mais c'est à deux qu'ils posent la question.

Julie Martinez trouve un instant les yeux fuyants de Gaspard.

Humides.

Nom de Dieu, là, maintenant, elle serait prête à ouvrir sa chemise et lui donner ses seins pour qu'il les lèche, les tète.

Émue, bordel. Voilà ce qu'elle est.

Julie n'est pas mère, peut-être ne le sera-t-elle jamais.

Ses seins qu'elle aplatit comme ses sentiments sous un soutien-gorge de maintien.

De ceux qu'on utilise pour le jogging.

Ultra-rigide.

4

Accueil froid.

Comme s'il était un putain de « Kapo ».

La petite bite du patron.

Sandrine est la seule à se montrer aimable :

— On se fait la bise ?

Pascal la suit dans le bureau. Identique au précédent, mais ici davantage de désordre : piles de documents sur la table, moquette sale, corbeilles débordant de paperasse et d'emballages vides. Odeur de bouffe confinée par la climatisation.

Pascal se contrôle, réprime le sentiment de claustrophobie le saisissant. Sandrine déballe :

— Je suis contente que tu sois là. Monsieur Lucino m'a dit qu'il te faisait confiance. Ici, ça pue. Ambiance de merde, suspicion. Paraît que l'histoire de la viande fauchée, c'était juste le sommet de l'iceberg. Le manager aurait détourné des fonds.

— Mortier ?

— Tu le connais ?

— Je sais qui sont les employés ici.

— Ouais ? Bref, il est possible que d'autres membres du personnel soient impliqués. Encaissements sans tickets, ce genre de choses, tu vois le binz ?

Sandrine passe une langue rapide sur ses lèvres fardées. La chemise bleue à rayures blanches contient tant bien que mal un embonpoint qui passe encore sous la dénomination « bien en chair ». Cernes sous les yeux, fossettes, cheveux coiffés en chignon, chaînette et pendentif de croix chrétienne en or autour du cou. Tablier déboutonné laissant entrevoir la naissance des seins. Peau blanche. Tout à fait le genre de Gérard Lucino, le genre qui te donne envie de la prendre à même le bureau, petit coup rapide, et puis on retourne au boulot. Le genre de femme dont certains hommes pensent : « à baiser mais pas à épouser ».

Pascal n'envisage la possibilité du mariage avec personne.

Pascal est impuissant.

Ça ne lui pose aucun problème. Il a fait un pas de côté avec ça, laisse les autres se démerder avec leur libido.

La liberté absolue, c'est quand il aura fini de payer son bus. Il ne devra plus rien à personne.

— Voilà les clés, dit Sandrine en les alignant sur la table. Entrée du personnel, vestiaires et, surtout, la chambre froide. C'est toi qui gères le stock pour l'instant, OK ?

Pascal sourit.

Sandrine répond à son sourire. Elle veut lui dire quelque chose :

— Hé, Pascal, je peux te demander un truc ? Tu crois que j'ai mes chances de passer manager ? Il t'a rien dit, Lucino ?

C'est vraiment bien de ne pas bander, pense Pascal. Ça t'évite un tas d'emmerdes.

Un tas.

5

Un cul, ça ne pense pas.

Parmi les différents usages qu'on peut en faire, le plus commun est celui de l'asseoir sur une chaise.

Une chaise, ça ne pense pas non plus.

Son utilité principale est d'accueillir un cul et de faire en sorte qu'il soit installé le plus confortablement possible.

Ce qui n'est pas le cas de la chaise en question.

Rouge. Pliante. Plastique. Bancale. Léger renfoncement au centre du siège. Dossier étroit. Quatre pieds. Peu ergonomique. N'est pas dans ce bureau pour accueillir, mais pour remplir une fonction. Depuis sa présence dans ce lieu, si on avait calculé son temps d'occupation, cela donnerait une moyenne générale d'environ 12 minutes par utilisateur. Ces dernières heures, la moyenne enregistrerait une nette progression depuis que le bureau est devenu le QG provisoire du capitaine Julie Martinez. Le siège est encore chaud quand Sylvie Mercier quitte le bureau, soutenue par son mari, lui-même accompagné par le gendarme de faction les emmenant auprès de la psychologue dépêchée en soutien.

La porte se referme.

Gaspard regarde Martinez qui regarde Gaspard. Hochement de tête. Chacun allume sa cigarette, au cul l'interdiction de fumer.

Un temps.

Gaspard attend que son supérieur hiérarchique brise le silence. Gaspard est un homme du pas vers l'autre.

Un pas vers l'autre signifie aussi savoir rester en retrait. Julie apprécie, se décide après la troisième taffe :

— C'est la merde, Thierry.

Thierry Gaspard acquiesce.

Tous les deux savent.

Il y a l'intérieur (a) et l'extérieur (b).

a) L'intérieur : l'autoroute et son circuit. Possibilité de fuite unidirectionnelle, dans le sens de la circulation. Dans ce cas, Marie Mercier est séquestrée dans un véhicule qui, en ce moment même, avance, progresse vers sa destination.

Des centaines, des milliers de véhicules.

Marie Mercier : 148 centimètres, 47 kilogrammes. Indice de masse corporelle (IMC) : 21,5 (se situe dans les moyennes basses, sans toutefois motiver une crainte d'insuffisance pondérale). Ossature fine. Muscles et ligaments souples facilitent la contorsion dans un espace restreint.

À disposer dans (au choix) : banquette arrière, coffres, caissons, soutes, compartiments, cabines, containers, remorques, caravanes.

Flot ininterrompu de véhicules. Endiguer le flot en contrôlant aux : péages, bretelles de sorties, aires de stationnement, aires de ravitaillement. Fluidité dans la fouille. Ordre du préfet : limiter les embouteillages. Efficacité dans la recherche sans entraver la permutation nord-sud, sud-nord des vacanciers. Échange standard de la fatigue des départs contre la lassitude des retours.

b) L'extérieur : au-delà de l'enceinte de l'autoroute.

Avant tout, les abords immédiats : champs, bois, étangs, villages, maisons isolées. Battues, brigade cynophile, plongeurs, hélicoptère et vues du ciel, porte-à-porte chez l'habitant. Haut, bas, latéral. Distance. Proximité. Variation des points de vue.

Ensuite, élargir le périmètre : capillarité des routes, du chemin à la départementale.

Conclusion : intérieur et extérieur avec un angle qui va s'élargissant jusqu'à devenir une question qui se pose à 360 degrés.

Où est la petite Marie Mercier ?

Où regarder ?

Julie Martinez est la première à noyer son mégot dans les restes du café refroidi. Elle tend à Thierry le gobelet en plastique qu'il saisit en la regardant droit dans les yeux. Ces deux-là dialoguent sans même avoir à parler. Cas d'école de convergence des esprits, idéal d'entente professionnelle. Fleurie au sein même de la Gendarmerie nationale. Dans leurs sphères privées respectives, cela ne résonne pas de manière aussi cristalline. Julie frappe aux portes des hommes qui ont déjà une vie de couple (les mariés) ou n'en veulent plus (les divorcés) ou en ont peur (les célibataires égocentriques) ou la cherchent assidûment (les célibataires désespérés). Thierry ne frappe pas aux portes, assis dans le quotidien d'une relation stable qu'il n'a aucune raison de remettre en question (époux et père de deux garçons), mais tout de même sans véritable relief depuis quelques années.

Chacun pense à l'autre avant de se coucher. Chacun pense à l'autre peu après le réveil. Ça donne une petite touche de parfum supplémentaire sous l'oreille ou un rasage plus attentif au niveau du menton. On verra si c'est de l'amour.

Ces deux-là dialoguent sans même avoir à parler, mais finissent par le faire, malgré tout. Julie Martinez le sait, mais a besoin de l'entendre :

— Qu'est-ce qu'il nous reste ?

Thierry sourit. Il sait que la question réelle est plus vaste, plus fondamentale : le reste de nos rêves, de notre naïveté, de nos croyances, de nos désirs, du temps qu'il nous reste à vivre.

Thierry sourit et revient au concret :

— Vidéosurveillance et téléphone portable.

Technologie. Maîtrise du hasard. Parfois, ça peut suffire.

— Et puis ?

Accordéon. Retour au questionnement plus vaste, à ce qui nous échappe. Convergence du temps et de l'espace :

— Un coup de chance.

Hasard absolu. Parfois, ça arrive.

— On recommence ? demande le capitaine Martinez presque en s'excusant.

Degré zéro de l'aléatoire et du questionnement existentiel. Nous sommes constitués d'atomes, après tout. La physique nous gouverne.

Gaspard acquiesce, sort du bureau, revient accompagné du directeur.

— J'ai du boulot jusque-là, dit Gérard Lucino. Un problème sérieux avec des employés.

Julie Martinez a compris que le directeur s'en fout. Ce n'est pas sa fille, si tant est qu'il en ait une. L'empathie l'a déserté. Elle a souvent affaire à ce genre d'individu. Le malheur s'observe au microscope et rares sont ceux qui ont envie d'y jeter un œil.

Questions de routine et exigence de coopération : Julie veut les enregistrements de la vidéosurveillance.

Relations humaines. Parfois, ça aide.

Gérard Lucino s'assied de l'autre côté du bureau, comme à ses débuts, quand il était simple employé.

Là où était assise Sylvie Mercier tout à l'heure.

Là où était assis Pascal ce matin.

Une chaise ne pense pas.

Ne discrimine pas.

Ne juge pas.

Elle accueille patron et salariés.

Victimes et bourreaux.

IV

1

Ils ont ouvert les vannes.

Perdus.

Seuls. Absolument seuls. Confrontés au pire.

Dans le domaine de la psychologie, on s'accorde à dire que les deux plus grandes souffrances possibles pour un individu sont :

a) le handicap de son enfant

b) la mort de son enfant

Marc et Sylvie se situent dans une zone floue, juste au bord du précipice. L'espoir les retient de la chute. Un espoir s'éloignant au fil des minutes. On peut les rassurer, ils peuvent se rassurer eux-mêmes, mais tout au fond de l'estomac, au dernier rang des dernières connexions neurologiques, il y a un infime relent de bile et de terreur, une image dont le négatif se dévoile avec une infinie patience : Marie est perdue.

La psychologue les a écoutés. Camille Boustraki. Camille a pris leur peur, leur culpabilité, leur désarroi et, d'une voix calme, douce, elle écarte l'effroi, le reporte momentanément à date ultérieure.

Sursis.

Camille a 29 ans et n'a jamais été confrontée au pire.

Camille Boustraki n'a pas d'enfant.

Mais elle fait du bon travail quand même.

La théorie.

Au fond, elle est la conséquence du monde virtuel du peuple des autoroutes.

La civilisation du web, des services, des cartes de crédit.

Camille Boustraki, 29 ans, cheveux longs noirs bouclés, n'a jamais eu d'acné. Belle. Lisse. Fitness trois fois par semaine. Elle est le rempart contre les mammouths dormant sous l'asphalte.

Marc et Sylvie Mercier se sont levés, ils sont sortis du minibus Mercedes aménagé en salle d'entretien miniature. Ils ont refusé l'hôtel confortable qu'on leur proposait ailleurs. Ils ont préféré rester au plus près de l'aire de stationnement où Marie a disparu. À vingt-cinq kilomètres du point d'impact qui bouleverse leur vie. Qui fera d'eux des êtres blessés, hagards et définitivement différents.

Maintenant, ils sont dans un B&B près d'une rocade. Proches d'une zone d'activités aux bâtiments préfabriqués. Derrière la vitre de la dernière chambre du dernier étage, celle au bout du couloir, Marc comprend combien tout cela est factice, combien tout ce qu'on leur a vendu était un subterfuge, combien cette réalité est une arnaque. Les enseignes et les logotypes se suivent à l'horizon, le soleil se vautre indifférent sur le paysage dévasté.

Sylvie, sa femme, la mère de leur unique enfant, se tient face au miroir du lavabo. Elle ne veut plus entendre les questions qui la harcèlent, se concentre sur le battement de son cœur et sur l'image de ses seins affaissés.

Comment en est-on arrivé là ?

On nous a promis un monde où l'animal est en cage.

On nous a vendu une assurance-vie.

On nous a accordé un crédit immobilier sur vingt ans.

Sylvie a froid. Sylvie frissonne. Sylvie ne bouge pas.

À travers la paroi en Placoplâtre, elle entend la porte se refermer. Sentiment de panique à l'idée que Marc sorte sans elle. Elle se précipite nue dans la chambre, puis dans le couloir. Cellulite en creux sur ses cuisses, à la périphérie de son corps. Plus loin, la porte de l'escalier de secours claque. Sous cette graisse inutile, elle est toujours la jeune femme que Marc a connue autrefois.

Sylvie revient. Sylvie habille son corps d'un pull et d'une culotte. Sylvie s'assied au bord du lit et regarde la reproduction des *Nymphéas* de Monet accrochée au mur.

Le regard descend.

Sur la table de chevet, près du téléphone portable, la carte de visite de Camille Boustraki qu'elle peut appeler à tout moment.

Son seul désir, obsédant, le dernier qu'elle aura jamais : entendre sa petite Marie.

Le téléphone reste muet.

Sylvie ouvre le tiroir de la table de chevet.
Intégrée à la structure du lit.
Compacte. Contreplaqué.
La referme.
L'ouvre à nouveau.
Un petit livre retient son attention.
Une bible.
Bleue.
Le Nouveau Testament.
Camille Boustraki *vs* Jésus-Christ.
Au hasard :

Il y eut aussi des faux prophètes dans le peuple ; de même il y aura parmi vous de faux docteurs, qui introduiront sournoisement des doctrines pernicieuses, allant jusqu'à renier le maître qui les a rachetés, attirant sur eux une perdition qui ne saurait tarder.

Prends ça dans les dents, Camille.
Petite conne, tu sais quoi de la souffrance ?

2

Les femmes.
Qui enfantent.
Ou pas.
Peu importe.
Certaines regrettent d'en avoir.
Certaines regrettent de ne pas en avoir.
Certaines subissent la maternité.
Certaines subissent le désir frustré.
Camille Boustraki n'a pas d'enfant.

Sylvie Mercier cherche le sien.

Ingrid Castan ne sait plus. Vingt heures. Le téléphone sonne. Elle décroche. Pose le combiné sans fil sur le coussin près d'elle. Pâle bloody mary : peu de jus de tomate, beaucoup de vodka. La branche de céleri est une réminiscence de l'époque des cinq fruits et légumes par jour.

Accalmie du soir.

La brûlure est tiède. Cicatrise.

Avant de gratter à nouveau.

Pierre, mon solide. Toi qui portes si bien ton nom.

Mais la fissure est à l'intérieur.

Pierre est un humain devenu minéral. Pierre est une eau gazeuse. Pierre est du sable. Pierre est les cailloux au fond de la rivière. Qui roulent les uns sur les autres, toujours plus petits, et deviennent du sable. Pierre est une bouche pâteuse de fatigue, la langue se décolle du palais.

Pierre parle :

Je suis tout près, Ingrid.

Je touche ce qu'il a touché.

Le robinet d'eau froide.

Le bouton du sèche-mains.

La console sous la caisse enregistreuse.

Le livre sur la tête de gondole.

Dans ma poche, j'ai la monnaie avec laquelle il a payé son café.

Je suis tout près.

Je suis tout près, mais je ne sais pas où.

Il faut attendre.

Attendre encore, Ingrid.

Attendre.

Clic.

Tonalité en *la*.

Suspendue.

Attendre.

Le retour du soldat.

La fin de la guerre.

Les maris, les fils, les pères qu'on a laissés partir.

Les femmes enfantent et puis se laissent dérober ce qu'elles ont de plus cher.

Trop lâches pour dire non.

Ou trop soumises.

Ingrid pense, question :

Quelle est la différence entre une mère qui a perdu son fils en Irak et une mère qui a perdu sa fille sur l'autoroute ?

Non, mieux :

Quel est le point commun entre une mère qui a perdu son fils en Irak et une mère qui a perdu sa fille sur une autoroute ?

Ce qui revient au même.

Fin de la communication.

3

Pierre qui roule.

Le chasseur rôde.

Sent, observe, écoute.

Cherche un indice, une trace.

À l'aire des Lilas, il est repassé aux toilettes, au self-service, au magasin, aux jeux d'enfants, aux pompes à essence. Jusqu'à ce que le flot de touristes diminue.

Pierre ralentit son rythme. Ne pas éveiller les soupçons de l'estafette de gendarmerie postée en faction sur l'aire de repos. Leur présence ne sert qu'à garder un lien avec le point d'impact. Pierre sait bien que l'actualité s'est déplacée ailleurs. Chiens de paille.

Maintenant, il longe la barrière séparant les champs de l'aire de service. Il a ôté son T-shirt pour rafraîchir son corps en sueur. Les côtes saillent sur les flancs amaigris et blancs. Contrastent avec les bras, le cou et le visage bronzés. Bronzage de cycliste ou de maçon. Il marche sur les brindilles qui se brisent sous ses chaussures sans lacets, les pieds nus glissant dans le cuir humide, les cloques sont devenues cals. Pierre hésite à franchir le grillage, renonce. Il y a l'aimant qui le retient de ce côté-ci de l'autoroute. Celui qui lui a tout pris.

Dans Celui il y a Lucie.

Réfléchit Pierre.

Réfléchit bien.

Mets-toi à sa place.

Deviens celui qui a pris Lucie. A coupé la lumière. A crevé tes yeux. Sois aveugle. Descends en toi-même.

Qui es tu ?

Je suis.

Qui es tu ?

Je suis.

Craquements dans le bosquet. Pierre est interrompu dans l'ébauche d'une réflexion fondamentale. Mise en condition foirée. Il tâte son ventre, ne trouve que son nombril humide sous la boucle de sa ceinture. L'arme est restée dans la boîte à gants. Arythmie, il serre ses poings, se ramasse sur lui-même.

L'homme qui sort des frondaisons est corpulent : complet-veston beige froissé, cravate jaune dont le nœud est desserré sur un col de chemise ouvert. Embonpoint. Respiration sifflante. L'homme est surpris par la présence de Pierre. Aucun des deux ne sait que penser de l'autre. Le premier à ébaucher un raisonnement est Gérard Lucino. Il y a une logique et la logique est déterminée par l'action qu'il vient d'effectuer.

— C'est ton tour ? il demande. C'est là-bas.

Gérard passe devant Pierre. Son ventre tend les boutons de sa chemise bleue. D'ailleurs, l'un d'eux est ouvert. Il s'essuie le cou avec un mouchoir en tissu, le range dans sa poche.

— Trente euros, pas plus. Te laisse pas arnaquer. Fais jouer la concurrence...

L'homme s'éloigne en ricanant. Il tousse, puis crache.

Gérard Lucino / Pierre Castan : la rencontre ne restera pas dans les annales.

Les existences sont autant de trajectoires.

Paradoxe de Milgram. « Effet du petit monde ».

Chacun peut être relié à n'importe quel individu par une courte chaîne de relations sociales.

Dans le monde clos de l'autoroute, Pierre et Gérard ont une connectivité supérieure à la moyenne. Ils sont des représentants virtuels de « l'effet d'entonnoir ».

Autrement dit : quand le monde rétrécit.

On rencontre l'effet d'entonnoir dans la communauté scientifique ou dans le monde du cinéma, par exemple.

Ici, dans le petit monde de l'autoroute, un seul intermédiaire les sépare :

Pascal, mais ils l'ignorent.

Pierre hésite. Il pourrait rattraper Lucino et lui demander ce qu'il fout là. Au nom de quoi ? Au nom du père, connard. Et puis, soudain : on entend une voix chanter comme de la neige qui tomberait au mois d'août.

Votre attention, s'il vous plaît :

Une mélodie fredonnée. Une cantilène. Une complainte.

Douce. Limpide.

Atiéndeme /
Quiero decirte algo /
Est-ce possible ?
Que quizás no esperes /
Doloroso tal vez /
Dans
toute
cette
merde,
est-il possible d'entendre ça ?
Escúchame /
Aunque me duele el alma /
Sirène échouée si loin du rivage ?
Yo necesito hablarte /
Y así lo haré...

Pierre s'approche. Il ne voit pas grand-chose dans le clair-obscur d'une lune hésitante, rayons laiteux et fragiles striant la silhouette et la tente deux places montée derrière elle.

La fille s'est interrompue, déchire le voile du clair-obscur, braquant soudain le faisceau d'une torche sur le visage de Pierre qui est aveuglé. Ses mains devant les yeux plissés. Aucun des deux ne bouge. Seule la lumière vibre. La fille jauge Pierre, se rassure, semble-t-il.

— Quarante la pipe, cinquante la totale.

La fille baisse la lampe torche qu'elle accroche à une branche par le cordon. Le faisceau éclaire un entrelacs de branchages, le halo tout autour révèle progressivement : un réchaud de camping-gaz, une glacière, un sac de couchage bleu s'échappant de la tente igloo dont la fermeture Éclair est ouverte.

— Alors ? demande la fille. Tu te décides ?

Pierre voit ses mains ajuster les bonnets de son soutien-gorge.

— On m'a dit que c'était trente.

— Des fois, c'est vingt. D'autres fois, c'est gratuit. N'écoute pas la rumeur. On n'est pas tous pareils. Quarante ou cinquante, c'est toi qui vois.

— Vous chantiez en espagnol.

— Toujours, après m'être fait ramoner le cul. Tu veux quoi, chéri ?

— Je cherche un homme.

La fille sourit, remonte sa jupe en jeans et lui montre un sexe flasque et massif, plus sombre que le reste de sa peau mate.

— Je m'appelle Lola. Ce que tu vois est une anomalie. En réalité, je suis une femme, mais je n'ai pas le courage de me le faire enlever. Ni le courage, ni l'argent. J'ai surtout peur de perdre le plaisir, tu comprends ? Maintenant, *querido*, faut te décider. Pour vingt euros, tu peux aussi me sucer...

Pierre sort son portefeuille de la poche arrière de son pantalon. Il choisit un billet de vingt, le lui tend.

— *Me llamo Pierre.*

— Je crois que tu n'as pas compris, Pierre. Même si tu causes espagnol, le tarif reste le même.

— Justement. Pour parler. Vingt euros pour parler, dit Pierre en sortant une cigarette de son paquet.

Lola soupire, regarde sa montre en plastique.

— Tu as besoin de te rassurer ? D'être mis en confiance pour bander ?

Pierre allume sa cigarette.

— Cinq minutes, Lola. Je pose les questions, tu réponds. Vingt euros faciles.

— C'est plus facile de baiser que de vous écouter vous plaindre. Qu'est-ce qu'elles ont, vos femmes ? Qu'est-ce qui cloche, putain ? ! – *Dame un cigarillo*, Pierre.

Pierre obéit, lui donne du feu. Il attend que la fille ait recraché la fumée de sa première bouffée.

— Je cherche un homme, reprend Pierre. Pas toi. Ni pour baiser ni pour parler.

— Un homme à regarder, alors ?

— Exact. Un homme à contempler. Un homme à fixer dans les yeux.

— Pose tes questions, *mi amor*, le temps passe vite.

— Depuis quand tu travailles dans ce parking ?

— Dis, t'es pas flic, quand même ? Bon. J'émigre, tu vois ? Je voyage, passe d'un lieu à l'autre, mais toujours dans le coin, faut qu'ils puissent me trouver. Les routiers savent où, ils me prennent en stop et je paie toujours en nature. Et si les flics me contrôlent, je suis une touriste.

Pierre mordille l'intérieur de sa lèvre.

— Le reste du temps, tu vis où, tu fais quoi ?

— Le reste du temps, c'est ma vie, je fais ce que je veux.

— Tu as vu quelque chose sur ce parking cet après-midi ?

— Rapport à l'enlèvement de la petite ? Tu plaisantes, *mi amor* ? J'ai débarqué ici il y a à peine une heure.

— Comment tu sais ce qui s'est passé ?

— J'ai entendu ça à la radio pendant que je pompais le dard à un Slovaque dans sa cabine. Ça te va ?

Pierre hoche la tête. Il ne peut pas les voir à cause des branches des arbres, mais les étoiles brillent dans le ciel noir. Régulièrement, des corps extraterrestres se désintègrent au contact de l'atmosphère.

— Allez, assieds-toi, fait Lola en désignant le long siège près de la tente. Je te le fais pour dix de plus.

Pierre reconnaît la banquette de sa voiture. Celle où s'asseyait Lucie. Celle où maintenant Lola installe ses clients.

— Où t'as trouvé ça ? demande Pierre. Comment tu l'as transportée ici ?

— Tu crois que je vis complètement seule ? Que personne ne me donne un coup de main ?

Pierre éteint son mégot sous sa chaussure, remercie et s'éloigne. Les questions, finalement, se résument à une seule : où est-il ?

— Hé, Pierre ? ! Comment il est, celui que tu cherches ?

Pierre ne sait pas.

Lola le laisse partir sans lui demander pourquoi il cherche un homme sur l'autoroute.

À son tour, elle éteint sa cigarette sur la terre sèche.

Les étoiles filantes sont des morceaux de comète comprimés par l'atmosphère terrestre.

Un accident.

Un simple accident sur un tracé.

Ni Pierre ni Lola ne croient plus aux vœux à exaucer. Non pas qu'ils soient devenus amers ou cyniques. Mais parce qu'ils sont dedans, ils sont à l'intérieur.

Dans le noyau dur de l'existence.

Là où on survit.

4

Et alors ?

Mme Ingrid Castan, née Steiner.

« Quel est le point commun entre une mère qui a perdu son fils en Irak et une mère qui a perdu sa fille sur une autoroute ? »

Pourquoi l'Irak ?

Ferme-la, Ingrid. Au hasard de la guerre. Toujours la guerre.

Une seule bonne réponse possible :

Ne pas avoir su retenir ? Ne pas avoir su préserver ?

Genau, Ingrid.

Tu vois ? Tu peux quand tu veux.

Schuldig.

Coupable, *auf Deutsch*.

Ronge tes ongles, salope.

Grignote les millimètres.

Après tu boufferas tes doigts.

5

La sirène s'est tue.

Les trois heures fatidiques au-delà desquelles l'espoir s'amenuise.

Rappel : message réitéré tous les quarts d'heure pendant 180 minutes.

L'alerte devient déjà du passé.

Radio. Télévision. Réseaux sociaux. Panneaux à bulles.

Le temps est à l'œuvre.

Disparition progressive des mémoires.

L'oubli.

Julie Martinez est fatiguée. Julie Martinez a changé trois fois de tampon hygiénique depuis cet après-midi. Ne manquait plus que ça. Ne pas tenir compte de cette déliquescence du corps. Menstruations toujours plus douloureuses au fur et à mesure qu'elle vieillit sans enfant. Elle doit penser, ordonner, classer, décider. Laisser de côté ses ovaires douloureux qui la percent, la tenaillent. Brouillent son humeur. Tendent à crisper sa voix.

Le bureau est le même, et pourtant, il est encombré. Détails apparus avec le temps passé à fumer, à boire, à grignoter, à interroger, compiler, téléphoner : mégots, gobelets, bouteilles en PET, cellophane, miettes, serviettes, papiers, pages de bloc-notes noircies, laptop ouvert, stylos, chargeurs de portable reliés à la prise.

Deux sous-officiers de la brigade cynophile viennent au rapport pour la énième fois. Vide, creux, néant, RAS.

Toujours aucun pôle d'odeur, ni de point chaud. Seulement des capotes usagées et des tessons de bouteilles risquant de blesser les bêtes. À croire que la petite s'est volatilisée.

Rien à signaler à un détail près : les deux bergers malinois reniflent l'entrejambe de Julie Martinez. La conne s'en veut de ne pas être restée assise au lieu d'aller fumer près de la fenêtre. Elle repousse les bêtes, gênée. Les deux agents sourient, laissent du mou à leur chien. On se gondole en douce, derrière un imperceptible rictus ironique, tu sais que je sais. Emmerder le capitaine, supériorité du mâle. Du coup, Julie ne rougit plus. La pâleur de la colère prend le dessus. Froide. Rentrée. Précise.

— Garde à vous !

Les deux hommes tirent un coup sec sur la laisse, se raidissent. Les chiens couinent, réagissent au changement d'attitude de la femelle. Apparition d'une menace potentielle. Leurs maîtres ne donnent aucune instruction allant dans le sens d'une attaque. Les chiens ne bronchent pas, flairent une crainte manifeste.

— Le jour où ils renifleront vos couilles, vous saurez que vous avez un cancer de la prostate. Rompez !

Dans son dos, Thierry Gaspard rit sous cape. Il l'aime bien, son supérieur à la nuque dégagée et aux seins comprimés.

Le capitaine Martinez se frotte les joues, fait claquer sa langue. Comme si une enfant disparue ne suffisait pas. Comme s'il fallait toujours recommencer. Reprendre tout à zéro chaque fois qu'on a affaire à un être humain.

— La vie est un foutu laboratoire, dit-elle.

1

Pascal n'entend pas.

Il a dormi – il dort encore – un vrai sommeil récupérateur. Il a quelqu'un dont s'occuper. Quelqu'un dont il doit prendre soin. Un corps, ça prend de la place, ça demande de l'attention. Laver, coiffer, brosser, habiller. Un corps, ça réconforte.

C'est ce réconfort qui lui a procuré ce sommeil si profond.

Pascal n'entend pas.

Un relâchement après l'émotion et la tension extrêmes.

Pendant quelques jours, tu seras apaisé, souriant. Quelqu'un est là pour toi. Tu as dû lui forcer un peu la main, entendu, mais elles finissent par s'habituer et oublier leur ancienne vie. Celle-ci, tu vas essayer de la garder le plus longtemps possible. Tu as eu cette intuition née des événements qui te font dire que tu es la bonne personne au bon endroit, que tu suis ton chemin. Comment expliquer, sinon, cette convergence, cette parfaite imbrication des éléments ? D'abord, cette petite venue à toi. Créature offerte à Pascal. Et puis le reste, ce changement soudain d'affectation, la somme des réactions en chaîne fournissant l'antidote à ta solitude.

Pascal n'entend pas.

Les voix autour du camper.

L'agitation des talkies-walkies.

C'est seulement lorsqu'un des gendarmes frappe à plusieurs reprises contre la carrosserie du combi que Pascal se redresse.

Vibrations.

Tôle, structures métalliques : pièces, organes.

Assemblages. Liaisons.

Vecteurs.

Pascal maîtrise les battements de son cœur, lui parle dans sa tête. Essuie un début de moiteur exsudant des paumes sur le sac de couchage rouge.

Relève le rideau occultant et voit :

Trois gendarmes tournant autour de son bus. Trois hommes massifs, cheveux courts. Armés, entraînés, fatigués.

Déconne pas, Pascal.

Reste calme.

Il descend à reculons la petite échelle fixée au lit relevable, déverrouille, tire la poignée.

Les gendarmes sont presque surpris d'entendre coulisser la porte latérale. L'un d'eux s'approche, un blond, peut-être le plus âgé, tandis que les autres restent en retrait. Le plus âgé et le plus gradé :

— Vos papiers ainsi que ceux du véhicule, s'il vous plaît.

Pascal réagit avec un temps de retard supérieur à celui auquel s'attend habituellement le lieutenant. Il regarde ses collègues, leur adresse un léger signe de tête qui signifie « vigilance accrue ». Ils cherchent une gamine enlevée, peuvent aussi tomber sur autre chose de juteux.

Pascal, torse et pieds nus, pantalon de survêtement Adidas, descend du Volkswagen, ouvre la portière côté passager et prend les papiers dans la boîte à gants. Le lieutenant déplie le permis et la carte grise protégés par un porte-documents de format A5 et lit.

Et comprend le temps de retard, fait le lien avec l'adhésif collé sur la lunette arrière.

— Si je parle lentement, vous pouvez lire sur mes lèvres ?

— Oui, répond Pascal.

Le lieutenant fait allusion aux plaques minéralogiques ne correspondant pas à celles de la région.

— Vacances ?

— Je travaille ici.

— Où ça ?

— Au restoroute.

— Vous êtes un employé du restoroute ?

— Oui.

— Vous savez que le stationnement est limité à 24 heures ?

— D'habitude je me gare sur les places réservées au personnel. C'est plus simple pour moi.

— Quand êtes-vous arrivé ?

— Hier après-midi.

— Quelle heure ?

— Vers dix-sept heures trente.

— Écartez-vous, s'il vous plaît, nous allons fouiller votre véhicule.

— Pourquoi ?

— Vous n'avez pas enten...

Le gendarme s'interrompt. Jeu de mots de mauvais goût. Il a un doute, mais pourquoi pas après tout ? Pourquoi n'ignorerait-il pas la disparition de la petite Marie Mercier ?

— Contrôle de routine. Éloignez-vous du véhicule, s'il vous plaît.

À ses hommes :

— Allez-y !

Les deux aspirants s'activent avec méthode : vérification des banquettes, armoire sous la kitchenette, penderie et literie.

— Putain, c'est plus propre que chez moi, fait l'un dans le dos de Pascal. Une vraie fée du logis.

L'autre rigole. Pascal se retourne, une sorte d'écho à l'intérieur de lui-même. Le lieutenant en profite pour évaluer sa musculature sèche, tout en tendons. Triathlète ou arts martiaux, il pense.

— Je vous remercie, monsieur. Navré du dérangement. Il est encore tôt. Mais de toute façon, c'est l'heure d'aller travailler, non ?

Les gendarmes s'éloignent, rejoignent leur Estafette.

Pascal reste seul sur sa portion de parking. Le ciel est rose. Il est à peine six heures. Il retourne à son van, plie son sac de couchage. Efface les traces de passage des flics : objets déplacés, empreintes de doigts sur les meubles, terre sèche sur la moquette du van.

Baisse le toit relevable. Il se brosse les dents, crache dans le petit évier, se rince la bouche. S'il y avait eu un chien, il aurait senti l'odeur de Marie. L'odeur de la peur.

Là où il l'a pliée et rangée.

Mais il est à plus de soixante kilomètres du lieu de l'enlèvement.

Il respire.

Pascal chausse ses baskets, verrouille son bus et traverse le parking. Plus loin, les flics boivent du café à un thermos, les pieds appuyés sur le rebord de leur camionnette ouverte. Ils lui tournent le dos.

Pascal se dirige vers l'aire de détente, commence par des exercices d'assouplissement avant d'attaquer une première série de vingt-cinq tractions à la barre fixe.

Il en fera deux cents, au total.

2

Négatif sur toute la ligne.

Ça part en couille.

Ça se délite.

Une piste n'ayant jamais existé.

Lot de consolation : ils ont quitté l'aire de ravitaillement pour un QG établi dans un poste près d'une station de péage. Sandwichs frais, café et lit de camp pour quelques heures de sommeil.

Douche.

Laver la sueur et le sang.

Changer de tampon hygiénique. Changer de slip. Changer de chemise.

Les cheveux humides, Julie se sentirait presque d'attaque. Dans le bureau, elle retrouve le lieutenant Gaspard assis devant l'écran de son ordinateur, le combiné d'un téléphone fixe calé entre l'oreille et la clavicule, à l'ancienne. Il tape sur le clavier, prend quelques notes rapides sur son calepin. Il est impeccable dans sa nouvelle chemise repassée – sa femme ou le teinturier ? –, les cheveux peignés, joues rasées, la peau bronzée. Ils sont presque seuls dans le bureau mis à leur disposition. Julie Martinez fait en sorte qu'ils le soient complètement en demandant au planton de service d'aller leur chercher du café et deux de ces sandwichs triangulaires emballés sous plastique.

Thierry Gaspard coupe la communication, sauvegarde le document et abaisse l'écran de l'ordinateur.

Annonce :

— On a retrouvé le téléphone portable de Marie Mercier.

C'est tout de même de la bombe. La nouvelle devrait donner un coup de fouet à son enquête.

Pourtant, Julie Martinez ne dit rien.

Ne se réjouit pas.

Elle connaît son collègue.

Le visage de Gaspard reste sombre. Elle se demande s'il va lui apprendre le pire.

— On a affaire à un petit malin, continue Gaspard. Side-car. Un biker et sa nana. La patrouille qui les a interceptés a cru pêcher les bons. Au final, ils n'ont qu'une barrette de hash dans leurs bagages.

— Où était le téléphone ?

— Dans une sacoche de la moto. En mode silencieux.

— Maintenir la traçabilité tout en nous égarant.

— Tu ne sais pas le plus fort ? Ils ne se sont pas arrêtés à la station où a disparu la gamine, mais à la suivante.

— Il a pris son temps pour se foutre de notre gueule.

— Sûr de lui. Si c'est bien d'un homme qu'il s'agit.

— D'après toi ?

— C'est un homme.

Julie Martinez palpe sa poche de chemise, cherche son paquet. Thierry lui tend le sien. Elle se ravise :

— J'attends le café. On en est où avec les bandes vidéo ?

— Le service a tout épluché. Rien.

— Angle mort ?

— Je ne vois pas d'autre hypothèse.

— On aura peut-être plus de chance avec les motards.

— J'ai contacté Lucino. Il s'occupe de nous fournir les bandes de la station des Lilas.

— Le même connard ?

— Il gère plusieurs franchises de la région.

Le planton arrive avec cafés et sandwichs. Il pose le plateau sur le coin du bureau. Le capitaine lui demande de les laisser seuls. Une enquête, c'est beaucoup plus intime qu'on ne le croit. En tout cas, pour Julie. On ne dirait pas à la voir comme ça, mais elle est une femme enveloppante, protectrice. Jalouse de ce qu'elle considère comme proche de sa sphère intime.

Gorgée de café, puis :

— Angle mort signifie qu'il a repéré la position des caméras, dit-elle.

— Sans compter que les images sont effacées après 48 heures. Impossible de revenir dessus pour détecter un éventuel suspect rôdant sur le parking.

En effet, les cheveux propres, la peau fraîche, Julie se sentirait presque d'attaque si elle n'était pas taraudée par ce sentiment de dérision se confirmant d'heure en heure. Insignifiance de l'action. Exiguïté de la marge de manœuvre malgré l'envergure des moyens à disposition. On joue déjà dans les prolongations. Bientôt, ce sera les arrêts de jeu et puis la fin de partie. Julie Martinez voudrait se poser la question du sens de tout cela. La réalité l'oblige à constater que ce fils de pute continue de prendre de la distance. Donc, ne pose pas la question. Rester en mouvement. Pas de retour sur soi. Ne pas soulever les grandes questions du Sens et du Pourquoi.

Bouchée de poulet-curry, puis :

— Où sont les motards ? demande Julie.

— À cent vingt bornes d'ici. Retenus dans un Formule 1.

— Tu vois autre chose, Thierry ?

— À part contribuer à bousiller leurs vacances, non.

3

Gérard Lucino interrompt la communication.

iPhone 5. Perle de la technologie, Dieu cire les pompes de Steve Jobs.

Mais la technologie marche main dans la main avec la surcharge de travail.

Cette conne de fliquette croit qu'il n'a que ça à foutre, lui refiler des bandes vidéo, alors qu'il croule sous le boulot et la réorganisation en interne de sa franchise numéro 2 ? D'autant plus que la moitié des caméras de surveillance ne fonctionnent pas, sont là juste pour faire joli et donner le change. Il va tenter de les bluffer, mais risque de se faire taper sur les doigts par la hiérarchie.

Putain de semaine, bordel.

Sans compter qu'il a perdu un tas de clients à cause de la sécurisation du périmètre de la station-service, restaurant compris.

Qui va lui rembourser son manque à gagner ? Le père de cette ado fugueuse ?

Gérard desserre son nœud de cravate, retrousse les manches de sa chemise tout en tenant le volant d'une main. Le micro clippé à son oreille fait désormais partie intégrante de son anatomie. Il entend mieux de la droite, alors c'est à l'oreille droite qu'il l'a fixé. Comme sa bite. Penche à droite, elle aussi. À propos : la fliquette en question lui avait refilé une érection qu'il avait dû aller apaiser dans la bouche de Lola. Gérard se la taperait bien. Baiser les flics au sens propre, baiser une femme de pouvoir, voilà la réalité du fantasme. Mais Gérard est trop con pour identifier la source même de son excitation. Baiser une femme de pouvoir. Mieux encore, se faire sucer, assis peinard dans un fauteuil.

Sa bite s'affole. Inconfortable en conduisant. Le slip comprime ses testicules, la frustration l'incite à appuyer davantage sur la pédale de l'accélérateur. Alfa Romeo 159 Sportwagon. Le modèle break, à la fois pratique pour emmener les enfants lorsqu'il en a la garde, et suffisamment nerveux pour dérouler en célibataire.

Sans compter qu'il trimballe toujours un tas de bordel à l'arrière : dossiers, échantillons, prospectus, vêtements de rechange.

À 150 km/h, Gérard Lucino se dirige vers son fantasme. Quel genre de culotte porte une capitaine de la gendarmerie ? Sûrement un de ces trucs fonctionnels. En cas de pépin, ça la foutrait mal de lui ôter son string aux urgences.

Ouais, un truc fonctionnel.

N'empêche, ça le fait bander quand même.

Gérard se touche la queue à travers le tissu de lin de son pantalon. Il voudrait la sortir et se branler. Renonce à cause des chauffeurs de poids lourds. Risqueraient de le voir du haut de leur cabine. Ça lui est arrivé une fois alors qu'il se faisait pomper le nœud par une stagiaire. Le chauffeur avait averti ses petits copains par radio. Chaque fois qu'il dépassait un camion, un appel de phares se réfléchissait dans le rétro de son Alfa rouge.

Reviens, Gégé.

Laisse tomber ces conneries.

Pense à du fonctionnel, toi aussi.

À des chiffres.

T'en veux, des statistiques, pour débander ?

... 9078,1 km d'autoroutes – 85,2 milliards de kilomètres parcourus par les clients – trajet moyen sur le réseau : 58,6 kilomètres (voitures) – 73,9 kilomètres (camions) – 367 aires de service – 632 aires de repos – 911 échangeurs – 34 postes de gestion de trafic et d'information – 2203 panneaux à message variable – 2,1 milliards de litres de carburant vendus – 20 hôtels – 260663 nuitées – 429 restaurants – 1,51 milliard d'investissement annuel dont 139,7 millions consacrés à l'entretien des infrastructures et de la sécurité – 30,9 milliards d'endettement – 94 % des aires de service et de repos équipées pour le tri sélectif –

14798 salariés (60 % d'homme, 40 % de femmes) – 20,1 millions de dépenses de formation...

Une Porsche Cayenne lui colle au cul. Gérard pousse encore un peu, il sait qu'il ne pourra pas la distancer. Il fait durer le plaisir des appels de phares avant de se rabattre sur la voie de droite. La Porsche Cayenne est son prochain objectif. Pas pour le boulot, trop voyant, mais pour son plaisir personnel. En attendant, il y a la pension alimentaire de ses trois gosses à régler. Le crédit sur une villa qu'un fils de pute occupe avec sa femme et ses mômes.

— Merde, Gégé, se dit-il à voix haute dans un moment de pure lucidité, t'es un putain de cliché !

4

Elle le savait déjà.

Elle attendait d'en être sûre.

Pas une fugue. Pas la colère rentrée d'une adolescente dont les parents sont au seuil du divorce. Pas le coup de tête d'une fille atteinte affectivement et qui chercherait à reporter l'attention sur elle.

Aux quelques éléments de statistique fournis par Gérard Lucino, il en manque un, moins formel, celui-là. Plus discret. Celui dont on n'est pas fier. Qui concerne la police en général et, maintenant, le capitaine Martinez en particulier.

Cet élément, le voici :

En huit mois, deux jeunes filles, âgées respectivement de 8 et 12 ans, disparaissent sur l'autoroute.

Le camembert grossit si on y inclut une troisième disparition d'une fillette de 10 ans, datant de l'année précédente – laquelle, plus précisément, est la première de la série –, dans un motel Kyriad proche de l'autoroute.

Le tout dans un périmètre d'environ 200 kilomètres.

Série, sériel, séquentiel.

Recherche du lien.

Le hasard cède le pas à la malveillance.

Julie Martinez fait un effort pour ne pas baisser la tête face aux regards inquisiteurs du commandant Henri Loubès et du colonel Raymond Masséna. Le faisceau lumineux du vidéoprojecteur montrant la carte agrandie de la région donne à leur visage un teint hépatique.

Malades prêts à dégueuler.

C'est vrai qu'ils sont tous les trois sur le même bateau.

Ça tangue un max. Mais c'est elle qui est sur le pont.

Loubès coordonne, gère la presse. Masséna frappe sur le même clou de la connivence, insiste sur les pressions venant du haut depuis que la presse s'est emparée du fait divers.

Que demander de mieux un quinze août que l'enlèvement d'une enfant liée à des disparitions en série ?

La série est décrétée à partir d'une double réitération sur un mode opératoire similaire.

Le capitaine Martinez fait semblant d'écouter. Elle n'est pas conne. Elle n'a juste pas de bol. Dans une semaine, c'était les vacances, quatorze jours à Formentera, *all inclusive*. Soleil, chaise longue, piña colada à l'Hotel Club Punta Prima. Bien sûr, elle a souscrit à l'assurance en cas d'annulation. Flic un jour, flic toujours.

— Excusez-moi de m'adresser à vous, capitaine !

Julie se ressaisit, efface le sourire de dépit qu'elle a ébauché malgré elle.

Le colonel Masséna vomit, finalement. Des paroles au lieu d'un petit déjeuner, du fiel, une crise de foie sous forme de logorrhée. Peur, craintes, angoisses. L'habituelle saloperie drainée par la hiérarchie pyramidale, laquelle presse le colonel et le pousse dans ses retranchements. Cheveux rasés, visage dur, mais les chocottes quand même lorsqu'il s'agit d'assurer sa réputation et sa caisse de retraite. La réunion « informelle » avant la grosse, la sérieuse, celle où les têtes seront exposées au possible échafaud, et qui aura lieu dans l'après-midi. En attendant, la force active, l'exécutif, accorde ses violons. C'est fou comme une seule personne, tout en haut, peut faire chier toutes les autres en cascade. Un chef de cabinet, par exemple.

Julie Martinez s'excuse et demande de répéter la question. Le commandant Loubès tempère, joue les médiateurs. La question est finalement posée à nouveau, et le colonel expose son point de vue quant au plan d'action :

— Périmètre de recherche élargi à cent kilomètres. Analyses détaillées de la topographie. Quadrillage optimal du territoire. Contrôles poussés des véhicules suspects, des bandes de vidéosurveillance. Recueil de témoignages. Alerte Interpol.

— Bien, dit Julie.

La procédure suit son cours.

Le protocole.

Ils ont des cases dans leur tête et les petites croix ont été inscrites à côté des bonnes réponses.

« Bien » mon cul, pense Julie.

Julie Martinez flanquée de son second Gaspard est chargée d'opérer dans l'inframince.

L'inframince, c'est-à-dire le terrain.

L'inframince, c'est-à-dire la mise en relation des données.

Rhizomes.

Connecter et espérer une étincelle.

Agir avec des résultats escomptés.

Pas de cavalerie, pas de bastringue, pas d'hélicoptères.

Penser.

Le débriefing « informel » s'achève.

Julie Martinez claque des talons, salue et sort. Imitée par Thierry Gaspard.

S'arrête à la fontaine à eau de l'étage pour boire. La transpiration sous ses aisselles fait deux taches sombres sur la chemise bleu clair.

Personne avant elle n'a été foutu de faire le lien entre les deux précédentes disparitions.

Le temps (entre chaque enlèvement)

l'espace (la distance relative)

ont suffi à compartimenter les cas.

Faiblesse de l'administration.

Complexité.

Cloisonnement.

Focalisation.

Il a fallu la troisième victime.

Le prix à payer.

Le prix à payer pour donner un tour supplémentaire aux mâchoires de l'étau.

Julie termine de boire, jette son verre en carton dans le cylindre récupérateur.

Gaspard la regarde.

Ils se comprennent, bien sûr. En silence.

Comment faire pour connecter le vide avec du rien ?

VI

1

Ils n’ont rien vu venir.

Ni Marc, ni Sylvie.

On leur a fait changer d’hôtel à cause des journalistes qui les harcelaient.

Ils sont ailleurs, dans une même chambre conventionnelle. Une chambre en plastique. Répit avant qu’on ne les retrouve. L’information circule toujours. Un employé, une bouche qui parle. Froissement du pourboire que l’employé regarde avant de le glisser dans sa poche.

Repérés.

Pornographie.

Indécence.

Sylvie a trouvé une nouvelle bible dans un nouveau tiroir.

Marc s’est enfermé dans la salle de bains.

Eux aussi font le lien, maintenant.

Pas celui des disparitions, on en informera Sylvie plus tard. Elle comprendra alors pourquoi Marc a agi ainsi.

Et cela ne changera strictement rien à ce qu'ils ont subi, subissent, subiront.

Non.

Ce qui relie les événements entre eux. Aussi anodins soient-ils. Les insignifiances accumulées, les strates invisibles à l'œil nu.

Trop tard.

Chacun dans sa tête, éloignés l'un de l'autre. Leur vie, leur couple, leur enfant. Les rapports de cause à effet. Elle qui s'est mise à prier à genoux, dans l'espace restreint entre le lit et la fenêtre. Concentrée, psalmodiant. Marc ne trouve même pas ça pathétique. Marc est prêt à tout, pourvu que sa fille lui revienne, intacte, vivante. Lui, n'a rien trouvé d'autre que de s'asseoir dans la baignoire, l'eau tiède coulant du pommeau de douche sur ses épaules. Il se revoit dans la voiture, l'engueulade d'hier matin, ses pensées vaguant sur le corps de sa maîtresse. Croyant que ces espaces de mémoire, de noyau dur au fond de lui-même, le préserveraient de ce présent qui se délitait : la famille sur le point d'éclater. Mais pas comme ça.

Pas de manière aussi violente.

Pas de manière aussi radicale.

Croyant qu'il suffisait de s'échapper d'une femme pour renaître ailleurs chez une autre.

Non.

La question maintenant est :

Comment faire pour revenir en arrière ?

Rembobiner le désastre.

Ça ressemblerait à ceci :

Tu souris à Sylvie, tu lui caresses la cuisse sous la jupe que tu relèves doucement.

Tu lui dis avec les yeux ce que tu lui disais il y a une éternité.

Tu lui dis le désir.

La joie.

Le plaisir.

De sa compagnie. Combien tu aimes qu'elle soit là près de toi pendant que tu conduis alors que vous partez en vacances tous les trois.

Ta fille à qui tu souris dans le rétroviseur.

Tu lui achèteras son nouveau portable, promis.

Tu lui offriras toutes les glaces de la terre.

Et une jolie maison de location pendant deux semaines.

Tous les trois.

Dans la joie.

Pas une joie niaise, mais une joie mature. Consciente des bons moments qu'il faut savoir prendre, goûter, préserver dans l'océan du malheur potentiel qui nous entoure.

Tout ça derrière l'écran de tes paupières closes.

Tu as souri.

Un instant.

Un rêve éveillé.

D'habitude, c'est le contraire : le cauchemar s'efface et on s'accommode de la réalité.

Pas ici. Plus maintenant.

Au fond de lui-même, il sait.

On parle volontiers d'instinct maternel et on oublie les hommes.

Il a vu les affichettes collées sur les fenêtres des échangeurs, dans les postes de douane. Il a vu ces visages d'autres enfants, souriants. Ignorant l'horreur qui les attendait : disparaître au monde. Enlevés des leurs. Évacués dans l'oubli. Maltraités, leurs corps jeunes. Terrorisés, leurs esprits encore fragiles.

Qu'y a-t-il de plus effrayant ?

Où est la limite ?

Marie ne reviendra pas intacte.

Marie ne reviendra pas vivante.

Marc a vu les avis de recherche collés sur les vitres.

Marc a lu les légendes accompagnant les photos.

Il a appris le numéro unique national : 116 000.

Toute disparition de mineur est considérée comme inquiétante (article 26 de la loi n° 95-73 du 21 janvier 1995).

Chiffres officiels des disparitions d'enfants en 2010, données nationales (ministère de l'Intérieur à partir des données du Fichier des personnes recherchées, dernier recensement en date), soit au total, sur les 58932 inscriptions au fichier :

47312 fugues.

353 enlèvements parentaux.

359 disparitions de personnes susceptibles d'être victimes d'un crime ou d'un délit.

143 disparitions inquiétantes.

Les visages souriants des affichettes s'accumulent.

Qui prend nos enfants ?

Faites le 116 000.

Je vous en supplie.

Trouvez-moi ce putain de croque-mitaine.

Cent seize mille converti en douleur, ça donne l'âge de Marie.

Autant de temps passé à veiller à ce qu'elle grandisse convenablement.

Sans heurts.

Le temps qu'elle devienne une femme et prenne sa vie en main.

Quelqu'un d'autre s'en est chargé pour elle.

L'eau tiède est devenue froide depuis longtemps.

Boiler kaput.

Marc n'a pas su la protéger.

Marc pensait à baiser une cliente de son club de fitness.

Marc pensait à soigner sa condition physique.

Marc musclé mais veule.

Marc pensait divorcer.

Marc ne bouge pas.

Marc a honte.

Marc sait.

Marc.

2

Ils sont venus chez elle aussi.

Elle les a entendus rôder derrière les stores,
sonner à la porte,
frapper du poing,
gratter,
flairer,
exhorter à répondre s'il y a quelqu'un,
rire,
tousser,
se résigner.

Elle les a vus marcher dans le jardin, à travers les interstices des rideaux,

lever les genoux dans l'herbe haute,

écarter les ronces,

trébucher sur les transats vermoulus,

shooter malgré eux dans un ballon crevé à l'effigie de Pocahontas.

Elle les a vus partir.

Eux aussi ont relié les affaires entre elles. Pas besoin d'un doctorat en sciences de la communication pour comprendre ça.

Pierre avait compris bien avant tout le monde.

Pierre ne voulait pas qu'on le sache.

Pierre veut le responsable pour lui.

Pour elle.

Le frapper, le tordre, le casser, l'écorcher, le détruire.

Pas de police, pas d'avocats, pas de juge, pas de procureur, pas d'experts psychiatriques, pas de fourgon cellulaire, pas de médias, pas de confrontation entouré de tous ces merdeux.

Juste Pierre.

Juste elle.

Et ce fils de pute de croque-mitaine.

Et Ingrid tient pour ça.

Juste pour ça.

Elle tiendra le temps qu'il faudra pour lui arracher les yeux, la langue, les oreilles, les doigts, le nez. La bite. Tout ce qui a profité de Lucie, tout ce qui a dévoré Lucie sera frappé tordu cassé écorché déchiqueté détruit.

Sel sur les blessures.

Je lui pisserai dans la bouche.

Aspergé d’essence et brûlé.

Il en restera toujours quelque chose sur la terre.

Ingrid voudrait envoyer ce quelque chose dans l’espace, loin de l’orbite terrestre.

Mais il en restera toujours un élément.

Quark, neutrino, particule élémentaire du plus petit monde possible.

On ne peut pas détruire complètement absolument définitivement.

Faire comme s’il n’avait jamais existé.

Il en restera toujours la plus petite particule possible.

Un territoire.

D’où la nécessité du pardon.

Pour ne pas se faire ronger par la rancœur.

Sauf sa fille. Sauf Lucie. Disparue dans le néant.

Plus de territoire.

En prenant son corps, il a tout pris.

Sa main retombe dans le vide.

Le rideau recouvre la vitre.

Les chacals sont partis.

Ces fumiers de la presse à scandale.

C’est bon, la haine, ça te maintient en vie.

Ils croient la maison abandonnée.

Ils croient bien.

Ingrid s’assied à califourchon sur l’accoudoir et commence à se frotter sur le cuir du divan.

Si elle était une femme fontaine, il y a longtemps qu’elle se serait noyée.

3

Obsession.

Du corps : apparence.

Du sport : performance.

Du sexe : fréquence.

Du travail : réussite.

De l'argent : quantité.

De la propreté : ordre.

De la culture : savoir.

De la maladie : déchéance.

De la mort : disparition.

De la possession : accumulation.

Pierre a changé de chemise, s'est lavé le visage, brossé les dents.

Il a attaché sa ceinture, s'est engagé sur la voie d'accélération après avoir mis son clignotant.

120 km/h.

Pierre repart vers l'ouest.

Passe en revue les aires de repos et de service.

Comme le dit la brochure de présentation :

Sur le réseau autoroutier, vous trouverez une aire de repos tous les 15 à 20 km et une aire de service tous les 40 à 50 km environ. Des aménagements vous sont proposés sur les aires de service pour vous détendre et vous reposer. Vous trouverez sur nos aires de nombreux services ouverts 24h/24 : carburant, épicerie, toilettes...

Des accalmies. Des nids à croque-mitaines. Pierre suit un schéma précis, mathématique.

Lutte incessante contre la démence. Obsession / compulsion et tout le bazar.

Obsession de l'obsession : folie.

Après une cinquantaine de kilomètres, Pierre s'arrête sur une aire de repos particulière, propre comme aucune autre.

Pierre sait.

Pierre peut comparer.

Établir un classement objectif de la maintenance et du niveau d'entretien de chaque aire de repos ou de ravitaillement.

En l'occurrence, ici :

Papiers ramassés (deux fois par jour).

Les trois cabines téléphoniques nettoyées quotidiennement (vitres astiquées, coques désinfectées).

Les douze poubelles disponibles vidées avant qu'elles n'atteignent leur limite de contenance (plusieurs fois par jour, selon les besoins).

Gazon tondu (mercredi et vendredi).

Plates-bandes entretenues afin de rendre le gazon mité plus agréable au coup d'œil (tulipes, marguerites géantes, romarin, laurier).

Pierre se gare près de la cahute. C'est une aire désolée : des sanitaires, une grappe de trois cabines téléphoniques, des bois alentour. Plus loin, un portail métallique cadenassé séparant l'aire d'un chemin de terre continuant de l'autre côté de l'autoroute. Derrière le portail, une Renault 4 bleue.

Pierre referme la portière de sa Renault à lui. Le temps passe, les modèles aussi. À la fin, les modèles dans des musées et les corps pourrissant sous la terre. Plus tard encore : les modèles dans des musées et les ossements réduits en poussière.

Morale ?

Aucune.

Simple constat le temps de rejoindre la cahute faite de planches vissées et de tôles rivetées.

J'insiste : morale ?

La mécanique mieux choyée que les corps.

Eh bien voilà, quand on veut.

Pierre sait que Jacques Baudin l'a déjà repéré par l'une des fentes de surveillance pratiquées sur chaque face de la cahute (sauf sur la porte, mais la porte donne sur les bois).

(« Ils voient pas que je les vois. Mais si ça me plaît, cinq minutes après je suis là. Oh ! excusez-moi, monsieur. D'autres fois non, j'ai pas besoin de bouger. Moi, mon travail est fait, je reste sur mon tabouret. »)

Jacques Baudin lui ouvre la porte avant que Pierre ne frappe. La porte ne grince pas, gonds lubrifiés. À l'intérieur, la cabane est propre : un chauffage (rangé dans un coin), une radio (connectée en sourdine sur FM 107.7), un tabouret avec coussin de skaï (rafistolé au gros scotch brun de magasinier).

Pierre salue. Jacques salue.

Avant qu'ils n'aillent plus loin dans l'échange de paroles, brève présentation de Jacques Baudin :

Depuis douze ans, il est affecté à l'entretien de l'aire des Cyclamens.

(« Des fois, c'est des équipes, ils passent une heure le matin, et puis ils vont plus loin. Moi, je leur ai dit, j'habite là, je m'occupe de tout, mais vous me laissez tout seul. Vos équipes, j'en veux pas. Ils m'ont dit : Combien vous voulez ? Et depuis ce temps-là, c'est affaire réglée. »)

« Là », c'est à trois kilomètres dans les champs au bout du chemin de terre. Baudin y vit seul, encore loin du premier village.

De l'autre côté de la barrière.

L'autre monde, pour Pierre Castan.

Celui d'avant. Celui qui maintenant n'est plus que lignes droites fléchies et devenues circuit.

Pierre demande à Jacques comment il va.

Ce qui équivaut à demander comment les choses vont entre elles, comment elles peuvent s'imbriquer l'une dans l'autre.

Des tas de petites choses accumulées.

Quand il n'a plus assez de place, Jacques Baudin agrandit sa cahute.

— Jusqu'où ça ira ? Jusqu'à ma mort, répond Baudin.

Pierre écoute distraitement la réponse, obnubilé par les objets qu'il touche.

Car Jacques Baudin a une particularité : il garde tout ce qu'il trouve sur l'aire de repos. Il appelle ça ses souvenirs, sa collection. Les gens perdent des choses et Baudin les recueille. Tout le monde perd quelque chose. Jacques Baudin n'a jamais demandé à Pierre Castan ce qu'il a perdu.

Chaque fois : Pierre commence l'inventaire depuis le début, Jacques commente les objets selon leur catégorie.

L'un et l'autre creusent le sillon de leur obsession.

Baudin : Obsession de l'accumulation ou de la perte ?

Pierre cherche parmi :

Biberons (de verre, à section triangulaire, en plastique décoré, grand, moyen et petit format, rangés en ligne dans cet ordre, 23 au total), pièces de monnaie (anglaises, italiennes, allemandes, hongroises, hollandaises, danoises, finlandaises), portefeuilles (« Attention, seulement s'il n'y a pas de papiers ni d'adresse. »), vêtements (« Et des beaux, regardez. Surtout en mi-saison. »), beaucoup de jouets (« Ça tombe quand ils ouvrent la porte, c'est sous la voiture et quand ils repartent je vois ça là par terre, c'est si triste. On laisse pas un jouet comme ça par terre. Je ramène. »), des clés (seules ou en trousseaux), des verres et fourchettes, et même des choses en porcelaine (« Ah, ça, je pourrais recevoir. »), des livres (notamment un Stephen King, une moitié de Simenon, la couverture et les quatre-vingts premières pages, une couverture sans livre de *Autant en emporte le vent* – « Mais je les lis pas. Je me dis : ça m'appartient pas. C'était fait pour eux, pour leur tête. Si je veux lire un livre, je vais à la ville, je me l'achète. »), des produits de beauté, des barrettes à cheveux, des tubes de rouge à lèvres, des miroirs de poche, des paires de lunettes (de soleil et de vue), des collections d'emballages vides (collés sur un panneau de contreplaqué de deux mètres sur trois), des bouteilles vides (bière, vin, soda), des flacons de verre, un tournevis, un marteau, une pince multiprise, une cloche, cintres et portemanteaux, un appareil photo jetable (« Et dix photos sur vingt-quatre sont prises, mais quel droit aurais-je de les faire développer ? »), des bouts de papiers avec écriture manuscrite, toute une grosse boîte de photographies (« Une photo, c'est comme un jouet, ça a une vie qui ne dépend pas des gens, alors je garde. Pourquoi ils viennent faire leur tri et leur ménage quand ils sont en voyage, qu'ils partent en vacances ? faudrait leur demander. »), étrangetés : une hélice de bateau à moteur, et une machine à coudre (« Eh, oui, grosse comme ça, et ils l'avaient laissée là. Je l'ai gardée dans ma cahute. Je me disais : ils reviendront bien la chercher. »)

Mais non, rien.

Pierre a beau chercher.

Rien qui aurait pu appartenir à Lucie.

Il ne sait pas ce qui est pire : une trace ou l'absence de trace.

Et puis Jacques se lance, lui montre ce qu'il a gardé en stock depuis la dernière fois :

Une revue porno en partie déchirée. Deux bougies de moto. Un calot militaire. Une lettre avec écriture manuscrite dont Jacques a recollé les morceaux.

La main tremble :

— Je peux lire ? demande Pierre.

— Si quelqu'un l'a jetée, c'est à tout le monde. Et pis, je cause pas anglais.

Night : and once again, the nightly grapple with death, the room shaking with daemonic orchestras, the snatches of fearful sleep, the voices outside the window, my name being continually repeated with scorn by imaginary parties arriving, the dark's spinets. As if there were not enough real noises in these nights the colour of grey hair... So that when you left, Yvonne, I went to Oaxaca. There is no sadder word. Shall I tell you, Yvonne, of the terrible journey there through the desert over the narrow gauge railway on the rack of a third classe carriage bench... No, my secrets are of the grave and must be kept...

Pierre replie le papier, le rend à Jacques.

— C'est une lettre d'amour. Une lettre d'adieu.

Jacques la range dans son unique tiroir près d'un calepin :

— On pourra toujours venir la récupérer. Des fois, on déchire des choses qu'on voudrait pas. Sous le coup de la colère.

— C'est un homme. Un homme a écrit cette lettre.

Jacques appuie sur la pompe d'un thermos de trois litres, remplit un verre dans un bruit de succion.

— Vous en voulez ? C'est du thé vert.

Pierre accepte, boit trop vite. Pousse la langue contre le palais pour atténuer la sensation de froid sur son front.

— J'ai reçu une seule lettre d'amour dans ma vie et je l'ai perdue, dit Baudin. Je voudrais bien voir la tête de ce type, pas vous ?

Pierre fait non de la tête, pose le verre Duralex sur la table recouverte de toile jaune cirée agrafée à même le bois.

— Jacques, je...

— Causez pas. Ça sert à rien de causer. Moi, je réponds jamais rien à personne, sauf à vous. J'ai compris ce que vous cherchez. Sauf que ce que vous cherchez, moi je l'ai pas. Sûrement que personne l'aura jamais...

Jacques s'interrompt, jette un œil par une des fissures. Un rai de lumière éclaire ses yeux noirs. Jacques règne sur cet ordonnancement vide dont il connaît chaque mètre, change de sujet :

— Les camions, je leur dis : plutôt par là, les gars. En plus, ici, ils ont de l'ombre. Que ça se mélange pas aux familles. Moi j'hésite pas, j'y vais, je cause. Et puis je leur dis : Je suis là, dormez en paix, parce que ces gars, à quelle heure ça dort ? N'importe quelle heure.

« Tenez, pas plus tard qu'hier, j'ai vu un gars qui rôdait près d'un side-car alors que ses occupants s'étaient éloignés vers les bois. Je me suis approché pour lui demander s'il avait besoin de quelque chose. Le gars, c'était comme si il avait pris une décharge en me voyant, tellement il était surpris de ma présence. Le type a filé à son véhicule garé plus loin, un van, fallait voir ses yeux... Une bête aux abois... Allez savoir ce qu'il avait derrière la tête.

— Un van ? demande Pierre.

— Un Volkswagen, ouais.

— Comment était le type ?

— La trentaine. Cheveux courts. Yeux bleus. Ça peut vous être utile ?

— À votre avis ?

— Peut-être un visiteur.

— Pardon ?

— Un voleur, quoi.

— Pourquoi « peut-être » ?

— Son van était nickel. Un machin comme ça, ça vaut dans les cinquante mille, je parle à l'état de neuf. Moi, je dis, à ce prix-là, on fait pas les poches des touristes. Mais bon, allez savoir.

Dilemme permanent : celui du soupçon. Le comportement hors norme comme preuve de culpabilité, le procès d'intention, le délit de faciès... Lui-même est devenu un cas social.

Que faire de l'information quand l'information devient ingérable parce que saturée ?

Pierre sort son paquet de cigarettes, en donne une à Jacques qui la prend précautionneusement entre ses deux gros doigts sales. Pouce et index de la main droite. Les autres, il ne les a qu'en partie, tranchés au niveau de la première ou de la deuxième phalange. « Moissonneuse », il avait dit en voyant Pierre fixer ses moignons. Pierre lui allume la cigarette avant de s'occuper de la sienne. Par l'interstice, Pierre regarde en direction du gazon. Soleil au zénith, l'aire parfaitement déserte. La lumière est crue, violente, sans relief. Pierre fixe un bout de désolation. C'est le rituel : après la cigarette, il s'en ira.

Obsession de Pierre : retrouver Lucie.

Retrouver Lucie ne signifie plus retrouver Lucie au sens propre.

Retrouver Lucie, c'est chercher le sens.

Car le monde n'existe pas en soi.

Il n'existe que comme plié.

Il n'existe qu'enfermé dans chaque âme.

Dans chaque nom propre.

VII

1

La fille se déshabille.

Un corps :

peau diaphane,

veines bleues,

épaules minces et droites,

grosse poitrine,

longues jambes,

petit cul rebondi.

La totale.

Tout ce qui fait bander un homme de 55 ans.

Tout ce à quoi un homme de 55 ans ne peut décidément pas renoncer.

« Biker » mon cul : il est un professeur d'université (Lettres modernes) en goguette.

Devinez avec qui ?

Exactement.

L'étudiante à la peau diaphane et tout le bordel des veines bleues, des épaules minces et droites, de la grosse poitrine, des longues jambes et du petit cul rebondi.

Celle assise au premier rang.

Qui s'attarde à la fin du séminaire.

À la petite langue qui se faufile dans l'oreille.

Qui se fait prendre pendant qu'on lui récite Verlaine.

Petite conne.

Mesquin.

Ce sont les nerfs.

Le long week-end foutu.

La superbaise du superprof enculeur.

Ose seulement lui dire ça pendant qu'elle traverse la pièce de ce motel.

Ose seulement, alors qu'elle se dirige vers la salle de bains, et le petit cul disparaîtra à jamais.

Et tu ne lécheras jamais plus sa chatte épilée.

Et tu retourneras chez ta femme.

Et tu te branleras sur YouPorn comme un con.

Putain, Bernie, si t'es un paquet de frime.

Combien d'étudiantes aussi belles avant liquidation du stock ?

« Bernie » pour Bernard. Bernard Gorot. En attendant Gorot. On lui a fait la blague un tas de fois, c'est bon, je connais.

Cheveux gris mi-longs.

Barbe d'une semaine.

Le Perfecto.

Les boots Chippewa.

Le casque bol vintage.

La barrette de shit.

Où est-ce que tu croyais aller comme ça, bonhomme ?

La double patrouille de la gendarmerie te coince à la sortie d'un péage. Gyrophares enclenchés, mitraillette pointée sur les jambes. On te fait lever les bras, pendant qu'on te fouille, la honte.

Contrôle d'identité.

Questions-réponses, ton agressif d'un côté comme de l'autre.

Tout le monde sur les dents. Chaleur, bruit, tension.

C'est lui qui cède en premier et très vite.

Il est juste une grenouille qui se gonfle.

Dedans, il n'y a rien, en tout cas pas les couilles pour se battre.

Bernard cache quelque chose. Bien sûr que je cache quelque chose : l'escapade avec la maîtresse plus jeune de trente ans. Sourire des gendarmes quand Solange te demande ce qui ne va pas, « Bernie ».

Et maintenant, ce putain de motel en bordure de rocade. Solange qui t'appelle depuis la salle de bains alors que tu vérifies discrètement les appels en absence sur ton téléphone portable. Solange insiste, « Bernie », qu'elle t'appelle.

Ta place n'est pas ici. Mais tu y vas quand même, tu pousses la porte de la salle de bains. Cette capitaine Martinez et son adjoint sont venus t'interroger. À la fin, tu as baissé les yeux pour leur demander de ne pas ébruiter l'affaire, ne pas avertir ton épouse. Ils se sont contentés de hocher la tête. Pour la barrette de shit, le capitaine verra ce qu'elle peut faire...

La buée a envahi la salle de bains. Comme s'il ne faisait pas assez chaud comme ça. Comme si l'humidité ne saturait pas encore assez leurs pores.

— Déshabille-toi. Allez, viens, Bernie.

Bernard la regarde. Une apparition dans la brume tiède du pommeau de douche ouvert à son maximum. Il voit ses seins, ce corps parfait. Tout ce qu'il perd de minute en minute.

Bernard ôte son T-shirt, défait la boucle de sa ceinture, retire son jeans. Manque se casser la gueule en passant par-dessus le rebord de la baignoire.

Solange est déjà prête à l'accueillir en elle, son anus qu'elle a enduit de savon pour en faciliter la pénétration : Vas-y, Bernie, n'aie pas peur.

Bernard la touche, sa queue se dresse peu à peu. Au fond, c'est pour ça qu'il a fait toutes ces années d'études, qu'il a avalé des couleuvres, qu'il s'est sacrifié, qu'il a manœuvré en coulisse jusqu'à obtenir ce poste tant convoité. Voici la vraie récompense, la consécration : baiser des étudiantes. Baiser la plus belle des étudiantes. La plus cochonne, aussi.

Sa queue franchit facilement l'anneau de son sphincter. Solange gémit. Elle jouit par le cul, c'est comme ça.

Et demande :

— Pourquoi tu ne lui as pas dit, à la fliquette ?

Bernard ne répond pas, grogne. Ta gueule, petite pute.

— Pourquoi tu ne lui as pas dit qu'on s'est arrêtés à cette aire de repos avant de prendre de l'essence ?

Solange gémit plus fort. Bernard grogne plus fort.

— Pourquoi tu ne lui as pas dit que je voulais te sucer ?

Ta gueule, salope.

— J'aurais bien aimé voir sa tête, à la fliquette et à l'autre... Oh, Bernie, je la sens bien... Pourquoi tu ne leur as pas dit ? Tu avais peur ? Tu avais peur, Bernie ? Ta femme ? Ton travail ? Tout ça ?

— Ferme-la, petite traînée ! Ferme-la.

Bernard Gorot frappe Solange Soizic. Une gifle sur le cul. La main claque sur la peau mouillée. Trace rouge des doigts.

— Oui. Bernie. Comme ça. Lâche-toi, Bernie. Lâche tout.

Bernard jouit. Son cœur en fibrillation. Il l'ignore, mais il vient de faire un mini-accident vasculaire cérébral. Cela arrive bien plus souvent qu'on ne le pense, à notre insu.

Il a eu honte. Maintenant, c'est fini.

Solange crie.

Qu'ils aillent se faire foutre avec leur enquête.

2

Le Chacal a chaud. Mais ne peut :

Ni ouvrir la fenêtre de la portière, ni laisser tourner le moteur de sa Mitsubishi pour alimenter l'air conditionné.

Il planque.

Vautré sur son siège. Guettant à travers le pare-brise, le pare-soleil abaissé.

Le duo de gendarmes prend son temps et lui il sue.

Il a envie d'une clope.

D'un Coca glacé.

Fumer ne ferait qu'empirer la situation.

Le Coca lui donnerait soif davantage.

Ses doigts moites tripotent le boîtier en vinyle du Canon EOS 5D Mark III. Tout est en place : batterie chargée, télézoom inséré.

Il mitraille les flics dès qu'ils sortent du motel. Il ne fera rien de ces photos : pur réflexe, échauffement. Façon de parler, puisque sa chemise est imbibée de transpiration.

Les gendarmes allument une cigarette. Échangent quelques phrases avant de regagner leur véhicule. Là aussi, il mitraille. Conditionnement.

Les gendarmes s'en vont.

Il peut enfin sortir.

S'approche du vieux side-car. BMW R1100 GS. Il connaît le modèle, l'a déjà photographié, plaque minéralogique comprise. D'ailleurs, le Chacal ne comprend pas le concept du side-car. Ni voiture ni moto. Un hybride. Un peu comme son propriétaire dont les recherches donnent le profil suivant : Bernard Gorot, 55 ans, professeur d'université, marié, deux enfants.

Mûr mais pas encore vieux. Marié mais avec maîtresse. Sédentaire mais avec des velléités d'aventurier.

Side.

Car.

Un minable.

Le Chacal a suivi son intuition qui l'a amené à suivre les officiers chargés de l'enquête. Filature discrète.

Pourquoi : ce side-car ? Bernard Gorot ? La fille qui l'accompagne ?

Suspects ? Témoins ? Pions ? L'enquête patine, mais il faut bien donner quelque chose aux lecteurs du mois d'août. On va maintenir le soufflé levé avant la rentrée de septembre.

Information : système contrôlé des mots d'ordre dans une société donnée.

Le Chacal attend à nouveau. Mais à l'air libre, ce coup-ci. Libre de fumer et d'aller chercher un Coca au distributeur de boissons automatique du motel.

En attendant Gorot.

Ben oui.

3

Apaisement.

La cicatrice à l'arrière du crâne ne le démange plus.

Il est doux. Docile. Un agneau. Pascal.

Découpe la viande, sert les légumes, nettoie le bord des assiettes quand la sauce déborde de la louche.

Placide.

Il aime et il est aimé.

Par un petit corps jeune qui lui met ses mains froides autour du cou.

Le petit corps jeune qu'il serre contre lui.

Il serre et il est serré.

L'amour, c'est des mains des bras qui te serrent. Même si elle ne peut le réchauffer, lui peut le faire pour elle.

L'amour : donner plus que recevoir.

Il regrette seulement de ne pas avoir pu la garder près de lui toute la nuit.

Il regrette seulement de ne pas pouvoir la garder près de lui le plus longtemps possible.

L'amour, c'est souvent se cacher.

L'intimité.

Bien avant l'aube, les yeux ouverts.

L'intuition qu'ils viendraient.

Lui demander ses papiers. Fouiller son bus.

Comme ils le font avec d'autres véhicules et d'autres individus.

Il fait partie d'un ensemble.

Il fait partie des Hommes.

Et les Hommes sont souvent fouillés.

Et même mal. Et même bancal. Et même ignoré : je suis parmi vous.

Moi aussi j'aime. Moi aussi je suis aimé.

L'intuition qu'ils viendraient.

Ils finissent toujours par arriver.

Finissent toujours par briser.

Détruire. Enlever. Soustraire.

Alors, il a suivi son intuition.

Il a dû lui faire quitter la chaleur de sa couche.

À présent, sa peau est un peu plus dure, ses membres un peu moins souples, ses organes peu à peu congelés.

En revanche, il peut aller lui rendre visite chaque fois qu'il prétexte un détour par la chambre froide.

Cachée sous les frites surgelées. Les paquets de steaks. Entrecôtes. Poissons panés. Jardinières de légumes. Filets mignons de porc. Rôtis. Glaces et sorbets.

Entrée des fournisseurs. Marche arrière. La seule clé disponible, c'est lui qui la possède.

Pascal.

La discipline, c'est revenir sur le même exercice et puis innover au moment de la confrontation.

La discipline permet la maîtrise qui permet l'improvisation.

L'improvisation est le fruit de la répétition.

Petite Marie des Surgelés.

Les tongs jetées dans un conteneur à ordures. L'odeur de caoutchouc sur la plante des pieds.

Qu'il a léchée.

Ce corps fragile qu'il a serré si fort contre le sien.

Tant d'amour, Pascal.

Il y a tant d'amour à donner.

Une âme est une substance.

Le sujet détermine le monde.

Plus l'extension diminue, plus la compréhension augmente.

Il faut savoir ce qu'on est capable de comprendre.

4

Il lève les yeux de son écran d'ordinateur. S'adosse à la chaise. Le manque à gagner est si important qu'il se met à ricaner. Il voudrait allumer une cigarette mais le détecteur de fumée veille à ce que même le directeur respecte les directives. La technologie s'occupe de mettre les humains au même niveau les uns que les autres. Abolit les privilèges d'un directeur franchisé, c'est-à-dire pas grand-chose sur l'échelle entrepreneuriale mondiale. Mais tout de même. Jusqu'à une certaine époque, on pouvait :

Fumer, boire, baiser ses secrétaires au bureau.

Virer son personnel sur-le-champ.

Bénéficier de l'aura patronale.

Compter sur le dévouement de ses employés et leur intégrité.

Bref, se faire du pognon, l'esprit tranquille et les couilles légères.

Non pas découvrir un putain de gouffre dans la compta.

Se demander : comment expliquer le manque à gagner au CA de la marque autorisant l'exploitation de son logo, elle-même tributaire de précieuses accointances politiques régionales ?

Gérard Lucino sort son mouchoir en tissu du jour, propre et repassé. Coquetterie soigneusement pliée dans sa valise à roulettes qu'il garde à l'arrière de l'Alfa. S'essuie le visage, le cou. Le problème est que cette béance comptable révèle une escroquerie bien plus abyssale que celle du merdeux chef cuistot et de l'encore plus merdeux manager qui le couvrait. Son escroquerie à lui. On va réunir ce qu'il réussissait à compartimenter jusqu'à présent. Théorie des dominos. Ou des vases communicants. Ou de la réaction en chaîne. C'est vrai qu'à force de turbiner en surrégime, de vivre au-dessus de ses moyens, on finit par accumuler.

Accumuler quoi ?

Le mensonge.

En appelle un autre.

S'enfoncer plus profond dans les abysses.

Gérard Lucino sort tout de même un cigare et le coince dans sa bouche. Moment de répit, on repousse la problématique de la mise à feu. En ce moment même, il l'ignore – ou refuse de voir, ce qui est pareil, finalement –, mais il est exactement au seuil de la rupture tant physique (le cœur), morale (le *burn out* ou, pire, la dépression), professionnelle (la faillite, le chômage) que sociale (escroquerie aggravée).

Que fait donc un homme sur le point d'avaler sa propre merde puisqu'il est dedans jusqu'au cou ?

Gérard Lucino sort son portable et compose le numéro du capitaine Martinez. Il se dit qu'il fumera son cigare plus tard. Il commence à se toucher la queue dès qu'il entend la voix du capitaine.

Beaucoup d'hommes font ça quand ils parlent en privé au téléphone.

Un geste de nervosité.

Pas de désir.

Toucher la petite saucisse, ça détend.

5

Sur le cadran, la trotteuse parcourt les soixante points en une minute.

Comment passe le temps chez un sourd ?

Pascal dirait : plus lentement. Parfois, ça devient une torture. Le bruit occupe l'esprit. On ne se fait jamais au silence absolu. Le silence étire le temps. Se fier aux vibrations, aux réactions des autres, aux variations de lumière, à l'instinct.

Je ne suis pas un putain de reptile, bordel.

Mais ça aide à survivre.

Drôlement, même.

Les pas lourds de Gérard Lucino répercutés sur l'asphalte alertent aussitôt ses sens.

— Qu'est-ce que tu fous là ? ! Il y a une salle pour la pause ou alors des bancs plus loin sous les arbres.

Le patron est nerveux, comprend Pascal.

Inutile de répondre qu'il est bien où il est, sous le soleil bientôt au crépuscule, anéanti par la fatigue et le stress, dans la chaleur apaisée du soir, apaisée comme lui, *another day another dollar*, le tablier taché de graisse noué autour de la taille, et lui assis sur le bord du trottoir, voit passer les camions, les voitures au milieu de l'odeur d'octane et de gazole, la poussière soulevée par les roues, les papiers tourbillonnant et l'odeur aussi de caoutchouc surchauffé, de simili cuir et de désodorisant d'intérieur, de bouffe, lorsqu'une portière s'ouvre, respire, oui, respire, les bagnoles et les poids lourds sont des êtres vivants qui renâclent, souffrent, des êtres vivants épuisés s'étirant dans les cliquètements des moteurs éteints, des pertes d'huile sous le châssis, eczéma noir sur le bitume, les enfants s'accroupissent pour les toucher et les mères crient que c'est sale, même si c'est leur merde de bagnole qui en est responsable, c'est sale, et Pascal reste assis sur le bord du trottoir parce qu'il aime être plus petit qu'eux, les observer à hauteur de môme, lever la tête, les observer sans rien dire, le tablier taché des aliments qu'ils avalent, digèrent, régurgitent, expulsent, taches d'huiles sales comme le caca, c'est toujours un autre qui s'occupe de ce qu'on ne veut plus : l'éboueur, le cantonnier, la nature, ça part plus bas, tout en bas, immanquablement en bas, d'une façon ou d'une autre, ce qui meurt tombe, certains le recueillent, la plupart s'en foutent, d'autres ne s'en remettent jamais et Pascal est sur le bord du trottoir, s'y tient comme sur une extrême limite à ne pas franchir, que personne ne souhaite franchir, en tout cas à laquelle personne ne souhaite jamais avoir à faire, comme un pouvoir qu'il aurait, qu'il a et possède réellement, de faire disparaître, de faire tomber – tout en bas, si bas que les survivants luttent contre l'oubli, chaque jour, avec humilité et désespoir, connaissant les visages qu'il a regardés et puis oubliés, hommes, femmes, enfants, des hommes, des femmes et de leurs enfants disparus, coupures de journaux qu'il collectionne, observant leurs visages sur les photos, essayant de voir ce qu'il a provoqué comme abîmes dans leurs regards, si loin mon petit Pascal, tu es allé si loin, et maintenant ce gros porc de Gérard Lucino vient se planter devant lui, l'obligeant à lire sur ses lèvres grasses, cette bouche lui répétant de ne pas s'asseoir là, que :

— Ça fait pas bonne impression de voir un employé traîner là comme un clodo. Nom de Dieu, Pascal, tu m'as compris ? !

... Car en réalité, comme Jacques Baudin, Pascal aussi collectionne, il collectionne le plus grand malheur possible, mais il faut revenir, au présent, à la pause qui prend fin, à son patron qui l'emmerde au moment même de la plus grande douceur, du relâchement, de la tension qu'il évacue dans les soupirs, toujours un gros con qui vient foutre le bordel dans la perfection du moment, parenthèses impromptues où lui, Pascal, ne fait plus qu'un avec le grand tout, c'est-à-dire le néant.

Gérard fixe Pascal, mais ne trouve rien dans ses yeux, le vide absolu. Il bafouille (putain, c'est qui le patron ici, bordel ?!), se reprend :

— Les deux flics de l'autre fois – (t'es con ou quoi, il ne les a jamais vus, il ne sait même pas de quoi tu parles) – deux gendarmes vont se pointer et réclamer les enregistrements des vidéos de surveillance...

Pascal bouge la tête. Les pupilles s'allument. Lucino se rassure.

— Dès que Sandrine arrive, dis-lui de s'en occuper. Les DVD sont sur le bureau, dans une chemise, je... (mais pourquoi tu racontes tout ça à ce débile, Gégé ? Tu crois vraiment qu'il est l'homme de confiance de par son ancienneté dans la boîte ?)

Gérard consulte sa montre-bracelet :

— Je crois que ta pause est finie. Ouvre-moi la chambre froide, je dois vérifier le stock.

Un temps, puis :

— Non.

— Comment ça, non ? !

— C'est ma viande.

Pascal a dit ça en inclinant légèrement la tête. Ses lèvres sont gercées, sèches, presque blanches. Sur son visage émacié, la peau paraît liftée tellement elle est tendue sur l'os. Les yeux bleus sont devenus gris, expriment toute la furie contenue dans cette synthèse de muscles, de tendons, de nerfs qu'est son corps, machine immobile prête à se déchaîner, à dévaster. Et, dans le fond, Gérard Lucino, promu à la direction de quatre restoroutes franchisés, a toujours su que ça finirait comme ça, que le jour viendrait où son château de cartes s'écroulerait, où son imposture atteindrait la limite supérieure autorisée.

Principe de Peter :

Tout employé tend à s'élever à son niveau d'incompétence.

Tout employé compétent sera promu tant qu'il n'a

pas atteint son niveau d'incompétence. Ce niveau une fois atteint, il stagnera à son niveau d'incompétence.

Avec le temps, tout poste sera occupé par un incompétent incapable d'en assumer la responsabilité.

Principe de Lucino :

Masquer l'incompétence en déléguant aux managers et en falsifiant la comptabilité.

Dans un tout autre registre, Gérard Lucino devine cependant que Pascal est quelque chose de plus vaste que lui-même. Un symbole. À lui seul, il représente l'ensemble des salariés. À lui seul, il évoque la frustration liée au travail : horaires irréguliers, bas salaires, carences du rapport qualité/environnement, mesquineries et haine du patron. Gérard se trompe à l'égard de Pascal précisément, mais pas tout à fait à un niveau macro, où des signes manifestes de mécontentement, des attitudes de rébellion (insubordinations, menaces de grèves), se sont multipliés ces dernières semaines.

Gérard Lucino comprend qu'il a atteint son point de rupture. Il se sent envahi d'une peur panique. Ce taré lui parle de viande à garder comme s'il était un foutu cannibale.

Il le voit : son tablier sale, ses doigts desquamés, ses ongles rongés avec minutie.

Il le voit et Gérard voit son propre monde soudain révélé : heures passées en voiture sur une route fonctionnelle, dans un environnement fonctionnel à diriger des employés pour lesquels il n'éprouve aucune sympathie/empathie, stressé par les résultats d'objectifs hebdomadaires à atteindre.

Alors, voilà.

Le moment est venu.

Qu'est-ce qu'il en a à foutre de la chambre froide et de son contenu ?

Qu'est-ce qu'il en a à foutre de comptabiliser les entrecôtes et les steaks hachés ?

Hésitations. Dernières réticences. Scories d'une vie autrefois honnête.

Retarder l'échéance de combien ? Une à deux semaines ? Attendre quoi ? Espérer quoi ? Trouver une solution à la montagne d'emmerdes qui va lui tomber sur le dos ?

Gérard Lucino a peur. Il ne le voudrait pas, mais sa peur a été captée, enregistrée, évaluée par son employé multifélicité.

Sept fois employé du mois en deux ans.

Gérard Lucino s'éloigne à reculons.

Pascal ne bouge pas.

Gérard Lucino sent déjà la pédale d'accélérateur de l'Alfa sous son pied.

Pascal devine la peur.

Du cash planqué.

Luxembourg. Suisse. Monaco. Andorre.

Dépenser le cash.

Saint-Domingue. Venezuela. Brésil. Thaïlande.

Les destinations ne manquent pas.

Le monde est plus pourri que son contraire.

Les belles images des documentaires colorés sur la faune et la flore sont l'exception.

Les baleines bleues.

Il y a deux étages : un étage où tout tombe, où les corps tombent.

Le tigre de Sibérie.

Et un étage où les âmes s'élancent.

Extinction.

Comment faire pour relier les deux ?

Putes et vie bon marché.

Pascal sait que son patron ne reviendra plus.

Pascal a vu sa peur.

Pascal reste.

Pascal affronte.

C'est sa viande, il s'en occupe.

6

Ingrid a senti au toucher la peau molle, blessée, derrière ses cuisses.

Escarres.

Sentiment de pitié, honte vis-à-vis d'elle-même. Son entrejambe est en feu. Conséquence du frottement mécanique, matière contre matière, peau usant la peau. La partie basse de son corps cède. Celle par où est sortie Lucie, il y aurait presque neuf ans, maintenant. La douleur physique n'aurait jamais préfiguré l'ampleur exponentielle de l'autre douleur, celle qui la remplit entièrement, une baignoire qui déborde. Les pourquoi du début ont été effacés. Le sens a été gommé. Il y a encore un corps, le sien, qui lui fait mal alors qu'elle n'est déjà plus là. Elle est le déchet d'une étoile morte brillant encore à des années-lumière, froide à elle-même car tout ce qu'elle avait à donner a été brûlé.

Le téléphone.

Le combiné noir sans fil qu'elle n'oublie pas de poser sur son socle.

Recharger les accus.

Tout ce qui reste.

Décrocher.

Bruit de fond : moteurs, rires, éclats de voix.

Parle, Pierre.

Cordes vocales chargées de goudron. Tendues. Les notes graves raclent, répartissent du gravier dans l'espace, via satellite. Parfois, à l'époque, je pensais à tes mains qui touchaient les cadavres. La légère odeur de plastique poudré qui ne quittait jamais tes doigts. Tes doigts qui me touchaient entre les cuisses, chauds et doux, mouillés. Je me disais que d'une certaine façon, tu ressuscitais quelque chose, comme tu pouvais, au fil de mes orgasmes. Tu fouillais dans les corps pour trouver la cause de leur décès. Dans le mien pour exalter le plaisir. Parfois, je pensais à tes mains, je les embrassais sans que je sois jamais dégoûtée. Je pensais que c'était ce que tu avais de plus beau.

C'était avant.

Avant que je me dématérialise et que je découvre ta voix, que je l'entende vraiment.

Je suis ivre, je suis devenue une grosse vache, je suis une merde, mais je t'entends.

Pierre dit :

Parfois, la nuit les gens se livrent.

Racontent des choses.

D'autres fois ils sont prêts à tuer.

Ce soir, je dors dans un motel.

Je dois récupérer.

Prendre une douche.
M'allonger.
Je suis fatigué, Ingrid.
Tellement fatigué.
Je n'ai rien.

VIII

1

La vieille boit du maté dans une calebasse en cuir qu'elle tient dans le creux de sa main. On dirait qu'elle réchauffe une paire de couilles, pense Lola. Une belle paire de couilles à chérir.

Lola sourit, efface le sourire pour ne pas que la vieille pense qu'elle se moque d'elle. Ses joues ridées se creusent en tirant sur la « bombilla », la paille en métal distillant le maté dans sa gorge de vieille pute.

« Tía Sonora », comme on l'appelle. Parce qu'elle vient du Sonora, cet État du Mexique où des milliers de jeunes femmes ont disparu. Lola aussi a disparu, mais son corps a suivi : de Bogotá au Mexique où un passeur, moyennant 2000 dollars et un rapport sexuel complet (fellation et pénétration anale dans son cas), l'a fait passer en Arizona et démerde-toi. Ce qu'elle a fait avec talent, puisque deux ans plus tard, elle avait assez de fric pour se rendre en Espagne, porte de l'Europe pour la plupart des Latinos. Comme Tía Sonora, Lola a le don de la baise. Mais c'est la vieille Mexicaine qui lui a appris la technique de la « gorge profonde ».

« Si tu aimes la queue, ma fille, si tu l'aimes, vraiment, alors tu seras toujours un cran au-dessus du lot. »

Lola lui est redevable d'un tas de choses, ne serait-ce que d'être là, sur la route, dans sa caravane accompagnant les déplacements de Roms évangélistes installés sur les aires de repos autorisées. Tía Sonora a échoué chez eux comme on sortirait indemne d'un carambolage sur l'autoroute. Mais son histoire, c'est pour plus tard.

D'abord, il y a Lola.

« Tante » Sonora est pour Lola un point d'ancrage cyclique, son unique famille. Sonora voit chez Lola ce garçon qui se sent femme à l'intérieur, sa bite dont il ne sait pas quoi faire en dehors de rapports sexuels tarifés. Ce pénis prend tant de place qu'il faudrait la lui couper pour que Lola puisse vivre enfin.

Lola vient voir Tía Sonora qui en profite pour faire le point sur son destin ou, tout du moins, limiter la casse en ce qui concerne le futur immédiat du/de la jeune homme/femme.

La paume de Lola dans sa main, Sonora réfléchit en tirant sur sa paille alors que le maté est fini depuis longtemps.

Le maté, c'est pour dégorger les toxines d'une gueule de bois à la tequila.

Tía Sonora transpire et pue l'alcool.

Lola s'en fout. L'odeur n'est pas un problème. Peau délicate, douce, presque blanche de sa main dans celle de la vieille. C'est chaque fois le même problème, pense Sonora, péripatéticienne recyclée en chiromancienne : les monts et les lignes de Lola sont pâles, courtes, brisées. Les autres signes éventuels – étoiles, carrés, cercles, points, triangles, losanges, croix, anneaux, rameaux, grilles, barres, croissants, faisceaux, chaînes ou îles, n'importe quel foutu signe supplémentaire – corroborent cette fâcheuse tendance au mauvais présage. Chaque fois que Sonora voit revenir Lola, au fond d'elle-même, elle pousse un soupir de soulagement tellement la petite a le malheur inscrit dans ses paumes.

— Alors ? demande Lola.

Sonora lève la tête.

— Tu fais attention au sida ? Même quand tu tires une pipe ?

— Pas toujours.

— C'est une connerie, ma grande. Une belle connerie. Fais gaffe au sida et tout ira bien pour toi. C'est un conseil de pute à pute, pas de voyante.

— Dis-moi autre chose, Sonora.

La vieille caresse la main de Lola.

— Tu veux savoir pour le bonheur, c'est ça ?

— Si j'y ai droit. Rien qu'un peu.

La vieille fixe à nouveau la paume du gosse. À force d'étudier ces conneries de lignes, elle-même finit par y croire. Elle écarte le mauvais, la fin brutale et tragique qu'elle devine en filigrane, pour se concentrer sur la sorte de symbole d'infini dessiné à la base de l'auriculaire, lieu de la bonté, parce que Lola est une bonne pute, un garçon-fille avec un cœur grand comme ça.

— Lola, je ne sais pas si c'est un morceau de bonheur ou de joie ou de n'importe quoi d'autre, je ne sais pas ce que c'est, je préfère appeler ça un répit, voilà, un moment de répit, mais tu vas aider un homme, ma fille, un homme à trouver ce qu'il cherche. Et ce qu'il cherche n'est pas au fond de ta gorge...

Lola sourit. Ça lui suffit, pense Sonora, Dieu merci. Avec le temps et la vieillesse – bientôt 79 ans, et compte tenu de tout ce qu'elle a enduré, un âge drôlement canonique –, Sonora se pose souvent la question du pourquoi.

Pourquoi naître.

Pourquoi vivre.

Pourquoi mourir.

Etc.

Bref, la quête du sens.

Elle n'est pas loin de renoncer au stade du « pourquoi » pour passer à celui du « comment ».

Elle est au seuil du basculement.

Certains ont besoin du plus grand malheur possible pour y arriver, d'autres le comprennent intuitivement ou avec le grand âge.

Tía Sonora est une conjonction des trois.

Une question de temps.

Tía Sonora est une question de temps.

Après avoir sucé environ cinq mille bites, en avoir reçu quasiment le double dans son corps,

vécu dans la clandestinité d'une dizaine de pays,

ayant aussi bien :

bouffé du rat que du béluga,

bu de l'eau de pluie que du champagne,

dormi dans des cellules que dans des hôtels de luxe,

ayant vécu jusqu'ici une vie faite du pire comme du meilleur, alors laissez-moi en tirer au moins quelques conclusions avant de crever, les conclusions sont les suivantes :

Dieu n'existe pas en dehors de nous-mêmes (ce qui n'est pas forcément très clair, convient Sonora, mais tant mieux pour ceux qui comprennent. En ce sens, elle s'approche du « comment »).

La tragédie est plus fréquente que le bonheur.

L'humanité est aux trois quarts lâche, veule, égoïste et mesquine.

Mais surtout bête.

La plupart des vies ne servent ou ne mènent à rien.

Mais.

Parfois, on observe une lueur même dans une vie apparemment inutile. Elle est comme un pont pour un autre, lanterne éclairant la nuit pour le Passager Inconnu.

Celui pour lequel la lueur est tout ce qui reste.

Tout ce qui reste dans un monde de ténèbres.

Enfin, et c'est une certitude, un socle :

Aimer la queue, l'aimer vraiment, c'est-à-dire tout avaler et en jouir, savoir en jouir profondément.

S'il y a un secret, il est dans l'envie.

« Avoir envie de » est un bon point de départ.

Ça peut être la queue ou autre chose.

Pour Tía Sonora, c'était la queue.

2

Le Passager Inconnu dont il est question est maintenant dans la chambre d'un B&B. Pierre va donc exaucer ce vœu banal consistant à étendre son corps sur un lit et dormir une douzaine d'heures.

La chambre est pour lui une façon de se recentrer. Avant le sommeil, il déplie une carte routière qu'il punaise contre le mur. Le papier est devenu doux à force d'être utilisé. La carte docile retrouve ses contours et se replie sans problème, sans bruit, presque.

D'abord une douche, puis déployer la carte, puis l'observer en buvant du whisky dans un gobelet en plastique. Ballantine's, J&B, Johnnie Walker, ce qu'il trouve.

Visualiser le périmètre. Mémoriser encore et encore.

L'hypothèse que les trois enfants disparus aient été enlevés par une seule et même personne est maintenant une évidence, même les flics doivent y songer, c'est dire.

Les flics.

Pierre ricane.

L'intuition d'un père, nom de Dieu, ça vaut tous les Interpol de la terre.

L'intuition du père = pensée magique, disait la psychologue.

Connasse de psy.

Soutien psychologique à la con.

Va te faire mettre.

L'intuition de moi, mon intuition. Ce que je sens.

Contrairement à ce que la notion d'intuition suggère – c'est-à-dire qu'elle ne serait pas la conclusion d'un raisonnement conscient –, l'intuition est la conscience portée au maximum de son potentiel.

Convergent : sensibilité, expérience, connaissance, logique, capacité d'analyse.

Nommer ce point d'intersection est impossible, encore moins l'expliquer.

D'où le terme d'intuition.

Chez Pierre, elle est devenue évidence, puis vérité, puis obsession.

Le whisky dilate ses veines, dessine un sourire pénible sur son visage maigre. Il quitte la carte des yeux, se tourne vers la table de chevet, ouvre le tiroir, sait ce qu'il va y trouver.

Ce qu'il y trouve ne lui donne aucun réconfort, mais il aime bien la parcourir juste pour en rire, juste pour voir ce dont les hommes ont besoin pour détourner le regard de l'abîme, du rien immense qui les entoure :

Alors Hérode, se voyant joué par les mages, entra dans une grande fureur (l'Association internationale des Gédéons est une association chrétienne d'origine protestante, constituée de laïcs occupant des postes à responsabilité : homme d'affaires, cadres, VRP, enseignants, membres de professions libérales) *et envoya tuer, dans Bethléem et tout son territoire, tous les enfants jusqu'à deux ans, d'après l'époque qu'il s'était fait préciser par les mages.* (Ils reconnaissent Jésus-Christ comme leur Sauveur et Seigneur et croient que la Bible est la parole de Dieu. Membres actifs des églises évangéliques et protestantes, ils prolongent à l'échelle locale l'action missionnaire de celles-ci.) *Alors s'accomplit ce qui avait été dit par le prophète Jérémie :* (Presque partout dans le monde, les Gédéons déposent des bibles ou des Nouveaux Testaments – quadrilingues français, anglais, allemand et néerlandais – dans les chambres d'hôtel ainsi que dans les foyers d'accueil) *Une voix dans Rama s'est fait entendre, des pleurs et une longue plainte : c'est*

Rachel qui pleure ses enfants et ne veut pas être consolée, parce qu'ils ne sont plus. (L'unique objectif des Gédéons est de répandre et de faire connaître la Bible, parole de Dieu et fondement reconnu de notre civilisation occidentale, en encourageant le plus grand nombre de personnes à la lire pour qu'elles puissent y trouver réconfort, réponses à leurs questions et leurs besoins les plus secrets ; et enfin pour qu'elles puissent découvrir par elles-mêmes Celui qui est au centre de ce « livre » : Jésus-Christ le Sauveur).

Fuck The Gideons International.

Fuck Wikipedia.

Mais.

Sur cette même page de l'évangile selon Matthieu,

(le sort ironique,

le hasard malicieux,

la fatalité espiègle,

le destin vachard,

— Dieu ? —)

il est écrit au stylo :

Aide-moi mon Dieu à retrouver ma fille Marie.

— Dieu ? ! –

C'est trop con.

C'est vraiment trop con.

Sur les 260 663 nuitées/an sur le réseau autoroutier national, il fallait qu'il tombe dans cette chambre.

Dans leur chambre.

Celle où ont dormi Marc et Sylvie Mercier.

Aide-moi mon Dieu à retrouver ma fille Marie.

Pierre lève son visage vers le plafond,

regarde,

ne voit pas Dieu.

Dieu peut-il être aussi vache ?

Pierre jette la bible contre le mur.

L'extrême violence du geste parvient à peine à écorner la couverture en carton rigide.

Ces enculés ont même prévu la colère des hommes.

XI

1

À neuf heures du matin, Julie Martinez émet le souhait :

Vingt-quatre heures chez elle, aller-retour éclair. Arroser les plantes rachitiques, évacuer les restes de fromages racornis dans le frigo, les œufs périmés, les tranches de jambon devenues aussi noires qu'un cancer, finir les deux Carlsberg de 50 cl, passer l'aspirateur dans les 48 m^2 de pure désolation qu'est devenu son T2. Récurer les sols de la salle de bains et de la cuisine. Le tout entrecoupé d'appels téléphoniques avec la hiérarchie, Gaspard et sa mère qui attend de ses nouvelles.

Ainsi, elle pourrait : se laver correctement, laisser couler librement le sang entre ses jambes, sous la douche. Sentir les grosses lèvres de son vagin, son clitoris en les savonnant, palper ses seins. Sans jubilation, sans l'éventualité du plaisir, le corps une mécanique, bécane qu'elle entretient dès qu'elle peut. Au club de gym : course sur le tapis roulant, étirements, musculation. Le visage rougi par l'effort, la nausée d'avoir trop poussé la machine, au bord de l'asphyxie. Puis sauna, douche froide, puis brûlante. Retour au T2 sac en bandoulière, acheter une pizza surgelée, des bières. C'est une (grande) partie de sa vie. Pour beaucoup de gens, elle peut paraître déprimante, mais pas pour elle. Elle aime ça. Elle apprécie la précarité, voit dans son quotidien une forme de perte et de gâchis. Elle aime penser que les choses pourraient être différentes, qu'elle rate le coche à cause d'un idéal (idéal ?), d'une sorte d'ornière qu'elle a creusée elle-même et dont elle ne peut plus s'extraire, le destin, le tragique du destin qui, parfois, est l'apitoiement des faibles ou l'extrême lucidité des forts, peu importe. Dans les ornières, elle imagine ce qui pourrait être autrement. Le fantasme peut être aussi intense que la réalisation du désir. En tout cas, elle y trouve cette jouissance masochiste du sale boulot que peu de personnes sont prêtes à affronter. Il y a une dignité à se confronter au mal, à le regarder en face. Une manière de prendre le malheur à bras-le-corps, de lui livrer bataille. Il y a une sincérité, aussi. Qui marche main dans la main avec la dignité. Il y a, enfin, la contemplation du gâchis social, de l'insondable gâchis humain au regard duquel son gâchis personnel est une simple conséquence, « macro » enveloppant le « micro ».

Julie Martinez a émis le souhait.

Un souhait tout petit, humble, retrouver une parcelle de vie autonome et triste et merdique que, pour l'instant en tout cas, elle ne serait pas prête à échanger contre la promesse d'une existence faite d'un mari, d'enfants, d'épanouissement personnel et moral, d'une maison, bref, de ce qu'on nomme « la qualité de vie ».

Je lui pisse à la raie à « la qualité de vie ».

Non.

La frustration est un moteur, un ressort. La frustration vous donne des ulcères, vous fait chier du sang. La frustration est ce goût âcre sur la langue, goût d'une cigarette fumée à jeun, vous retourne l'estomac, chamboule les certitudes, creuse les traits, gonfle les poches sous les yeux. Elle tend les nerfs, noue le corps, favorise un tas de possibilités cancérigènes.

Et pourtant.

Julie se sent vivante. Au contact d'une forme possible de vérité. Sous sa chemise bleue, elle dégage une odeur acide qui se mélange au déodorant vanillé.

Un pied dans le désastre pour se sentir vivante.

On n'y échappe pas.

Julie Martinez a émis le souhait. Mais en fait, non, elle est dans sa voiture de fonction, attendant le retour de Gaspard et d'un sandwich thon-mayonnaise. Et d'un Coca pour le faire passer.

Elle attend dans la fraîcheur relative du matin, l'estomac rongé par les nombreux cafés. Ils sont sur la route, direction une station-service identique à la précédente, avec les mêmes gens, les mêmes produits achalandés, les mêmes cartes autoroutières exposées près des cabines téléphoniques – *vous êtes ici*. La vitre de la portière baissée, elle a renoncé depuis longtemps – en accord avec Gaspard – à utiliser l'air conditionné de la Renault (migraines, allergies). Elle observe l'aire de stationnement autour d'elle, ne peut s'empêcher d'élaborer des hypothèses sur ce que sont les individus sortant de leur véhicule, qui remontent leur pantalon, se touchent les couilles (les hommes), ajustent le petit dernier sur la hanche avec ce mouvement de bascule, sec et efficace (les femmes). Julie imagine des intérieurs, des dialogues. Élabore du quotidien. En exclut l'amour et songe à la survie de l'espèce. Elle se fatigue, Gaspard tarde (sans doute un passage aux toilettes et un coup de fil à sa femme). Son regard revient au périmètre immédiat qui l'entoure, constate une fois de plus l'incongruité de ce calendrier qu'une ventouse relie au tableau de bord. Qui consulte encore des calendriers en dehors des vieux pour qui le temps est une juxtaposition de feuilles, une épaisseur, le temps fragile qui se mesure de façon visible ?

Julie Martinez tend le bras, arrache la page dudit calendrier. Le numéro 18 apparaît. Août. Saint Hyacinthe cède la place à Sainte Hélène.

Le monde commence son troisième jour sans la petite Marie Mercier.

Julie Martinez arrache la page du calendrier, la froisse, la jette par la vitre, et c'est comme arracher, froisser et retirer une couche d'espoir de la retrouver.

Même morte.

2

La couche d'espoir.

La couche de crasse.

Marc sous la douche. Se lave sans cesse depuis.

Sylvie à nouveau dans sa bible. Ne cesse de lire depuis.

Saleté du corps, saleté de l'âme.

Esprit définitivement détaché du corps.

Plus de réconciliation possible entre le corps et la parole.

Entre eux.

Ils attendent.

Un mur, ce n'est rien à côté de l'indifférence. Un mur, ça se creuse, ça se contourne, ça se franchit. Un mur est un obstacle. L'indifférence est un néant, le zéro de l'infini.

Chacun d'un côté de la cloison.

Auparavant, ils ont dormi côte à côte avec de la peur au milieu. Ou plutôt, pas dormi, non. Pas vraiment, en tout cas. Disons qu'ils se sont couchés, qu'ils sont restés étendus dans la pénombre de la chambre. Celle des réverbères du parking jusqu'au lever du jour. Sans bouger. Sans parler. Sans reconnaître à l'autre la légitimité de sa présence. Ils ont bien fini par sombrer quelques heures, jamais ensemble, à tour de rôle, accordant une simple oreille à la respiration régulière et profonde de l'autre. Celui restant éveillé consent une pensée à l'autre endormi. Le sommeil est une déficience idéale pour émettre le reproche silencieux : comment peut-il dormir ? comment peut-elle dormir ?

Maintenant, il y a la cloison. Tangible. Laisse passer les bruits. Filtre plus ou moins les odeurs, mais éloigne du regard et soutient l'indifférence.

Alors, bien sûr : formules incantatoires des évangiles + fatigue + chagrin + indifférence = absolue relativité du temps.

Espace-temps : espace à quatre dimensions dont les points sont des événements.

Transe, monde devenu spirale narcissique, moi ma douleur. Sens atrophiés, notamment l'ouïe. Sylvie n'entend pas les coups répétés à la porte, les sommations d'ouverture, l'inquiétude irritée de la responsable de l'accueil s'excitant sur le palier.

De manière beaucoup moins relative, on peut envisager le calcul suivant :

Marc étant sous la douche depuis une heure quarante-trois minutes et sachant que la consommation d'eau pour une douche est d'environ 37 litres (avec économiseur d'eau) toutes les cinq minutes, combien de litres d'eau a consommé Marc ?

Cela dit, l'eau n'est pas vraiment le problème – ou plutôt le manque d'eau. Non, le problème dont se plaignent les clients au desk du motel, est la subite absence d'eau chaude à tous les étages.

3

Leila Zaïri, 22 ans, étudiante en droit, a fait la bombe cette nuit. Sous le maquillage (en fait, il lui suffit de rehausser un peu la saillie de ses pommettes avec du blush, d'accentuer la profondeur de son regard noisette avec du mascara, d'effacer la boursouflure des cernes avec du fond de teint – la peau mate ainsi que la fraîcheur de la jeunesse aident énormément), elle donne donc le change aux trois heures de sommeil et aux nombreux verres de vodka-Red Bull, avec désinvolture. Elle a fait la bombe parce que Leila Zaïri n'en a pas grand-chose à foutre, de son job d'été. Elle peut donc prendre le risque de se faire virer puisque son avenir est ailleurs, la permanence dans ce motel à la con étant juste utile pour payer sa semaine de vacances à Ibiza début septembre. Foulard, complet bleu marine (veste et pantalon, 60 % coton, 40 % acrylique), chaussures cuir (non fournies par la société) avec un léger talon, elle frappe à la porte de la chambre 22 : longs doigts portant quelques bagues, poignets fins entourés de légers bracelets (or et argent), ainsi qu'un bracelet porte-bonheur Bonfim rouge et or (apporte amour, santé et succès à celui qui le porte et le vœu fait par son propriétaire se réalisera lorsque le bracelet se cassera, prix : 25 euros), cadeau de son petit copain brésilien.

Mais en ce matin du 18 août, il semblerait que le seigneur Bonfim da Bahia ne soit pas raccord avec sainte Hélène de Bithynie. Ou alors, plus prosaïquement, Leila Zaïri, tant qu'à faire, aurait dû rester au pieu avec son petit copain Oscar.

Il y a d'abord eu un premier appel de la chambre 9. Puis ont suivi : 16, 2, 21, 4, 23, 34. Ensuite, une progression incroyablement stable et croissante dans l'ordre des probabilités : 11, 12, 13, 14. Avant que les nombres se succèdent de nouveau de façon discontinue.

Ensuite, en sus des appels, se sont manifestés physiquement les premiers clients : colère, dépit, consternation. Première ombre sur les vacances, tant attendues, tant espérées, nom de Dieu, faut pas nous faire chier avec des problèmes d'eau chaude, putain. Plaintes en cascade. Leila constate que les plus chiantes sont les femmes, les mamans, surtout.

Irritée, l'haleine lourde qu'elle masque en suçotant des pastilles mentholées, Leila appelle le responsable, celui-ci lui suggère d'identifier l'éventuel robinet ouvert ou la fuite d'eau dans les chambres, car il ne peut pas être là avant le début d'après-midi. En gros, démerde-toi, Leila.

Super.

Ainsi : Leila Zaïri respire un grand coup, dévie son téléphone sur un disque d'accueil, rassure les trois forcenées l'entourant, leur suggère de prendre le petit déjeuner en attendant que le problème soit résolu. Trois étages, quarante chambres à vérifier, ce n'est pas la mer à boire. Étonnamment, ce désagrément lui donne un coup de fouet et la sort de sa torpeur. Elle s'envoie une nouvelle pastille et monte à l'étage. D'abord les huit chambres inoccupées. Carte-pass magnétique, rapide inspection, rien à signaler. Ensuite, les chambres venant d'être quittées. Puis le porte-à-porte des chambres occupées.

Enfin, la chambre 22 et l'identification du problème-source, arrive assez vite, compte tenu de la loi de Murphy : le pire est toujours certain.

Leila Zaïri entend l'eau couler à travers le mur du corridor (avantage du préfabriqué). Elle frappe, se manifeste également par la voix, réitère les frappes à la porte et le questionnement standard (« Il y a quelqu'un ? » « Vous êtes là ? » « Madame ? Monsieur ? »).

Bien entendu, quand elle se décide à enfiler la carte magnétique dans la fente au-dessus de la poignée, elle ne s'attend pas à trouver cette femme à genoux au pied du lit psalmodiant :

— Le royaume des cieux est comparable à du levain qu'une femme prend et enfouit dans trois mesures de farine, si bien que toute la masse lève...

— Madame... ?

Madame ne répond pas. Ne la regarde pas. Indifférence. Moi ma douleur.

Mais l'eau.

L'eau qui coule est le problème à résoudre.

Leila, pragmatique, laisse tomber cette tarée, ouvre la porte de la salle de bains, aussitôt enveloppée par un nuage de vapeur dense. À travers l'horizon opaque, elle distingue une tache de couleur fluide, un sémaphore dans la brume.

Rouge.

À tribord.

Leila s'approche du corps allongé dans la baignoire. C'est moins impressionnant que ce qu'on pourrait imaginer, car le sang est évacué avec l'eau par la bonde au fur et à mesure qu'il s'écoule des poignets.

Ce qui est difficile à supporter, en revanche, ce sont les yeux ouverts de Marc Mercier, le regard vide et la mâchoire ouverte.

À présent, Leila Zaïri est définitivement réveillée.

Elle aura même de la peine à s'endormir pendant plusieurs mois.

Qui sait, pendant toute sa vie, peut-être ?

4

La clé devient un symbole.

Deux possibilités s'offrent à lui :

a) il pourrait la leur donner et on en reste là.

b) il ne la leur donne pas et se défend.

Pascal choisit la troisième option :

c) il ne leur donne pas la clé et se laisse frapper.

Il pourrait leur faire mal, s'il voulait. Les prendre tous les quatre, il ne craint pas les coups – l'orphelinat, la maison de redressement, les bastons dans les terrains vagues l'ont immunisé – sa condition physique est optimale et il sait frapper là où ça craque, ça plie, là où irradie une putain de douleur à vous couper le souffle.

Les quatre employés s'acharnent sur lui en cette matinée de nouvelle canicule annoncée. Les esprits sont déjà échauffés, les glandes suintent, une pellicule blanchâtre épaissit la langue et se mélange au mauvais café du distributeur automatique. Ça donne des haleines irrespirables dans ce vestiaire où l'air confiné suffit déjà à la peine, merci.

La clé devient un symbole parce que Pascal est considéré comme une taupe à la solde du Patron.

Gérard Lucino.

Fidélité à Gérard Lucino.

Croient-ils.

C'est quelque chose de très mesquin, la vie d'une PME, de très compliqué, aussi. Un condensé d'humanité où germent les rancœurs, les frustrations, les rivalités, les mesquineries. Très peu de bonheur dans une PME. Dans une PME franchisée, la malveillance rejoint des pics inscrits dans le rouge. La colère, l'insatisfaction se sont focalisées sur cet individu que malmènent les coups et les insultes – fils de pute, racaille, suceur de bite du patron, enculé de ta race –, oubliant que Pascal ne peut les entendre, mais ça les soulage. Ils sont surpris, d'ailleurs, que le bonhomme ne cherche pas à se défendre, ils s'y sont mis à quatre pour être sûrs d'avoir le dessus, ils auraient pu venir à quinze, rameuter l'ensemble des employés mâles de la cafétéria, mais quatre suffisent, ont-ils estimé, et le passage à tabac se passant dans les règles de l'art donne raison à leur estimation.

Cependant, ils frappent tous en même temps, ce qui les empêche de lui faire mal de manière lucide, pondérée, vicieuse. Ses muscles, ses os, ses tendons sont durs et parfois réussissent à renvoyer la douleur dans les poings même des agresseurs. Qui, d'ailleurs, commencent à fatiguer, parviennent difficilement à coincer son bras, à le tordre, à arracher enfin à ce trou du cul un cri de douleur qui ne ressemble à rien, un cri de sourd, impressionnant comme celui d'un animal dont on n'avait jamais entendu émettre le son, de surcroît dans sa phase la plus cruelle, celle de l'abdication.

— Ouvre-lui ses putains de doigts, Fred !

— Tu vas lâcher, enculé ?

— Lâche, saloperie ! Lâche !

La paume est meurtrie jusqu'au sang. La clé apparaît, ils s'en saisissent. Un dernier coup de genou dans le visage, grand final. Pascal, à genoux, s'écroule lentement sur le côté, la tension de ses abdominaux le retient de se vautrer sans dignité, comme un quartier de viande morte.

— Ce mec est taré, fait l'un.

Ce mec est taré, oui. Pascal, le visage déformé par les coups, en sang, leur sourit dans son martyre. Protéger le corps de Marie. La protéger de la vue des hommes. De leurs mains hideuses et voraces. Il a bien fait, Pascal, il a bien fait, se dit-il, l'esprit clair, si clair, bordel ! de l'avoir déplacée cette nuit, de l'ôter de leur vue, c'est toujours pareil, ça finit dans un cul-de-sac, dans une impasse, l'entonnoir est trop petit pour deux, pour l'union de l'homme sourd et du petit corps sans vie, les hommes viennent, le microcosme PME, l'humanité adulte qui t'oblige à recommencer, bande de cons, je recommencerai, j'en prendrai cent, mille, j'en prendrai autant qu'il en faudra jusqu'à ce que je sois tranquille, dans mon silence, au fond de mon puits où je la cajolerai, où je cajolerai le petit corps froid, le caresserai là où jamais personne n'est encore allé.

Les mâles ont repris le pouvoir. La clé est le pouvoir. Elle ouvre la réserve de la nourriture, de la viande froide. Elle est l'affront fait au reste de l'équipe en cuisine qui n'a plus le droit d'y accéder comme s'ils étaient des voleurs, comme s'ils étaient tous de foutus voleurs. On lui dira, à Lucino, qu'on a repris sa clé. Reprendre la clé, c'est reprendre nos droits, sauvegarder l'honneur bafoué, on n'est pas des chiens. Là où on peut, dans l'odeur du graillon et de la vaisselle sale, bouffées de vapeur échappées des lave-vaisselle dont le produit nettoie, c'est sûr, mais où la saleté se dissout en fumée bouillante à vous dégoûter de jamais plus manger.

Seulement, ils ignorent que leur patron s'est tiré, qu'il les a abandonnés, la leur a mise bien profond : faillite et chômage en perspective. Vous avez la clé, mais vous n'avez rien du tout, rien du tout, bande de nases.

Les hommes regardent Pascal.

Suspension.

Il sourit.

Sa bouche noire, les gencives sanguinolentes, arcades sourcilières tuméfiées. Cloison et sillon naso-labial encroûtés de morve et de sang.

Eux ne rient pas.

J'entends mon cœur battre.
Je vois leur effroi.
Ils sont tout petits.
Nous sommes tous issus du petit.
De l'infiniment petit.
Nous l'oublions.
Nous devenons arrogants.
Amers.
Nous puons la défaite.
Vous êtes déjà morts.
Accrochés à votre boulot de cons.
J'entends mon cœur battre.
C'est tout ce que j'entends.
Et ça me suffit.

5

Thierry, va nous chercher des sandwichs,

Thierry, trouve-moi Lucino,

Thierry, ramène les enregistrements de vidéo-surveillance,

Thierry.

Elle a son petit côté « capitaine », la Martinez.

Thierry Gaspard le fait par courtoisie.

Ne prend jamais ça pour un ordre.

Julie ne lui en a jamais donné.

Julie demande.

Thierry exauce.

Thierry cherche, mais ne trouve Lucino nulle part. Gérard Lucino est absent, son téléphone sonne dans le vide. Une employée derrière le comptoir lui dit de s’adresser à Sandrine, mais la dénommée Sandrine n’a pas encore pris son poste. Au sein du restoroute, le lieutenant Gaspard constate la nervosité ambiante, hostilité et absence de coopération. On dirait que le bastringue dans lequel continue à se déverser le flot des voyageurs, commence à dériver lentement en l’absence de commandant. C’est alors qu’est mentionné le prénom de Pascal.

— Voyez avec Pascal, dit l’un des employés. Il termine son service, mais c’est lui qui a la clé ouvrant le bureau du patron, le passe, quoi. Peut-être qu’il a laissé les enregistrements sur la table.

— Pascal ? insiste Gaspard.

— Ben, ouais, Pascal. Articulez bien, il est sourd, dit la fille.

Gaspard ne sait pas quoi faire de cette information. La fille, cheveux gras, peau grasse, cheville épaisse, quel âge ? vingt-deux, vingt-cinq à tout casser, a prononcé le prénom comme si elle le crachait, comme si Pascal était un ennemi, celui sur lequel on déverse son fiel.

Dans la réalité, les choses sont différentes.

Celui qui crache, c’est lui, Pascal, penché sur le lavabo. Il relève son buste et aperçoit le reflet du flic dans son dos. Gaspard a suivi les traces de sang qui l’ont mené des vestiaires aux toilettes. Évalue la situation, la juge délicate. C’est surtout très chiant, lui et le capitaine Martinez ont autre chose à foutre que de prendre la déposition d’une bagarre au sein de l’équipe du personnel. Toutefois, le lieutenant Gaspard, on l’a vu, le professionnalisme de Gaspard est mû par l’empathie. Il se penche donc vers l’homme, sans le toucher, on ne touche jamais un homme ensanglanté sans avoir enfilé au préalable une paire de gants en latex, ce qu'il n'a pas sous la main. Sida, hépatite, syphilis, notamment. C'est fou ce que le sang peut charrier comme saloperies. C'est comme l'intérieur d'une bouche. Ce que craint le plus un flic : une morsure.

— Ça va ? demande Gaspard. Que s'est-il passé ?

Pascal penche la tête, se tourne, sa vue est brouillée par ses yeux tuméfiés.

— Je n'ai pas compris, répétez.

La voix est un fil rauque, Pascal ne sait plus comment la poser, ne retrouve pas le volume adéquat, celui que la machine lui indiquait comme optimal quand il s'enregistrait. On dirait que les plombs ont sauté, pas tous, non, mais que la maison est en grande partie dans l'obscurité.

— Vous voulez que j'appelle les secours ? demande Gaspard.

Pascal fait non de la tête.

— Je crois pourtant que c'est nécessaire, vous avez peut-être quelque chose de cassé, une hémorragie interne.

— Non ! crie Pascal.

Ce « non » résonne comme une plainte sur les carreaux des toilettes. Quelque chose de pas complètement humain, de tragique, un appel au secours ignoré pendant des années.

Plus doucement, Pascal se ressaisit :

— Non. J'ai fini mon travail, je vais me reposer. Si... Si ça ne va pas, alors j'irai.

— Vous irez où ?

— À l'hôpital. Laissez-moi.

— Vous voulez déposer plainte ?

— Laissez-moi, monsieur. S'il vous plaît. Je suis... fatigué. Vous pouvez comprendre ?

Gaspard ne sait pas quoi faire. Il existe des situations qui ne sont décrites dans aucun manuel d'apprentissage, des interstices dans le temps, des parenthèses où un homme est simplement face à un autre homme alors qu'ils n'ont rien à faire l'un avec l'autre, qu'ils ne devraient jamais se rencontrer. Deux hommes chacun dépouillé de son rôle, de son costume, le gendarme, le cuisinier. Alors, le lieutenant Gaspard laisse tomber, il pourra toujours y revenir plus tard, alerter le Samu tout à l'heure. Il se souvient pourquoi il est venu et lui demande la clé.

Et Pascal de lui fournir cette réponse étrange, qu'il ne comprendra jamais, en réalité, à cause de tout ce qui suivra, de l'accélération des événements et du manque de temps :

— C'est eux qui l'ont. C'est eux qui ont le pouvoir sur la viande, maintenant.

6

Au volant de l'Alfa : Gérard Lucino trace sur la file de gauche, appels de phares à répétition aux glandus qui se cantonnent aux 130 km/h autorisés. Demain, c'est la Thaïlande, ouais, Phuket, Patong, les petites putes qui ne t'emmerdent pas, ne posent pas de questions. Mais avant les gamines aux strings fluos, il y a une fuite à gérer. Les paumes suintent, la peur s'installe malgré lui. Ou alors l'émotion, tout simplement.

Calme-toi, Gégé. L'urgence est relative, tu as quelques jours devant toi pour organiser ton départ. Le château de cartes peut tenir encore quelques jours, quelques semaines si tu t'obstinais...

Le déclic ?

Atavique.

C'est quand tu as croisé le regard de ce taré.

Ce regard que tu n'as pas osé affronter.

Au temps de ta splendeur, tu serais monté à la baston, tu n'aurais pas reculé, t'aurais même continué la gueule en sang, il aurait fallu vraiment un bon pour t'arrêter, un gars qui te fasse vraiment mal.

Mais là, il a fallu abdiquer.

Le signal.

La défaite.

Mais pour qui, au fond ?

T'as ce pactole sur un compte privé en offshore.

Tu bandes encore.

Tu vas maigrir, Gégé, te ressaisir. La vie n'est pas linéaire. La vie est une juxtaposition de droites qui se plient. On se calque sur soi-même et on finit par être quelqu'un d'autre, par ne plus se reconnaître, ou alors on se reconnaît à travers un buvard, quand l'eau pompe et révèle ce qu'il y a en dessous.

Formule de Mosteller : racine carrée de la taille L (en cm) fois la masse M (en kg) divisée par 3 600.

Équivaut à la surface corporelle externe de la peau recouvrant le corps.

Valeur moyenne : environ 1,9 m^2 (homme) et 1,6 m^2 (femme).

Moins de deux mètres carrés de peau pour envelopper le monde.

Notre territoire.

Putain, Gégé, depuis quand tu penses en ces termes ? C'est la route, c'est ça ? La révélation de toi-même dans l'espace en ligne droite qui plie ? Ta vie, c'est ça qu'elle est devenue : une fuite en avant, entre deux glissières, à une vitesse trop élevée.

Un regard.

Le signal.

Où convergent tous les regards de tous les employés.

Il les a trahis et il s'en fout.

Absolument.

C'est chacun pour soi.

Vous êtes là, à faire chier avec vos revendications.

Mais qui prend le risque, hein ? Qui a pris tous ces risques pendant toutes ces années ? Qui s'est fait chier à bosser des quatorze heures par jour, au point de niquer son mariage, de grossir, de s'oublier soi-même ?

L'ambition ?

OK.

L'argent ?

OK.

Le pouvoir ?

OK.

Mais n'est-ce pas ce que veut la majorité en général ?

N'est-ce pas ce que vous souhaitez, vous aussi ?

Je vous emmerde.

Vous n'avez qu'à pas être cons.

7

Ingrid a raison.

Pas de corps, pas de deuil.

Néant.

Elle ignore à quel point elle a raison.

Castan Lucie, 8 ans et demi, est devenue fluide : à la fois gaz et liquide.

Mangin Catherine, 10 ans, est devenue fluide.

Mercier Marie, 12 ans, est actuellement en processus de décomposition.

Compter : environ 12 heures pour la dissolution complète des muscles et des cartilages, deux jours pour celle des os.

Ingrédients :

1 bidon de 100 litres en polyéthylène (PE).

Acide fluorhydrique (HF).

Eau (H_2O).

En Sicile, on appelle « Lupara Bianca » l'assassinat sans cadavre.

Lupara : fusil de chasse à deux canons sciés.

« Bianca », blanche. Valeur et non pas couleur.

Blanc. Rien. Pas de corps.

À Ciudad Juarez, dans l'État de Chihuahua, on appelle ça « la lechada ».

Depuis 1993, plus de 500 femmes tuées.

Plus de 4 500 portées disparues.

« La lechada », le coulis.

« Leche », lait. Blanc. Rien. Pas de corps.

Les expressions convergent.

L'Homme est une bête grégaire.

Chaux vive et acides.
Procédés variables.
Pascal applique.
Local désaffecté d'une zone industrielle en friche.
Vider la bassine dans la bouche d'égout.
Rincer la bassine.
La cacher.
Répéter l'opération selon vos besoins.

1

Au fond d'eux-mêmes, ils savent qu'ils cherchent désormais de l'éther. Il n'est plus question de retrouver la victime, mais de capturer le bourreau.

L'empêcher de nuire.

Sauver la prochaine proie.

Car la victime est dissolue.

L'enregistreur de vidéosurveillance qu'ils analysent en ce moment, permet de consigner plus de mille heures sur un disque dur. Seize caméras y sont connectées. Julie et Gaspard ne peuvent se permettre de négliger aucune source d'image. En revanche, le numérique leur permet d'accéder plus rapidement aux informations recherchées. Dans un premier temps, ils se concentrent sur l'horaire estimé de la présence du motard et de la fille sur la station d'autoroute selon leur témoignage. Ils cherchent un individu qui se serait approché du side-car et aurait caché le téléphone portable de Marie

Mercier dans une des sacoches, grosso modo entre 13 h 50 et 14 h 30.

C'est-à-dire du temps perdu.

Manque : le témoignage sincère de Bernard Gorot, biker du dimanche. Le petit arrêt-fellation réclamé par Solange dans l'aire de repos précédant l'aire de service.

Mais leur obstination de flics ne sera pas totalement vaine et le temps rattrapé en partie.

Voici :

Martinez et Gaspard commencent à visionner les images filmées par la caméra du site numéro 1, celle du parking face au self-service où Bernard Gorot a laissé son side-car pendant qu'il se restaurait en compagnie de son étudiante. C'est une première approche, globale, un survol, en quelque sorte, avant de donner le tout aux collègues de la Scientifique pour un examen approfondi de l'ensemble des sites. La surabondance d'images implique des heures supplémentaires de visionnage. L'informatique exaspère le travail de l'humain.

Sur l'écran de l'ordinateur connecté directement sur un port PCI à l'intérieur du PC, les images passent en couleurs. Ça change des bandes VHS dont le grain épais te niquait les yeux, pense Julie. Elle et Gaspard observent le va-et-vient des voyageurs. Le défilé muet d'une évolution en 16/9, avance rapide, morcelée, si vaine, nom de Dieu. Touristes. Julie et Thierry sont assis l'un à côté de l'autre, leurs jambes se touchent.

— Là, fait Julie en désignant l'arrivée du side-car.

Le prof et l'étudiante descendent de l'engin. Ils ôtent leur casque, on les reconnaît aisément. Bernard Gorot verrouille uniquement son guidon, contourne la bécane, prend la fille par la taille, laquelle rit en rejetant sa tête en arrière, ils franchissent la porte coulissante, disparaissent à l'intérieur de la cafétéria. La suite ne donnera rien jusqu'au retour, puis au départ du couple.

— Trop de gens cachent le side-car, fait Gaspard. On peut avoir loupé quelque chose.

Julie tapote sur le clavier, active la caméra du site numéro 2.

Néant.

Numéro 3.

Néant.

La caméra numéro 4 fournit à nouveau des images, parfaitement inutiles puisqu'elles couvrent le parking des camions.

Vérification rapide de tous les enregistrements à disposition.

Résultat : la moitié des caméras installées sont factices.

Savoir : la vidéosurveillance, c'est 80 % de dissuasion.

Savoir : créer l'illusion parfaite.

Julie Martinez prend sa tête dans les mains.

Thierry Gaspard, dit : « Putain d'enculé », en faisant allusion à Gérard Lucino, qu'il appelle aussitôt sur son portable. En vain. Comme on l'a vu, Lucino a déjà, virtuellement, les couilles en Thaïlande.

Stupeur, suivie d'une forme de colère, donc.

— Voilà où mène la sous-traitance, ajoute Gaspard, l'oreille collée au portable.

Autrement dit : maximisation des gains au détriment de la sécurité.

— Trouve-moi cette Sandrine et amène-la ici, tu veux bien ?

Julie réfléchit. Gaspard s'est levé, sa jambe ne touche plus celle du lieutenant. Julie Martinez a dissipé les interférences érotiques, elle peut réfléchir. Gaspard sort, Sandrine ne leur apportera aucune information utile, mais Julie a besoin d'être seule un moment.

Une hypothèse affleure, dessine ses contours.

Le macro converge vers l'inframince.

Tout est lié, pense Julie.

Elle a raison.

L'hypothèse se taille un chemin à la machette dans les méandres du conditionnel.

Julie ignore que, de toute façon, leur recherche par visionnage n'aurait mené nulle part, car Bernard Gorot ne leur a pas tout dit.

En revanche, elle évoque l'hypothèse qui arrive enfin, claire, qui vaut ce qu'elle vaut, d'accord, mais que vaut la vie humaine dans certaines conditions ?

D'où le temps perdu qui n'en est pas, finalement.

Rembobinage :

23 septembre 2011, Catherine Mangin.

5 janvier 2012, Lucie Castan.

15 août 2012, Marie Mercier.

Lien : autoroute.

Les caméras factices deviennent des alliées.

Féminin au secours du féminin.

Si proche, Julie, si tu savais.

Le nœud se défait dans son ventre.

Elle est ambiguë, cette joie d'aller vers le fauve.

De le pister, enfin.

Une trace laissée par hasard.

Parce qu'il est difficile de tout contrôler.

La vanité les perd, souvent.

Les.

Croque-mitaines.

2

Pierre a entendu dire.

Comme les rebouteux dans les campagnes.

Ceux qui détiennent le Secret.

Formules ancestrales. Puits sans fond. Origine ignorée.

Et pourtant.

Les services des grands brûlés de certains hôpitaux travaillent avec eux.

À distance.

La parole arrive.

Et soulage.

La parole dit quelque chose.

À l'insu du patient, bien souvent.

Pas d'argent en échange.

Rien.

La parole arrive et soulage.

Aussi simple que ça.

Pierre est assis dans la caravane. La nuit au motel chargée au Lexomil l'a rendu plus lourd, plus passif. Moins de pression dans les veines, rythme cardiaque régulier.

Face à lui, Tía Sonora et son cérémonial destiné à impressionner le chaland. Mise en sujétion, position de force. Question de niveaux. Elle allume une cigarette, souffle la fumée au plafond. Respiration lourde. Elle en a vu, des mâles. Leur queue et leurs yeux. L'indispensable pour connaître un homme.

Savoir qui on est.

Celui-là ne la quitte pas du regard.

Ce n'est pas qu'il la mette mal à l'aise. Et puis, Tía Sonora a de l'aplomb. Elle a démonté pièce par pièce de vrais pervers professionnels.

Non.

Elle mélange les cartes.

Et devine : les tarots sont des images. L'homme devant elle a besoin de mots. Depuis qu'il a refermé la porte, le silence est entré avec lui.

On brise le silence en nommant et à la question qu'elle lui pose maintenant, il répond : « Pierre. »

Quand il le dit, Tía Sonora se met à couler avec lui : toute chose est en nous à l'état de rumeur.

C'est difficile pour Tía Sonora parce que, d'un côté, son tour de passe-passe cartomancien n'est qu'une façade, mais que, de l'autre, elle a une vraie intuition des âmes. Tout ce qu'elle emportera dans la tombe. Pour peu qu'on soit attentif, apprendre, c'est élargir le champ des degrés de conscience. Et Tía Sonora n'a fait que ça toute sa vie : être alerte. Consciente à chaque moment de tout ce qui l'entoure.

Être dans la vie, dans le flux.

Et ce type, à sa façon, l'est à fleur de peau.

Repose tes cartes à la con et demande-lui :

— Qu'est-ce que vous voulez, Pierre ?

Tía Sonora prend la cigarette dans le cendrier, tire dessus.

La parole arrive.

Aussi simple que ça :

— Je veux celui qui a pris mon enfant.

Ça la remue, la vieille peau. Prendre cet homme contre elle, le serrer dans ses bras. Lui dire que tout ira bien. Tout ira bien. Bien sûr, elle n'en fait rien, cligne à peine les yeux.

Ça lui revient maintenant, elle a entendu parler de lui, de celui qui vit sur l'autoroute. Un monde en soi. Qui recense ses propres habitants loin des statistiques. Il est faux de croire que ce n'est qu'un lieu de passage. Là où les gens passent, ils ne regardent pas. Nombreux sont les lieux où les hommes ne sont plus alertes, ne sont plus attentifs.

Comme si la vie valait moins la peine dans un lieu plutôt qu'un autre.

Comme si la vie valait moins la peine dans un temps plutôt qu'un autre.

— J'ai entendu parler de vous, dit Tía Sonora.

— Maintenant, vous savez que j'existe. Il arrivera un moment où le contact se fera. J'attends ce moment.

Tía Sonora : expiration. Non pas un soupir, mais une réelle exhortation par l'oxygène libéré des poumons.

— Quand je saurai quelque chose, je vous le dirai.

— Des mots ?

— Une promesse.

— Vous promettez ? Vous promettez à chaque individu qui vient vous voir ?

— Non.

— Vous leur promettez quoi : que tout ira bien ?

— Non.

— Qu'ils trouveront ce qu'ils cherchent ?

— Non.

Tía Sonora ne tremble pas face à la colère.

« Mónos » signifie « un seul ».

L'un qui est tout seul.

Malgré les Quarks, on ne peut pas faire plus petit que seul avec soi-même.

Solitude porteuse de tous les possibles.

L'infini.

La colère portée vers le monde est la colère de soi.

— Avec les autres, je fais semblant, dit Tía Sonora.

Comme quand j'étais pute, pourrait-elle ajouter. Au fond, pas grand-chose n'a changé depuis que je fais mon blé avec les âmes plutôt que les corps, pense-t-elle.

— Pourquoi pas avec moi ?

L'âme.

Parce que, comme avec le corps, il lui est arrivé de ne plus faire semblant et de jouir quand même.

Mais ça, elle ne le dit pas.

Elle dit :

Rien.

Quitte les yeux de Pierre, regarde par la vitre le ciel mauve et essoré par la chaleur.

Pierre se lève, sa chemise est une flaque de sueur.

Quitte la caravane.

Et Tía Sonora se souvient d'une chose, la seule chose peut-être qu'elle n'aura pas vécue. La seule chose qu'elle peut comprendre sans pouvoir la ressentir : elle n'a jamais été mère.

Heureusement, il y a l'empathie.

Une douleur ou un désir ailleurs finissant toujours par trouver un point de contact avec une douleur ou un désir ici.

Pour que se produise l'étincelle.

Le monde n'existe pas en dehors des sujets qui l'enveloppent.

3

Être Chacal est un métier.

De ce point de vue, le renoncement est un soulagement.

Ne plus éprouver l'angoisse d'être à la hauteur.

Ne plus se réveiller la nuit en proie à la tachycardie.

Ne plus chercher à défendre un principe.

Voire un idéal.

Dormir.

Et ricaner.

Se laisser aller dans son corps, aussi.

Grossir.

Devenir vulgaire.

C'est beau, le renoncement. Une plaine à l'aube balayée par le vent. C'est paisible. On peut marcher sur cette plaine, la traverser et même continuer. On est libre. Soudain, on est libre.

Paradoxe du renoncement : devenir meilleur dans ce qu'on fait et quoi qu'on fasse.

Traquer le scoop, le morbide, le sensationnel : pornographie.

Chacal est devenu bon, très bon, depuis qu'il a quitté ses idéaux. Devenir cynique, dans le sens de l'amertume, est une défaite laissant une incroyable latitude, un espace de création, d'improvisation, d'inventivité inouï. Dans le pire, on peut trouver d'infinies déclinaisons que la tendance vers le Bien nous refuse, parce que le Bien est banal.

Joie banale.

Bonheur banal.

C'est le mauvais qui intéresse. La chute. L'enfer.

Vortex inversé : rien de plus chiant qu'un être heureux.

Alors que le malheur bouscule.

On s'amuse.

Chacal s'amuse.

Tenez, hier, par exemple.

Flash-back :

Hier, il a attendu devant le motel la sortie de Bernard Gorot. Il a fini par coincer le prof et sa petite élève sur le parking.

Il s'est présenté.

Bernard a voulu l'ignorer.

Il a insisté.

Bernard s'est fâché.

Il a fait un pas de côté pour ne pas se prendre l'éventuelle torgnole du quinqua revêche.

Bernard a continué à faire le dur qu'il n'est pas.

Chacal a soupiré, sorti l'artillerie lourde :

— J'ai ici des photos de vous avec la petite, a-t-il dit en tapotant son Canon. Si vous ne me dites pas ce que vous avez raconté aux flics, une de ces photos sera dans le journal. Vous êtes marié, monsieur Gorot. Vous avez un emploi de prestige. Vous avez des enfants en pleine crise pubère. Vous avez des crédits. Alors, je demande : ce que vous avez à perdre vaut-il cette photo dans le journal, monsieur Gorot ?

Solange s'en fout, se gratte les ongles. Sourit, amusée. Salope.

Gorot se cache derrière ses Ray Ban. Pense que ça fait très cher payé pour un petit cul, aussi ferme soit-il, aussi cochon soit-il. Ça fait cher l'escapade, ça devient hors de prix.

Bernard regarde Solange et se sent vieux, tout à coup. Le side-car BMW, les pantalons de cuir, les bottes. Le démon de midi est le piège à con, l'arnaque garantie cent pour cent dans l'os. Solange voit l'affaissement du visage et la lâcheté – ou la tolérance ou la faiblesse – s'écraser sur le mur de la jeunesse et de l'insolence. Bernard sait ce qu'il perd à l'instant : le corps de la fille, son dernier sursaut pour ne pas lâcher la rampe. Il baisse la tête, la fille allume une cigarette et s'éloigne, méprisante, son sac de voyage qu'elle tient à bout de bras, en direction d'un commercial qui la déposera ailleurs, dans une autre dimension, dans une autre vie, chez d'autres gens, plus jeunes, plus cons, en devenir. Le futur est con. Bernard baisse la tête, Solange s'éloigne et Chacal sort son enregistreur Tascam et lui indique un coin à l'ombre.

— On pourrait se mettre là-bas, qu'en pensez-vous ?

Recueillir l'info.

Qui coule de l'arbre.

Suinte.

Caoutchouc.

Il pourrait lui dire, Chacal.

Il pourrait dire à Bernard que renoncer, c'est être enfin ce que tu es.

4

Ping-pong.

Mais on devrait dire « lignes droites » ou « ellipses ».

On devrait dire « circonvolutions ».

Retour à la station-service où a disparu Marie Mercier.

Essence aux frais du contribuable.

Contrairement aux mouches à merde, l'être humain n'a pas trouvé mieux que l'impôt pour mutualiser le bien commun.

Mais revenons : l'hypothèse.

Non, d'abord l'agencement du rationnel et de l'intuition.

L'intelligence, ensuite l'hypothèse qui en découle.

Mais tout se confond, tout va très vite, à notre insu, à l'insu du capitaine Julie Martinez.

Debout, à côté de la Renault Mégane, elle attend.

La chaleur monte de l'asphalte, tourne autour d'elle et l'enveloppe. Des rafales de vent brûlant, hystériques. Elle a troqué ses coudes enfoncés dans le sable, de l'écume sur ses orteils, troqué des vacances contre une hypothèse. Ne pas lâcher l'hypothèse.

Le Nokia sonne dans sa main, elle décroche :

— Alors ? demande-t-elle.

Fébrile alors qu'elle préférerait le détachement et l'indifférence. Être autre chose qu'une femme, qu'un être humain, autre chose qu'un corps, qu'un esprit qui s'inquiète et vacille.

— Néant, répond Gaspard.

— Tu es sûr que tu ne me vois pas ?

— Affirmatif.

Devant elle, des familles, toujours, des voitures tirant des caravanes, des camping-cars, des voitures.

— L'Audi rouge ? questionne-t-elle encore.

— Je la capte seulement maintenant, vers la sortie.

— C'est confirmé ?

— Affirmatif.

L'hypothèse éclate en plein jour :

Quelqu'un sait.

Quelqu'un connaît le leurre.

Quelqu'un est ici. Il l'a toujours été.

Quelqu'un connaît les caméras factices et les angles morts.

Quelqu'un travaille ici.

Gaspard revient vers elle au pas de course. Il court malgré la chaleur, zigzague entre les corps en mouvement. Maintenant, il se détache, il est seul, il lui sourit en lui montrant le pouce levé. On dirait une boule de bowling au milieu de quilles. L'ombre d'un camion le fait soudain disparaître.

Julie ne voudrait pas que ce soit un présage.

Thierry me plaît, nom de Dieu.

5

Répit.

Cicatrisation.

Le sang reflue.

Le corps se reconstruit.

Par le repos et le sommeil.

Régénérer les cellules. Éliminer les toxines. Stimuler le système immunitaire. Optimiser la faculté de mémoriser et d'apprendre. Réduire le stress et assurer notre « bonne humeur ».

Maintenir l'état de vigilance.

Pascal attend.

Lavé. Propre et tuméfié. Les enculés y ont été fort. Les coups silencieux ont résonné à l'intérieur de lui-même. Une répercussion dans le corps, par ramifications nerveuses, jusqu'au cerveau. Avant la perception de la douleur.

Mais cette douleur-là lui importe peu. Il la connaît. Enfant battu, adolescent battu, jeune homme ayant appris à se battre. Les coups, lorsqu'ils ne sont pas fatals, inspirent la soumission ou la révolte définitive. Selon que l'on en soit immunisé ou pas. Les coups pris sont le terreau des coups portés. Violence perpétuée, mais pas Pascal. Plus jeune, oui, quand il était « Scalp », à la tête d'une petite bande de nases qui faisaient mal aux animaux et aux hommes. Animaux torturés, hommes frappés, violentés quand ces hommes étaient des femmes. Jusqu'à la cassure, à l'accident, à la surdité. La solitude et cette nouvelle souffrance physique – qui n'était pas l'expérience des coups – ont réorienté Pascal vers une douceur qu'il n'aurait jamais soupçonné avoir en lui. Délicatesse par petites touches impressionnistes, du bout de la langue ou des phalanges, en filigrane sur la peau jeune, tendue, jamais décevante des petites filles. Tant d'aménité, de bienveillance dispensée durant leur sommeil – dont l'un des bénéfices est aussi de favoriser l'hormone de croissance.

Tant de gentillesse dont elles ne sont même pas conscientes, ces moments qui sont pour lui l'Amour.

Moments.

Qu'il aurait souhaité prolonger plus que tout.

Sans bander. Pascal ne bande pas. Rien à voir avec ces putains de pédophiles.

Mais des caresses, des mordillements, des va-et-vient sensoriels et de langue. Des mots qu'il a appris à chuchoter avec son equalizer, modulation de la hauteur et du timbre de voix, atteindre les paramètres idéaux des fréquences pour rassurer, lénifier et garder.

Garder avec soi.

Qu'elle reste auprès de lui. Être là. Présente. Dans la contemplation du gouffre, c'est-à-dire du temps qui passe avant la mort et dans l'incompréhension totale de la mort. Bien sûr, il lui ferait à manger, lui donnerait à boire, la laisserait dormir le temps qu'elle voudrait, mais ensuite, il faudrait qu'elle partage avec lui chaque seconde dans le silence, qu'elle sonde le temps qui est ennui, hypnose, profondeur et chute.

Moments. La garder. Mais il y a les hommes.

Qui prennent, reprennent, volent, saisissent, arrachent, subtilisent. Les hommes qui bougent sans cesse et refusent d'écouter le silence.

Alors.

Alors, c'est toujours pareil. Pour survivre et préserver ce qu'il aime, il doit cacher le corps. Changer la place du corps. Qui se décompose et pourrit. Le congélateur avait été un espoir immense pour Pascal. Corps dur et froid, altérable, mais une piste pour conserver, garder, ne pas laisser pourrir.

Les hommes encore.

Bien sûr, il connaît les pièges, celui fondamental du regard, notamment. L'œil. Des curieux, l'œil qui traîne, l'œil objectif des caméras. Il a appris à éviter l'œil. Celui des humains. Celui automatique des caméras de surveillance. L'œil robotisé au secours de l'œil humain. Le réseau est dense, mais il a des failles. Il a des failles parce qu'il coûte cher. Pascal a appris que la faille est essentiellement liée au prix des choses. Il a établi un réseau, une carte des défaillances : angles morts, impostures : caméras jouets. On part d'une carte, de suppositions et d'hypothèses, et puis, avec le temps, tout cela devient concret. Il faut de la patience. Rester longtemps au même endroit et puis changer et rester de nouveau longtemps au même endroit. Quant à l'œil humain, il ne faut pas le solliciter, il faut disparaître, se fondre, se minimiser. L'important est d'aller à l'encontre de la vanité, réduire son ego à une dimension minuscule. En revanche, l'observation de l'œil humain est aussi minutieuse, demande autant d'efforts que celle de l'œil artificiel. Observer, retenir. Apprendre. Et puis vérifier, mettre en doute. Ce qui est valable aujourd'hui ne le sera pas forcément demain.

Demain, où la haine née du dépit de l'amour, oblige à jeter ce qu'on désirait par-dessus tout.

L'acide y pourvoit.

L'acide est un allié.

Et recommencer.

On s'habitue, c'est tout.

6

Tandis qu'ailleurs sur l'autoroute, s'achève bientôt l'histoire d'un homme dont le temps à vivre est sur le point de céder.

Un homme qui, sans s'intéresser particulièrement à la technologie, en a utilisé beaucoup : lecteur DVD, télévision, téléphone, voiture, ordinateur, logiciels, webcam, scanner, écrans plasma, caméras de surveillance, lave-linge, lave-vaisselle, commandes à distance, ascenseurs, escaliers roulants, imprimante laser, appareil photo numérique, avions, TGV, métro, tram, bus, chauffage, électricité, eau courante, thermostat, plaques en vitrocéramique, four à micro-ondes, jacuzzi, appareils de musculation, scooter de mer, bateau à moteur, réfrigérateur, jeux vidéos, et c'est à peu près tout l'usage qu'il a fait de la technologie tout au long d'une existence courante et anonyme d'un individu du XXIe siècle, qui aura consisté – globalement et dans un premier temps – à courir après la réussite (d'abord sportive, puis) professionnelle et sentimentale et – dans un deuxième mouvement – à fuir les conséquences des objectifs atteints (divorce et magouilles). Bref, une lutte incessante avec un temps dont il est parfois difficile de faire bon usage tellement on ne sait pas quoi en faire.

Mais, dans la liste précitée, il manque : le kit oreillette.

Exemple de technologie : l'oreillette iPhone 5 Bluetooth, outil indispensable pour converser en voiture.

Exemple de conversation : je rentre tard ce soir, embrasse les enfants, je t'aime.

Il faut savoir que sur le nombre d'accidents de la circulation mortels, moins de 6 % en moyenne ont lieu sur l'autoroute. Gérard Lucino connaît ce chiffre. Plus d'une fois, il lui est arrivé, au cours d'un dîner, par exemple, de contredire un convive sur l'argument, tout à fait farfelu, que l'autoroute serait plus dangereuse qu'une rocade ou une nationale. Ce n'est pas nécessairement la vitesse qui est à l'origine de ces 5,8 % d'accidents, mais la monotonie de la ligne droite, corollaire de l'assoupissement et de l'ennui qui nous amène à adopter des comportements en inadéquation avec la vitesse élevée nous transportant. Parmi ceux-ci : recherche d'un CD dans la boîte à gants, allumage d'une cigarette ou consultation de SMS sur son téléphone portable.

D'où le petit laïus sur le kit oreillette.

Pigé ?

Bien. Lucino a tout juste. Sauf que le kit oreillette ne vous dit pas qui appelle.

Car il ne cesse de sonner, ce putain de téléphone. Gérard a eu beau couper la sonnerie, il n'a pas osé se couper totalement du monde, pas encore, il n'a pas osé se soustraire totalement à la technologie, car sans technologie il pressent confusément que son rôle dans la société prendrait fin. Donc, si le téléphone portable ne sonne pas à proprement parler, il se manifeste par la vibration et le scintillement de l'écran. Dans ce cas précis, et pour plusieurs milliards d'êtres humains, la technologie liée à la communication suscite une curiosité atavique, laquelle répond à la question : qui cherche à me parler ? On espère secrètement un appel de madame l'Amour ou de madame la Chance ou de madame Bonne Nouvelle alors que la plupart du temps, c'est monsieur Casse-Couilles, monsieur l'Avocat ou monsieur Problème qui composent votre numéro. Mais c'est plus fort que lui, bien plus fort que Gérard, l'appel vient de loin, depuis que le cerveau s'est développé de manière suffisamment complexe pour susciter l'espoir d'un apaisement à l'inquiétude majeure de la Mort.

Gérard regarde : la route, l'écran du téléphone. Oublie la vitesse dans le confort de l'Alfa.

Gérard transpire.

Gérard surchauffe.

Il ouvre le col de sa chemise, retire sa cravate.

Son cou est irrité.

Il pue de la gueule.

Il regarde le petit écran lumineux.

Nouvel appel en absence après : Sandrine (8 fois), Julie Martinez (4 fois), Thierry Gaspard (5 fois) et puis le reste, les autres, en avalanche : fournisseurs, représentants, employés...

Cette fois, c'est son ex-femme.

Sabine.

Gérard Lucino va mourir dans une dizaine de secondes.

Il y a eu du bonheur, pourtant.

Il y a eu l'amour et la jeunesse.

Il y a eu l'espoir et l'ironie.

Il y a eu la force et l'éternité.

La vie est faite de...

De quoi, au fait ?

Gérard Lucino disparaît.

Viande comprimée dans la tôle.

Ainsi prend fin l’ode au manager et au Saint-Patronat.

Fin d’une vie parfaitement inutile.

7

Où vas-tu, Pierre ?

Je vais dans la nuit.

Je hante.

Prendre son ticket à l’échangeur, rouler, payer son ticket à la sortie. Un passage. Rien d’autre. Sauf que l’enfer est avant et après. Le passage est une arche, un arc-en-ciel sprayé sur un ciel de parpaing.

Pierre est un caillou dans sa propre chaussure. Le volant glisse dans ses mains lorsqu’il se replie dans ce parking. Pierre est assiégé par : l’acidité remontant son œsophage, le doute de la fausse piste permanente. Doute qu’il immobilise en tirant trop fort sur le frein à main, une fois la voiture à l’arrêt.

Aire de service. Parking. Celui où les caméras défaillent, celui où le faux se travestit en intimidation. Échiquier où les pions sont des gendarmes, des citoyens, des tueurs.

Caché par les buissons, Pierre sort son sexe et pisse. Le jet d’urine peine à sortir, la cause : reins insuffisamment irrigués, position assise prolongée, éventuels micro-calculs obstruant la vessie ou, plus catégoriquement, prostate au bout du rouleau. Alors Pierre attend, sa queue molle entre le pouce et l’index. Il se rappelle l’enfance quand il arrosait les arbres, convaincu que l'arbre grandirait jusqu'à toucher le ciel. La rationalité fauche les croyances et la pensée magique, et pourtant. Pourtant, il reste toujours cette contribution infime, cette part minuscule d'apport personnel au Système Terre. Le fait d'être là. Seulement d'être là et de respirer. D'être là avec un corps : rien que de chier, de pisser, de transpirer, de vomir, et c'est déjà une contribution. On a fait de ces fluides une honte à cacher sous des tonnes de désodorisants, Senteur des Bois, Brise Marine, Violettes du Népal. Pierre pisse dans les buissons pour fuir l'odeur masquée des pissotières.

Les pissotières, Pierre y va la vessie enfin vidée. Délivré de la contingence primaire empêchant l'affrontement et la guerre.

Y humer les variations de puanteur. Urine trouble, grasse, corrompue, alourdie, hépatique.

Y observer dans le miroir les culs aplatis par les kilomètres, les épaules voûtées, la nuque baissée sur le bout du gland.

Y repérer le comportement louche, délit de faciès, les mains qu'il lave et relave sous le distributeur de savon et le robinet à impulsion photo-électronique.

Et puis suivre jusque dans le parking la silhouette soupçonnée, qui se retourne subitement et fonce sur Pierre Castan, le pousse et Pierre trébuche sur un rebord de trottoir, s'affale :

— Tu me suis encore, pédale, je t'éclate la tronche !

Pierre laisse partir.

Laisse pisser.

L'humiliation fait partie du lot des rancœurs à subir.

Pierre se relève, n'a surtout pas honte de savoir qu'on se trompe à son sujet, qu'il n'est pas la suceuse des gogues qu'on pourrait croire. L'amour-propre, Pierre l'a verrouillé dans un lieu secret de lui-même. C'est une petite boîte rouge, un écrin de cuir vermillon contenant une seule balle enveloppée dans de la ouate rose. Une balle dessinée, projetée, élaborée, manufacturée pour finir dans un lieu et une matière encore inconnus à la vitesse de 400 mètres par seconde.

Alors, où vas-tu, Pierre ?

Vers les camions. Vers l'humanité du bitume. Vers là où des hommes passent la moitié de leur vie à transporter des choses jugées indispensables. Donner du sens à l'absurde. Ça peut suffire à vous faire lever le matin dans votre véhicule qui pue le sommeil au lieu de vous défenestrer depuis le restoroute surplombant la quatre voies.

N'est-ce pas que ça peut suffire, Pierre ?

Non.

Pas encore.

Pierre s'approche d'un groupe d'hommes. Corps velus en marcel. Tordus, bancals quand ils ne sont pas assis derrière le volant : corps sinon glabres recouverts de T-Shirt sales Budweiser, maillots de football brésilien, marocain, ukrainien, de bermudas difformes à carreaux ou unis, pieds chaussant des crocs ou des sandales en plastique ou des tongs ou des tennis bariolées de graisse noire. Plus loin, entre deux semi-remorques, d'autres types jouent à se passer un ballon de foot. Pierre, lui, ne sait même plus comment il est habillé, lui aussi comme eux s'est fondu dans l'asphalte. Ils sont cinq, lui font une place pour qu'il se joigne au cercle qu'ils forment autour de rien, d'absolument rien du tout, si ce n'est d'eux-mêmes qui se regardent. Une ronde d'attente s'ouvre pour lui, pour qu'il fasse aussi partie de ces corps en sursis autour d'un vide à combler.

Ils croient qu'il est l'un d'eux alors qu'il est un traître, il en cherche un parmi eux. Ces corps qu'il connaît depuis l'intérieur : glandes, tendons, muscles, organes, os, humeurs, chairs. On lui sert un café, on lève sa tasse ou son gobelet en guise de salut. Pierre sort son paquet de cigarettes, en propose à la ronde. Tous acceptent, puisent à l'intérieur avec leurs doigts sales durcis par les cals.

Un briquet jaune en plastique passe d'une main à l'autre. Quand il revient à son propriétaire, celui-ci dit : « Look ! »

L'homme illumine un coin de bâche du camion avec le dos de son briquet qui fait aussi lampe de poche. Dans un halo de couleurs minuscule, apparaît une fille nue. On ricane, on connaît sans doute l'histoire, Pierre acquiesce. Le cercle se défait peu après, on n'a rien dit, rien que se conforter dans la présence faisant cercle.

Pierre reste, il regarde un Mercedes dont la cabine immense est baissée, dévoilant dans l'éclairage blanc d'une paire de néons accrochés à l'infrastructure un moteur aussi brillant qu'une batterie de cuisine. Le chauffeur, petit, sur la pointe des pieds, souffle et cajole des parties infimes de mécanique. Luisant de sueur, il s'affaire avec des gestes rapides et précis.

Pierre pense à sa précédente vie, au métier qu'il exerçait. À ce qu'il a évacué naturellement depuis qu'il est en chasse, mais qui, ce soir, lui revient par humanité, parce qu'on lui a offert un café parmi des hommes qui ne lui demandent rien, qui ont ouvert et agrandi le cercle pour qu'il puisse y entrer, parce que le corps est une mécanique à sa façon, en tout cas un système dont la mécanique s'est inspirée, parce qu'un moteur, au fond, c'est très proche d'un corps ouvert, avec des veines et des tuyaux, des pièces comme des organes, des fluides comme de l'huile et du sang.

Le petit homme parle à son moteur et Pierre Castan se souvient : le corps était celui d'un petit garçon mort noyé à l'âge de six ans. Le premier enfant qu'il autopsiait. Seul avec le petit corps, il lui avait parlé tout au long de l'examen. Son collègue n'avait pas pu s'en occuper. Le plus souvent, on finit par abandonner plus par lassitude que par lâcheté.

Combien de temps avant la chute ?

Pierre se tourne, rejoint sa voiture.

Car les hommes tombent.

Et c'est beau.

Et c'est bien comme ça.

8

Morgue dans la nuit.

Cent vingt kilomètres pour s'y rendre.

S'y est rendue : Sabine (nouvellement) Hobart.

Alias : Sabine (anciennement) Lucino.

Prends ça dans tes belles dents, Sabine : coup de fil des gendarmes, annonce du décès, présence demandée afin de reconnaître le corps et de certifier l'identité du défunt.

Gérard Lucino : père et mère décédés, fils unique, progéniture mineure.

À qui la chance ? Pour Bibi.

Une ex-femme, ça sert aussi à ça. Faut bien gagner son héritage. Pas si cher payé, compte tenu des rapports merdiques entretenus par Sabine et Gérard, la bonne vieille rancœur des familles affleurant la haine.

Mais tout de même, pas la joie non plus.

Faut dire que, malaxé dans son Alfa, la viande de Gérard Lucino ressemblait à un falafel. Presque deux heures de désincarcération, trois pompiers se relayant au pied-de-biche et à la lampe à acétylène pour libérer le corps et rassembler les morceaux. Le thanatopracteur a travaillé uniquement sur le visage afin de le rendre présentable. Le reste du corps est une bouillie déjà rangée dans des caisses en aluminium. Dieu merci, la tête est restée accrochée au tronc et, sous le drap vert, des membres en plastique ont été ajoutés afin d'évoquer l'uniformité d'un corps humain.

Délicatesse du préparateur.

La petite anecdote qu'il aurait à raconter sur ce corps, précisément, serait la présence d'un débris de l'écouteur Nokia encastré profondément à l'intérieur du conduit auditif, qu'il n'a pas eu encore le temps de retirer et qu'il a masqué avec un bouchon de cire couleur peau.

Le câble, lui, a disparu.

Tranché.

Peut-être qu'il laissera l'écouteur où il est, finalement.

Connecting People.

En tout cas, Sabine Hobart, ex-Lucino, ne remarque pas ce détail, approuve d'un mouvement de tête, confirme par la parole au capitaine Martinez que ce visage est bien celui de Gérard Lucino.

Julie Martinez prend Sabine Hobart par les épaules, mais celle-ci se dégage d'un mouvement sec.

Question : qu'est-ce qu'elle fout là, Julie Martinez ?

Approche holistique ou paradoxe de Milgram.

« Tout est un » ou « Effet du petit monde ».

C'est selon.

La géographie de l'autoroute lui manque.

Elle a hâte d'y revenir, de retrouver ceux qui n'en sortent plus.

— De toute façon, on avait appris à se détester, se justifie Sabine.

Belle femme, la quarantaine vive, blonde. Visage triangulaire.

Julie lui ouvre la porte, s'efface pour la laisser passer.

« Rien à foutre », pense Julie.

9

Tía Sonora. Ingrid Castan. Sylvie Mercier. Lola X.

Trois femmes et demie.

Non, quatre.

Aucune raison de classer un genre dans une catégorie parce qu'il y a un pénis au bout du tuyau.

Ça se passe ailleurs.

Quatre femmes, donc.

79. 38. 42. 22 ans.

La première n'a pas voulu d'enfant.

Les deux autres l'ont perdu.

La dernière n'en aura pas.

Utérus. Enfant. Espèce.

Qu'on en ait ou pas, l'enfant – la conception de l'enfant – est toujours un problème à résoudre. Dans la plupart des cas, on n'y pense pas. On baise, l'enfant arrive – ou n'arrive pas – et Dieu t'aidera. Et Dieu aide souvent les femmes seules. Tía Sonora en sait quelque chose, des femmes engrossées à partir de quinze ans. Elle a souvent raconté n'importe quoi en découvrant le néant de ces paumes ouvertes. Des rêves, des espoirs comme ce putain de travesti qui attend le prince charmant en cabriolet sur l'autoroute.

Tía Sonora a appris que le mensonge en dit plus sur la vérité que la vérité elle-même.

Tía Sonora a appris à raconter le mensonge. Le mensonge est la vraie création. Le mensonge est le rêve.

Tía Sonora a compris que la vérité n'est rien d'autre que l'existence elle-même.

Le mensonge, c'est l'ailleurs, c'est là où les gens veulent être.

Goût du malheur en fin de bouche et tu respires longtemps et très fort pour ne pas vomir. Tu penses encore : pourquoi la nausée est-elle ressentie essentiellement par les femmes ? Les hommes n'ont pas la nausée. Ou alors, ils l'éprouvent brièvement et vomissent. Les femmes, elles, la gardent dans leur ventre, font d'un malaise une perception.

Et d'une perception, un concept.

Le monde est femelle.

La nausée, par exemple, c'est maintenant au milieu de la nuit. Non, plus pour Tía Sonora qui, dans son ventre, n'a plus rien sinon des intestins et des organes, surtout plus d'espace destiné à procréer, plus de vide à combler, non, juste de l'expérience, une tonne d'expérience à transmettre, mais elle ne transmettra rien du tout parce que ça l'emmerde d'être une Cassandre, ça l’ennuie à mourir, contrairement à la plupart des vieux, de raconter et raconter, parce qu’elle a compris que le temps est un ressac sur une plage, qu’il efface tout, que chaque nouvelle vie équivaut à repartir de zéro, que les générations précédentes luttent en permanence pour encadrer les générations nouvelles, érigent des digues, des structures, mais que l’homoncule qui arrive est toujours cet animal qui veut respirer, boire, manger, déféquer, l’animal grandit et il veut l’amour, l’espace, le plaisir, la conquête, l’animal vieillit et il veut la sécurité, des règles et un Dieu pour l’au-delà, et d’une certaine façon, si Tía Sonora croit encore à la parole, c’est pour passer le temps, mais surtout pas une parole de vérité, non, surtout pas le passage du flambeau de l’expérience – les vieux n’ont rien à dire, on s’ennuie, la sagesse est une exception parce que les vieux cons étaient, auparavant, de jeunes cons – non, juste parler et boire et se torcher la gueule dans le lac transparent d’un alcool blanc, car tout ce qu’on éprouve – et Tía Sonora du haut de ses bientôt 79 ans est catégorique – tout ce qu’on éprouve d’important au cours de sa vie est absolument, définitivement, intrinsèquement secret.

Nous sommes seuls.

Cosmonautes de merde dérivant dans l’espace.

Dans l’espace, personne ne vous entend crier, disait l’affiche du film.

C’est exactement ça.

Seul avec ses secrets.

Maintenant, on peut toujours se mettre à la place de : très difficile.

Comprendre : intellectuellement accessible.

Imaginer : dépend de l'expérience et de la capacité à délirer.

Jouons à imaginer, comprendre et à se mettre à la place de :

a) Lola à genoux suçant la queue courbée d'un camionneur belge. Imaginer le goût du préservatif dans sa bouche et Lola qui doit faire un drôle de manège avec son cou pour sucer cette drôle de queue courbée. Il faut imaginer la main de l'homme serrant toujours plus fort la tête de Lola tandis qu'il s'enfonce dans sa gorge. Il faut imaginer l'odeur des poils humides, des couilles macérées la journée entière dans le slip. Il faut imaginer la bedaine battre sur le front de Lola à chaque va-et-vient. Il faut imaginer les fesses blanches et plates de l'homme se contracter au moment de l'éjaculation. Le râle, le caoutchouc vibre sous l'impulsion du sperme butant dans le réservoir et Lola sait qu'elle a terminé son boulot et pense au chewing-gum qu'elle va mastiquer pour masquer le goût poudré de la capote.

b) Sylvie Mercier à genoux, les genoux écorchés à force de se prosterner devant Dieu pour qu'il lui rende sa fille, que celui qui lui a pris sa fille la lui rende, rends-la-moi et on n'en parle plus, je ne te dirai rien, je ne te ferai rien, mais rends-la-moi, je t'en supplie. Sylvie Mercier et son désarroi si frais qu'on devine encore les jeunes pousses sortir de ses oreilles, de son nez, germer dans ses yeux rouges. Sylvie Mercier dans une clinique où l'on discute en ce moment même de son cas et de la nécessité de tripler la dose de sédatifs afin qu'elle dorme au moins pendant quelques heures, attachée dans son lit afin d'éviter qu'elle se prosterne, qu'on la délivre de ses bondieuseries, putain. Il faut imaginer Sylvie Mercier et son monde écroulé en même pas deux jours : fille disparue, époux suicidé.

c) Ingrid Castan vautrée sur son divan, échappant de justesse à l'étouffement par vomissures grâce à un geste de survie inconscient, cette rotation et chute au pied du divan Roche-Bobois – et Monsieur Roche-Bobois ne sera pas content d'être associé à une image aussi négative de son produit, mais c'est comme ça, il y a des femmes au désespoir qui se pintent, vomissent et meurent sur des canapés Roche-Bobois –, et le jet rouge, le céleri croqué, du bloody mary mêlé de glaires sur le tapis autrefois blanc cassé et maintenant cassé tout court, le téléphone encore décroché bipant dans le vide et les paroles de Pierre, les paroles du soir, compte rendu de son petit soldat vaillant, qui disaient :

— Je m'approche, Ingrid.

Il faut imaginer. Lever la tête et imaginer. Fermer les yeux. Lever la tête. Et imaginer. Comprendre. Se mettre à la place de.

On est si seul, bordel.

Tía Sonora se lève, sort de sa caravane et allume une cigarette dans l'aire de repos devenue village provisoire. Des gémissements dans la nuit, des râles, des toussotements, des pleurs. Légères dissonances entrecoupées de silences. Le silence, vieille peau, c'est tout ce que tu as réussi à comprendre en une vie. Entre deux passages de véhicules nocturnes. Et pourtant, un instant, comme ça, tu es avec tous ces gens, toutes ces Lola, ces Sylvie, ces Ingrid, ces humains, un temps infime de communion parce que si tu as vécu l'absolu désarroi, c’est toujours ça, ça au moins, que tu peux partager avec eux.

Fume, Tía, ça fait du bien.

Après, on va mourir et il n’y a rien.

Rien.

IX

1

Chacal est un magicien.

Avec très peu d'éléments nouveaux, il donne l'illusion de nourrir l'information, d'apporter des éléments révélant une part du mystère autour de la disparition de Marie Mercier.

Il y a eu reportages/enquêtes sur :

Les faits tels qu'ils se sont produits. La mobilisation des forces de police. La mobilisation des autorités. La mobilisation de la société civile. Les parents déchirés. Les familles déchirées. Les amis déchirés. Les voisins déchirés. Les quidams inquiets. Le message d'espoir de l'évêque Machin. L'impuissance des autorités : remise en question du plan anti-enlèvement. La brigade cynophile. Les battues des civils. Le père suicidé dans sa baignoire. La mère internée d'urgence à la clinique neurologique de Sainte-Machine...

On étale la pâte. On garnit. On fait durer le mois d'août : pizza réchauffée pendant quinze jours.

Condiments.

Chacal a bien fait son boulot, un professionnel du malheur sous forme de fait divers. Il l'a tellement bien fait que l'objectif rédactionnel est atteint. C'est exactement le traitement de l'information qu'on lui demande. Pratique à lire sur un transat, au coin de la table du bistrot, le magazine se vend à tirage record : photos des parents en longue focale, photos floutées des motards suspects. Long article écrit avec l'efficacité d'un journaliste qui sait comment lisent ceux pour lesquels il écrit. Titres chocs. Couverture où la violence le dispute à l'inquiétude qui le dispute à l'émotion qui le dispute à ta sœur.

Donc : impact – c'est-à-dire réel calibrage de l'information dans la vie propre et personnelle de chacun : que fait-on de cette information ? que nous apporte-t-elle ? que nous dit-elle sur le monde et sur nous-mêmes ? – proche du zéro absolu. Refus du bouleversement intérieur, de la remise en question de soi, de l'environnement, du pourquoi des choses : de leur sens. Ingurgitation, petit rot et au dodo.

Proche de l'indifférence absolue, mais pas tout à fait. Car Chacal est un rouage dans la tragédie et, en voulant faire autre chose, il a touché exactement le centre de la cible. La machine grippée se remet en marche, la linéarité reprend son cours dans la progression vers l'inexorable et la tragédie : la jonction, le croisement des lignes de vies.

Certains, les balloches à l'air sous le bermuda à carreaux, face à l'apéro précoce du matin.

Certaines, les nichons huilés à l'indice de protection 15, sous le parasol Orangina.

Et ainsi de suite.

Au final, cela constitue une population lisant la même pornographie.

Pour pointer celui-là précisément : un autre parmi d'autres mais qui, en l'occurrence, est le centre de la cible. Les testicules comprimés dans un slip taille L, il lit le magazine.

L'homme aux testicules comprimés est Pierre Castan, on est là pour souffrir, Pierre Casse-Burnes, Pierre Casse-Pipe, on n'est pas au bistrot, on n'est pas les pieds dans le sable chaud. On n'est pas une fille de 17 ans belle et insouciante.

Pierre lit, assis à une table en formica d'une cafétéria après une nuit passée dans la voiture et une toilette sommaire aux chiottes, à guetter les pédophiles, pédophile toi-même, double expresso noir, sans sucre, sans lait, sans rien, au nord-ouest du magazine ouvert devant lui.

Pierre Castan, Pierre Cassé, haché menu au fil des jours, des semaines, des mois, Pierre Castan lit et prend connaissance des éléments suivants, horizontal, de gauche à droite, surligné dans sa mémoire :

[...] le téléphone portable de Marie Mercier a été retrouvé dans la sacoche du side-car d'un couple de motards suite à une recherche intensive via le réseau de téléphonie mobile. Le couple, après interrogatoire, a été mis hors de cause par la suite. Au moment de l'enlèvement, il se trouvait en effet à plus de cinquante kilomètres du lieu où a disparu la petite Marie. Tout indique que le ravisseur présumé de la jeune fille a volontairement caché le téléphone allumé afin d'égarer

les recherches de la police. Serait-on en présence d'un maniaque digne des [...]

Pierre est d'abord intrigué. Le mot qui l'intrigue est « side-car ».

Side-car : Habitacle à une roue et pour un passager monté sur le côté d'une motocyclette.

Il cherche dans sa mémoire, repasse la quantité d'informations enregistrées ces dernières heures.

« Side-car » est un mot que Pierre entend rarement.

D'abord rattacher le mot à son locuteur.

Le locuteur est Jacques Baudin.

Jacques Baudin, le cantonnier collectionneur :

[...] j'ai vu un gars qui rôdait près d'un side-car alors que ses occupants s'étaient éloignés vers les bois. Je me suis approché pour lui demander s'il avait besoin de quelque chose. Le gars, c'était comme si il avait vu le diable, tellement il était surpris de me voir débarquer. Le type a filé rejoindre son véhicule garé plus loin, un van, fallait voir ses yeux [...]

Rhizomes.

Un van ?

Un Volkswagen, ouais.

Racines qui s'étendent à l'horizontale sous la terre. Débouchent à l'air libre sans apparente connexion. Grappes, liens invisibles, en réalité tangibles, si tangibles, putain.

J'exprime le monde entier, j'enveloppe le monde entier, mais je n'enveloppe clairement qu'une petite portion du monde.

La sphère commune des vivants est le temps.

Pierre referme le magazine, regarde sa montre. Il reste calme, les gestes mesurés, digne et patient.

La sueur coule dans son dos.

Une trace.

Il termine son café.

L'information ressurgit.

L'anodin devient fondement.

La vraie première trace depuis six mois qu'il est sur l'autoroute : un fourgon Volkswagen.

2

Julie aussi tisse sa toile.

Café sans sucre avec l'opercule sur la tasse en papier cartonné. Face à elle, un homme. Comme la plupart du temps. Les muscles, les mâles : flics, délinquants, criminels. Ici, face à elle, eau minérale et inhalateur Nicorette pour apaiser le manque : Manuel Ricot. Parti en « live », il y a un peu plus d'un an. « Burn out » d'abord, dépression ensuite. Il tremble légèrement quand il porte l'embout à sa bouche. Une pelade l'a convaincu de se raser entièrement le crâne. Il a maigri, ses vêtements sont devenus trop larges pour lui. Il devrait renouveler sa garde-robe, il a laissé tomber l'idée.

Julie Martinez a voulu Manuel Ricot avec elle sur l'autoroute. A fortement voulu cet entretien informel pour discuter des résultats de l'enquête avec le collègue autrefois chargé des « Disparitions de l'autoroute ». Ou de l'absence de résultats avec ses déductions présentes. Son hypothèse d'un prédateur travaillant sur l'autoroute est un ver qui se tortille dans son intestin.

Solitaire comme chaque fois que l'on sort du cadre pour remettre en question la réalité.

Dans la folie qui guette, dans l'angoisse et l'anxiété atténuées par le Xanax, Manuel a gardé ses souvenirs et une certaine lucidité intacts : il a apporté les photos des précédentes fillettes disparues, il a tracé un périmètre sur le réseau autoroutier trop vaste pour un seul homme. Il a posé sur la table deux dossiers complets, plusieurs carnets remplis de notes. Il a synthétisé tout cela d'une voix monocorde qui n'arrive plus à s'enflammer, car pour lui, d'une certaine manière, la vie touche à sa fin et il se rend compte de l'arnaque mesquine lui ayant bouffé ses organes, ses os, ses nerfs. Son énergie vitale. La guerre perdue d'avance face au Mal, celui de sa folie et celui de l'Ogre. Limiter la casse, rafistoler l'échafaudage toujours plus bancal, plus instable, jusqu'à ce que d'autres s'y collent pour faire face. Des gens sains d'esprit, solides comme Julie Martinez. Il lui manquait une disparition, à Manuel, pour poser le jalon fragile sur lequel se base maintenant Julie. Les fruits récoltés par l'autre. Il en est ainsi. Le pire, ce sont les fruits qu'on ne sème pas.

— Au moins, j'aurai laissé ça, dit Manuel.

— Laissé quoi ? demande Julie.

— Ces putains de dossiers des précédentes victimes. Les cadavres sur lesquels on marche pour empêcher d'autres cadavres de s'amonceler.

Julie ne sait pas quoi répondre. Une dépression, c'est un gouffre. C'est potentiellement proche du suicide. C'est en tout cas l'absence d'ironie, de retour sur soi. C'est déjà l'amertume et la défaite.

— Mais ton hypothèse me plaît, continue Manuel. On l'a jamais chopé parce qu'il ne sortait pas du périmètre. Ce que je ne comprends pas, c'est comment il fait pour planquer les corps.

— Un double fond. Camionnette, van, fourgon, voire carrément poids lourd ou semi-remorque...

— Et quand ça se calme, il sort peinard à l'échangeur et fait disparaître le corps. Aucun de ces enfants n'a jamais été retrouvé, Martinez. C'est gros comme un camion, le cas de le dire, nom de Dieu !

Exact. Un corps qui ne sert plus. Un corps volatilisé.

— La suite du programme, c'est le dépouillement des données sur les employés ?

— Quatorze mille sept cent quatre-vingt-dix-huit salariés, répond Martinez.

— C'est ta chance...

— C'est une piste en tout cas.

— À l'époque, avant qu'on me retire l'affaire, je soupçonnais que c'était un type qui travaillait *sur* l'autoroute. Un routier, tu vois ? Mais *dans* l'autoroute, nom de Dieu, ça c'est bon, Martinez, très bon.

60 % d'hommes.

— Un recoupement par lieu...

8 878 individus dans la catégorie « mâles ».

— À la période exacte des disparitions...

37 % aux péages, 35 % à l'entretien et sécurité du réseau, 28 % à la structure.

— Fais-moi plaisir, Martinez : trouve-moi ce fils de pute. Ce ne sera pas me rendre ce que je n'ai plus, mais peut-être un sourire en buvant une bière.

« Structure » ? Concept. Donc vague : camemberts statistiques.

Julie s'emballe :

— Je vais tout prendre, Manuel. Je vais y ajouter les employés des restoroutes, les CDI, les employés au noir... Je vais faire chier, remuer la merde de leur putain de système, Manuel. Je vais soulever la couverture, dégager les miettes...

— Bonne chance, Martinez. Je le dis sans ironie et sans malice.

On frappe à la porte, deux coups rapides, la façon formelle et urgente pour Gaspard d'interrompre l'entretien de Julie Martinez, les bulles dans lesquelles elle s'enferme avec ses seins, son cul, son corps. La chair qu'elle pose sur une chaise ou en déambulant nerveusement dans une pièce pour défricher la jungle, tracer des pistes que l'on emprunte une seule fois et que la végétation recouvrira après coup.

— Il s'est passé quelque chose, capitaine. Un truc moche.

Julie se tourne, revient au visage émacié de Ricot qui dit, les dents jaunes de tartre et de nicotine :

— Les trucs moches, c'est parfois la chance maquillée en pute.

3

Arrive un moment.

Un moment précis où il en reste un dernier.

Le dernier Homme d'une génération. Dans l'humanité entière. Il y en a un dernier.

Le dernier à l'Hospice. Le dernier d'une Guerre. Le dernier survivant du *Titanic*.

L'entonnoir.

Connexions, interdépendances, enchevêtrements d'ADN.

Annulés, disparus, renouvelés.

Il faut qu'il y en ait un dernier pour mesurer le temps et l'espace.

Celui qui entend mal, celui qui n'a plus de dents, celui qui se pisse dessus, celui qui perd la mémoire.

Ou celui qui se souvient mais que personne n'écoute.

Celui que l'on pousse sur une chaise de paralytique et dans la tombe.

Celui qui a compris le secret, le sens ou l'absence de sens du Grand Bordel, et qu'on laisse baver dans un coin.

Ou alors celui qui comprend, mais seulement après.

Celui qui n'a rien compris et qui regarde dans le vide.

Ce qu'on appelait le Hasard devient le Destin. Ça ne fait pas beaucoup avancer le Bidule, mais ça rassure, ça soulage.

Le recul : sauf que le sens n'existe que pour soi et pour soi uniquement. Le sens ne se partage pas.

On est seul.

Très.

Pierre Castan descend de sa voiture, il a chaud. Il transpire et se projette vers une pensée unique : parler à Jacques Baudin et savoir. Depuis des mois qu'il piste une ombre, il tient la possibilité de sa projection. Le tangible sur lequel il peut envisager d'achever son existence.

Pierre avance vers la cahute. Il marche vite. Tout à l'heure, il pensera à tout ce qui vient d'être évoqué sur les connexions, l'interdépendance et l'entrelacs des chromosomes.

Mais voilà que la pensée unique, la projection vers le savoir est brouillée par l'apparition des mouches.

Lucilia Caesar, présage du médecin légiste.

Il frappe par habitude, la porte rafistolée cède facilement et le monde s'écroule.

Pierre Castan fait ce geste instinctif de se toucher une main, puis l'autre, comme s'il enfilait des gants en latex.

Pierre Castan analyse.

Il ne se précipite pas sur le corps pour le décrocher de la poutre où il est pendu. Il voit la tache sombre presque effacée de la flaque d'urine séchée au sol. Il sent l'odeur de merde provenant du cadavre. Il croise le regard vide du cantonnier, observe sans les toucher ses bras abandonnés le long du corps.

Une légère brise agite l'air immobile, le cadavre bouge imperceptiblement. Mais ce n'est pas la force du vent, juste le contrepoids du corps de Pierre sur le plancher inégal : lien de cause à effet, interconnexion et entrelacs des chromosomes – début des réflexions de Pierre :

Il arrive un moment.

Un moment précis où il en reste un dernier.

Le dernier Homme d'une génération. Dans l'humanité entière. Il y en a un dernier.

Le dernier témoin.

Pierre allume une cigarette pour chasser l'odeur de merde et de décomposition. S'assied face au corps qui dodeline, la petite table renversée à ses pieds.

Assis sur la chaise tissée de plastique rouge, le genre à vous laisser des marques sur la peau si vous êtes en short.

Il réfléchit au lieu d'agir : décrocher le corps, avertir la police. Pierre est mû par le regret égoïste de ne pas avoir entendu ce que Jacques Baudin aurait pu dire en complétant sa description : type de van, type du conducteur, éventuellement une indication de plaque minéralogique. Pas de sa mort, non. S'en fout, de la mort d'un cantonnier collectionneur d'objets trouvés.

Agir, en certaines circonstances, n'est pas indiqué. Il est préférable de s'en abstenir : plutôt penser, déduire, calculer.

L'article dans le magazine.

La pendaison de Jacques Baudin.

Pierre comprend qu'il n'est pas le seul pour qui cette merde imprimée était porteuse de sens : tirage record et puis sous les gravillons dans la caisse du chat.

Mais dans le sens contraire, projeté vers le passé pour son gibier : revenir et faire taire le seul témoin.

À la fin de sa digression intérieure, Pierre se fait plus pragmatique : le croque-mitaine a tranché dans le vif. A habilement anticipé la dispersion de la parole, le bouche-à-oreille.

Pierre se lève, tourne le dos à ce corps qu'il aurait autrefois éviscéré, découpé, quantifié.

Il éteint son mégot, le range encore tiède dans la poche du pantalon. Chasse les mouches de son visage. Laisse derrière lui une enveloppe de fumée.

Qui le fera, sinon ?

Pierre lui doit bien ça.

Le dernier à l'avoir vu vivant.

Pierre se dirige vers une des cabines en grappe.

Composer le 17.

Maquiller la voix.

Quelqu'un d'autre décrochera le corps.

Les suicidés, il connaît.

4

Pascal est tout au bout de la marginalité, au bout de l'extrême solitude du tueur en série. Dans son cas, la mort infligée n'est qu'une conséquence de l'impossibilité de l'amour que Pascal porte à ses victimes. Au fond, il accélère le processus du dépérissement des sentiments et des corps. L'impossibilité de la fusion au-delà du temps, de la fusion éternelle. Le problème central, le noyau dur, la mère de tous les problèmes et de tous les maux, concentrés dans la chimie du cerveau de Pascal, est celui de l'incommunicabilité.

Alors.

Alors quand Pascal pousse la porte de la cabane de Jacques Baudin, il ressent pour la première fois une sorte d'accomplissement dans le dire, dans l'aveu. Au cours des deux premiers cas, il n'a jamais eu affaire au problème de l'élimination d'un témoin.

Jacques reconnaît aussitôt Pascal. Un collectionneur a l'œil affûté sur le détail. Jacques Baudin est costaud malgré son corps difforme, sa gibbosité s'accentuant avec l'âge, son boitement à la Quasimodo. Mais la force de Pascal est supérieure. Il lui suffit de tendre le bras, d'accrocher le col de Jacques Baudin, de l'attirer à lui pour le repousser aussitôt d'un mouvement sec et le cantonnier tombe sur le cul, la bouche ouverte de surprise. Il y a une voiture tractant une caravane au bout de l'aire de repos, Baudin y songe, songe à demander de l'aide, mais hésite à le faire. À ses yeux, il y a quelque chose d'obscène, de non cohérent à quémander le soutien de ceux à qui il répugnait d'adresser la parole. La solitude de Jacques rencontre celle de Pascal. La première est choisie, la seconde est subie. Dans ce cas, la frustration l'emporte sur l'acceptation.

— Vous me reconnaissez ? demande Pascal d'une voix neutre.

La fin arrive par les yeux gris de Pascal, et si Jacques Baudin devait exprimer un regret, ce serait celui d'être vu par ces yeux-là. Vides, des yeux n'accrochant plus rien. Il préférerait de la compassion, l'accompagnement du « passage » par de la douceur alors qu'il se trouve déjà confronté au rien qui l'attend, au rien imminent.

Peut-être la délivrance ?

Mais la délivrance de quoi ?

Jacques réfléchit, tout de même. Cette nécessité que l'Homme a de vouloir comprendre, de mettre en place, la logique qui rassure. L'équation est vite résolue.

— C'est vous, affirme Jacques.

Pascal lit sur les lèvres et acquiesce. Il fait mieux, il faut faire mieux, Pascal, dis leurs noms, dis-les :

— Mangin Catherine, Castan Lucie, Mercier Marie.

Il n'aurait pas pensé, Jacques Baudin, qu'il se mettrait à pleurer en regardant pour la dernière fois autour de lui, sa vie en quelque sorte misérable, retenue par des bouts de ficelles dans une cahute près de l'autoroute. Il pense aux champs à perte de vue au-delà des planches rafistolées. Au soleil, au vent, à la terre.

Il pense à son enfance, aux cabanes qu'il a toujours aimées, à la solitude que procurent les cabanes. Aux arbres qui protègent des regards et des croque-mitaines. Se réfugier dans les hauteurs pour ne pas qu'il t'attrape.

Tu le fuis depuis l'enfance, tu le fuis, Jacques, mais il a fini par te rattraper.

La corde pour te pendre.

5

On fait quoi avec ce corps ?

La question n'a pas été posée exactement en ces termes.

La question est :

On fait quoi ?

Gaspard l'a posée.

Question métaphorique, immense, bien plus subtile et profonde que ce qu'elle exprime grammaticalement.

La question est fonction : du problème à résoudre, de l'action qui en découle, de la situation dans laquelle elle est posée.

Relative : à la géographie exacte où elle est posée, à un temps déterminé, à un contexte.

Petite portion du gâteau infini.

Tout concourt à tout et personne ne pourra jamais le voir dans son entier.

Voir le grand ensemble.

C'est qu'il n'y a pas d'ignorance, il n'y a que des degrés de conscience. Il y a des degrés de conscience échelonnés à l'infini.

Une question est une conséquence.

Ils sont dans le parking, le corps encombrant de Jacques Baudin sur le point d'être emporté par les ambulanciers à l'institut médico-légal. Gaspard fume.

Julie fume. Pas de chacals dans les parages. L'aire de stationnement est tranquille, le soleil brûle au zénith.

Tantôt : appel anonyme de la cabine proche mentionnant le corps pendu à une corde de nylon.

Maintenant : gendarmes fouillant les environs, mais tout ce qu'ils trouvent, ce sont des étrons séchés et des feuilles de papier-cul, des emballages sales, des mégots de cigarettes. Jacques Baudin ne veille plus et la parcelle de cette portion du monde accélère son entropie.

— Le type habitait par là, dit Gaspard. Dans le prolongement de la sortie de la voirie, après la barrière. Tu crois qu'il y a un lien ? Ta théorie d'un homme travaillant sur l'autoroute ?

— Un lien ? Nom de Dieu, Thierry, ça expliquerait tant de choses, ça expliquerait tout. Un pendu bouffé par les remords. Pourquoi les fouilles n'ont jamais rien donné, pourquoi les échangeurs restaient des bouches muettes malgré les contrôles, les chiens, les hélicoptères, toute la foutue cavalerie ?!

Le visage de Julie Martinez est recouvert d'une pellicule de sueur, ses aisselles sont deux taches sombres sur la chemise bleu ciel. C'est dans ces moments que Gaspard ressent cette terrible envie de la prendre, de la baiser telle quelle, à même l'asphalte, malgré sa femme qu'il aime, ses gosses, ses principes : fidélité, loyauté, contrôle. C'est plus fort que lui, il bande. Il se cache comme il peut, mais Julie voit la bosse se lever sous le pantalon. Ces deux-là, s'ils se laissaient aller, feraient des étincelles. Mais la frustration, c'est bien aussi. Le désir refoulé, les fluides contenus, ça donne une sorte d'impulsion aux actions, mélange de tension et d'animosité, de rage, aussi.

L'occasion perdue est-elle perdue ?

— C'était quoi, la question ? demande Julie.

— On fait quoi avec ce corps ?

— Mieux, Gaspard.

— On fait quoi ?

— On y va, on fonce. On cherche un lien. Tous les deux, en éclaireurs. Rien que toi et moi.

6

Lui aussi se pose la question immense, la question-cathédrale :

Que faire ?

Elle résonne dans sa tête tandis qu'il vomit des caillots de bile. Si près, putain, tu l'as frôlé, Pierre, tu as respiré le même air que lui, vu les mêmes objets rangés dans la cabane, parlé au même homme avant qu'il ne le tue. Parce que tu sais que c'est lui. La pendaison est une mise en scène. Égarer la piste, semer le trouble. Baudin possédait l'information cruciale, celle qui t'aurait permis de le chercher avec la certitude de le retrouver bientôt. Et maintenant, la certitude est de nouveau un lièvre dans un champ qui s'éloigne et te nargue.

Où regarder ?

Dépression, Pierre. Sentiment de désolation infinie. Tension qui se relâche. Le tendeur casse et te pète à la gueule. Putain si le pire est l'espoir, l'espoir déçu. Il vaudrait mieux ne pas croire, ne pas se faire d'illusions. Mais comment faire quand on est un homme ?

Comment faire quand on est un homme qui cherche et qui n'a pour but que le but en soi ?

Pierre essuie sa bouche avec le dos de sa main, son pull est taché d'éclaboussures, tu aurais dû attendre que la crise soit passée avant de te relever. Impatient de quoi ? Pour quoi faire ? Pour aller où ? Les éclaboussures ne sont pas seulement de la bile, les éclaboussures, ce sont aussi des larmes. Pierre se soutient au tronc de l'arbre. Pierre craque. Pleure, se répand. Pierre se fissure aussi en apparence. Pierre s'effrite. Au bord de l'autoroute, au bord du gouffre. Les pieds sales dans les mocassins sales. Corps ankylosé, promis à une neuropathie d'avoir trop subi de tensions, de nœuds, plexus en compote, maladie de Charcot.

Qu'est-ce que je vais faire ?

La question-cathédrale a évolué. Pierre ne la pose pas avec un son : il la pose dans le chagrin et toujours dans le vide, des hoquets, sa gorge le brûle. Avec « faire », on peut évoquer l'impossibilité selon toutes ses facettes, les manipuler à la façon d'un Rubik's Cube jamais résolu.

Il y a le ciel et la terre.

L'air et le feu.

Il y a l'absence de Dieu ou alors Dieu est l'absence et on s'en fout.

Il y a un homme tout petit avec une souffrance cosmique.

L'univers compressé avant le Big Bang.

L'espace et le temps se créent au fur et à mesure de leur extension.

Depuis le Big Bang, depuis la singularité de l'univers.

Il n'y a pas de Dieu, Pierre.

Aucune référence à une quelconque extériorité.

Il n'y a pas de machination, de Deus ex machina.

On a pris ta fille parce que le monde est en mouvement.

On a pris ta fille parce qu'il y a un autre sujet, un autre nom propre capable seulement de sa vérité.

Sa vérité fonction de son point de vue.

Il y a un homme minuscule et fragile, un homme en argile qui redevient poussière peu à peu. Alors qu'on le voit, qu'il est encore là, mais déjà si loin, si absent. Un homme qui se bat, résiste, qui répète Lucie Lucie Lucie, qui dit Mon enfant Mon enfant Mon enfant,

Non, ne riez pas, vous rirez plus tard, de tout si vous voulez.

On trouve sa dignité dans les extrêmes.

Pierre Castan fait comme il peut.

7

La maison est sombre.

L'intérieur de la maison.

À l'écart d'un hameau, lui-même à l'écart d'un village éloigné d'une agglomération. Autrement dit : le cul du monde.

Un monde plat, champs à perte de vue – maïs, blé, orge, colza, tournesol – et des bras d'arrosage longs de plusieurs centaines de mètres montés sur roues.

Céréales. Huile.

Plat.

Terre sèche.

Poussière que les rafales de vent font tourbillonner dans le ciel.

Busards et milans noirs à l'affût d'un mulot.

Tournent dans le ciel et la poussière.

Charognards.

Désolation.

Et puis, il faut préciser : maisonnette plutôt qu'une maison, salon, chambre, toilettes et une cabine de douche installée à même la cuisine.

Quarante-cinq mètres carrés estimés.

Chez feu Baudin Jacques.

Dans le silence, on entend la circulation de l'autoroute. Bruit de fond constant, une façon de ne pas en sortir. De ne pas sortir de la boucle.

À l'intérieur, on étouffe : labyrinthe de papiers divers (journaux, dépliants, prospectus, emballages...) triés, pliés et rangés en tas par couleurs, dimension, épaisseur. Murs de papiers morcelant l'espace contenant des recoins où s'accumulent des objets divers : billes, peluches, boulons, pinces à linge, coquillages, photos, verres, pots, voitures miniatures, poupées, cartes postales, l'inutile, la merde bon marché vendue sur la terre entière.

La poussière du dehors n'est rien comparée à ce qui se dégrade lentement ici. Pourtant, on pourrait dire que c'est propre : pas d'urine, d'excréments ni d'aliments détériorés. Uniquement la poussière, la cristallisation du papier devenu cassant, avant de se désintégrer. Gaspard a allumé sa lampe torche, précède Julie qui cherche une fenêtre à ouvrir, mais les fenêtres sont difficiles à trouver car colmatées avec du carton.

Que Julie arrache des deux mains après en avoir découpé le scotch avec son canif. Julie décolle les morceaux de carton, le flux de lumière perce l'intérieur du labyrinthe. Julie pense : un fou, Jacques Baudin est fou, mais ce n'est pas lui. On relèvera l'ADN par acquit de conscience, mais non, ce n'est pas lui, elle le sait. On pourrait bien trouver des photos de petites filles nues dans ses tiroirs, mais ce ne serait pas lui quand même.

Car tout ça.

Toute cette accumulation est une sublimation.

Et à l'intérieur de cette sublimation, il n'y a pas de place pour le crime.

Cette accumulation est un vortex, une chute tête en avant dans la solitude extrême. Un saut dans le vide qui dure. Jacques Baudin est mort, mais il n'était plus qu'un corps vide : sans organes, sans flux, sans fluide. On a pu trouver ça marrant, ce truc du collectionneur d'objets trouvés sur l'autoroute, mais non. Putain si ça lui fout le blues, soudain, à Julie. Elle a vu pire, bien pire. Non pas des atrocités, mais quelques mochetés tout de même. Essentiellement liées aux accidents de la circulation. Les accidents de la circulation sont l'essence du moche en vrac : par leur constance et leur fréquence. On en parle sans vraiment voir. Pas de films ni de série télé là-dessus. Peu glamour, moins glamour que le serial killer de mes deux. Pas de fascination. Et pourtant, c'est logique : ce sur quoi est construite l'économie d'une société est ce qui tue le plus dans cette même société. Pas besoin d'avoir fait Science Po pour comprendre ça.

Le rai de lumière perce l'ombre, illumine les particules de poussière soulevées par ses bottes. Julie Martinez passe une main sur son visage, tousse, voudrait écarter l'assaut de l'infiniment petit.

Un pas en arrière, mur de papier, guéridon instable.

Chute.

Thierry Gaspard se retourne. La surprise se mue en sourire moqueur. Il lui tend la main. Julie lève la tête, saisit la main.

Si Julie Martinez avait été dans le contrôle d'elle-même, elle aurait pu penser : qu'est-ce que tu fous, ma belle ?

Mais Julie ne contrôle plus rien.

On dira que ce sont les hormones.

Sa main saisit celle de Gaspard. Au lieu de se soutenir, elle la surprend et l'attire à elle d'un geste sec, avec une force remarquable, insoupçonnée. Technique d'aïkido, retourner l'énergie de Thierry contre lui-même.

Et Thierry tombe sur Julie, sur sa bouche qui s'ouvre, sur sa langue, ses dents bien plantées, gencives saines.

Thierry s'agite, tortille du cul. Ses mains cherchent et trouvent les boutons de la chemise de Julie qu'il défait sans les arracher, sage précaution en vue de l'après-coït, du retour au poste de commandement.

Plus tard, surtout pas maintenant.

Maintenant, il y a la main de Julie qui cherche et trouve la queue déjà grosse, presque dure de Thierry. La sort, voudrait déjà se la mettre mais il y a encore le pantalon, le slip, la serviette hygiénique avec encore quelques traces de sang menstruel, pas de quoi effrayer un homme, pas Gaspard, pas maintenant.

Thierry lèche ses tétons. Julie est mouillée, putain, tellement. Elle le repousse, défait sa ceinture, se libère du pantalon, le slip vient avec, la serviette aussi, collée sur la partie inférieure par les petits ailerons adhésifs. Gaspard n'a pas ôté son pantalon, Julie ne lui en laisse pas le temps : juste la queue. Et sa force, ses épaules, ses fesses sous la tenue réglementaire.

Thierry s'enfonce. Julie prend, s'aide de sa main en se masturbant. Se toucher avec une bonne queue dans la chatte. Julie aime les mots crus, elle voudrait que Gaspard l'insulte, la traite de grosse pute, de chienne, mais ils n'ont pas le temps. L'insulte dans la baise, c'est la confiance absolue, l'intimité suprême. Julie sait qu'elle pourrait le faire avec lui, jouer le petit jeu cochon, s'exciter par l'ouïe.

Gaspard ne lui demande pas.

Gaspard ne tient plus.

Depuis tout ce temps, ces semaines, ces mois, plus d'une année maintenant qu'il refusait de se l'avouer.

Toute cette envie d'être dans Julie, de bouger dans Julie. De la serrer au plus près, corps à corps, bite dans chatte.

Il la regarde, s'excuse, décharge.

Julie le regarde, l'excuse, jouit à son tour.

Et à la fin de la courbe du plaisir, au moment de la chute, immense nom de Dieu, tellement immense, elle pense : il faut à nouveau interroger Gorot.

Gorot, le prof à cheveux gris.

Le biker du dimanche.

Il possède la clé.

Comme Gaspard possède celle de son plaisir.

Ou alors c'est la mort qui rôde.

La désolation.

Le stress.

La peur.

Qui rendent le plaisir si fort.

8

Elle les voit.

Douze têtes. Alignées au bord de la route.

Coupées à la base du cou.

Tía Sonora – autrefois Guadalupe : Guadalupe Rodriguez Bustamante.

Au début des années soixante-dix, elle n'a pas encore quarante ans. Au sommet d'une beauté mature, taille et chevilles fines, gros seins. Les robes tombent sur son corps pareilles à de la neige sur les branches d'un sapin : l'épousent avec délicatesse.

Elle est au volant d'une Coccinelle blanche. Voiture du peuple. Décapoté, le modèle allemand pose Guadalupe un cran au-dessus du rêve familial mexicain. La famille, c'est bien connu, donne d'une main ce qu'elle vous prend de l'autre.

Première main : sécurité.

Seconde main : liberté.

Guadalupe a noué un foulard autour de sa tête, façon Grace Kelly. Sauf que Guadalupe a la peau bronzée, des cheveux noirs, des yeux noirs. Et un passé d'enfant des *maquiladoras* que la princesse blonde sur son rocher ne peut même pas imaginer : emplettes à la décharge publique, abusée à partir de huit ans, violée à treize : bouche, vagin, anus. Quatre adolescents en rut, plutôt beaux garçons si rencontrés dans d'autres circonstances. Le père est juste un spermatozoïde, on économisera sur le récit. La mère lui déconseille d'aller porter plainte : elle court le risque de devoir pomper d'autres bites au commissariat. La suite est un long saut à l'élastique dont le quadruple viol est le déclencheur. Le classique : tant qu'à me faire baiser, autant que ce soit pour du fric. Comme elle, elles sont des dizaines de milliers dans le pays. Le saut est long, risqué, rude. Même dans l'humiliation du tapin, il faut gagner ses galons, surtout quand il y a tant de concurrence. On se demande d'où elles sortent, ces filles élevées au rebut, bouffant les restes pourris des poubelles pires que des rats. Comment de telles beautés peuvent surgir de l'immondice. C'est vrai aussi qu'elles ont quatorze, quinze, seize ans, qu'il faut les cueillir vite avant qu'elles ne soient engrossées, qu'elles ne s'empâtent et deviennent ce que l'avenir leur réserve depuis leur naissance : des souffre-douleur gorgés de cellulite. Elles sont des éphémères que des lames d'acier viennent faucher en plein désert, dans les endroits les plus reculés du pays. Les lames d'acier sont les recruteurs, ensuite il faut de la chance, du savoir-faire, du désespoir, mais de la dignité aussi, pour ne pas finir dans un bordel de troisième zone à se faire troncher par des camionneurs violents ou à tourner des *snuff movies* pour des narcos, dont l'issue est le cadavre mutilé derrière le talus d'une nationale.

On suppose que si Guadalupe Rodriguez Bustamante, à trente-huit ans, roule au volant d'une Coccinelle blanche cabriolet, c'est que son savoir-faire, son désespoir et sa dignité ont su faire fructifier sa bonne étoile.

Façon de parler, bien évidemment.

Maintenant, elle est passée de l'autre côté, gère un cheptel de jeunes filles qu'elle se charge de recruter, de former et d'instruire pour un riche industriel de la capitale.

Riche industriel, mon cul. Faudrait plutôt zyeuter du côté des narcodollars. Mais qu'est-ce que t'en as à foutre, ma belle ? Depuis quand l'argent suit-il un itinéraire de dignité ? Désormais, Guadalupe ne loue ses charmes qu'en de rares occasions, malgré sa beauté qui culmine dans ce début de pattes-d'oie creusant le bord de ses yeux. C'est que l'homme mexicain influent veut de la chair fraîche, ne possède même plus le réflexe de s'attarder sur le temps qui façonne et construit le sein qui commence à ne plus regarder le ciel uniquement, mais la terre aussi, cette chute à son début.

Car à trente-huit ans, tu es soit mère, soit sainte, soit maquerelle.

Étonnamment – mais étonnamment de quoi, en fait ? – avec toutes les bites qu'elle a connues, certaines lui ont même donné tant de plaisir, nom de Dieu, ce qui la perdra, ce qui est déjà en train de perdre Guadalupe – ce qui fera qu'elle deviendra cette vieille peau de Tía Sonora racontant la bonne aventure dans une caravane pourrie de manouche sur une autoroute européenne –, sera une jeune femme. Une de ces petites-bourgeoises françaises étudiantes aux Beaux-Arts, frange sur le front, pieds qui puent dans des boots en simili cuir. Viveuse en squat, hygiène limite crade, en vacances au Mexique essentiellement pour fumer de la *maria* et même essayer le fameux *Mexican Mud* dont on dit un si grand bien. Une Guadalupe un tant soit peu lucide aurait vite compris que cette fille-là n'en valait pas la peine, que ses quelques citations (Bourdieu, notamment) apprises par cœur étaient du pipeau. Que cette fille deviendra vite une femme dont le lesbianisme était une parenthèse progressiste avant le mariage, l'appartement haussmannien et les privilèges liés à sa catégorie sociale.

Une autre Guadalupe. Une Guadalupe qui serait née dans une famille d'intellectuels. Une Guadalupe qui verrait derrière l'écran de fumée.

Bourdieu aura donc eu raison pour quelqu'un d'autre.

Pourtant, Guadalupe non plus n'est pas lesbienne. Cette petite Française dont le nom est absolument insignifiant et n'a pas besoin d'être cité, est un fantasme.

Elle était juste ce que Guadalupe ne serait jamais.

Elle possédait ce que Guadalupe ne posséderait jamais.

Une enfance. Une adolescence. Une vie dans l'insouciance et l'ennui provoqués par l'abondance : de biens, d'argent, de désirs exaucés, de culture.

Ligne de vie débordant d'inputs au point de fumer des pétards et de sniffer de la coke dans un squat pourri, histoire d'affirmer qu'on est bien réel.

Que l'on souffre.

Important, la souffrance. Ça vous donne de la légitimité. Quoi qu'on fasse.

Bref : la petite pute de Tijuana, maligne et adroite comme un serpent à sonnettes, se fait baiser d'abord par le gode de la petite Française, puis une seconde fois par un idéal qu'elle n'atteindra jamais.

Car ce qu'on ne reçoit pas dans la prime jeunesse, n'est jamais rendu.

Guadalupe chutera donc.

Loin de sa décharge natale. Loin des *corridos* et des *rancheras* qui racontent les amours impossibles et les exploits des narcos. Loin du sable, de la poussière et du désert. Loin de sa Coccinelle blanche, du temps d'une splendeur ayant toutes ses dents. Blanches. Racines bien plantées dans les gencives rouges, saines.

C'est fou comme le chagrin détruit : accompagné du rituel de l'alcool, de la drogue. Dure. Aussi dure que Guadalupe peut l'être. La volonté de se faire mal. Abnégation, pugnacité dans le masochisme. Voir jusqu'où on peut aller, ce qu'on peut infliger au corps jusqu'à ce qu'il devienne une vraie merde juste bonne à déféquer et à pisser.

Cet amour, ce qu'il masquait : devenir cette jeune fille insouciante par procuration. Cet effacement de la pauvreté à l'état brut, des viols, du manque de tout par inversion avec une jeunesse ayant tout, aura été la révélation de Guadalupe. La mue la transformera en « Tía Sonora », la belle devient bête. La ruine est la lumière. La chute sera rédemption. Bien entendu, Tía Sonora ne fera rien de tout ça. Dans le sens que l'expérience, l'expérience réelle, ne se transmet qu'en petite partie et seulement, éventuellement, par les mots, on l'a vu, très peu en fait. La vraie connaissance demeure le vécu. Passer à travers, éprouver.

D'où la solitude.

L'incommunicabilité.

Beckett Samuel.

Chaque vie recommence et tout recommence.

C'est fatigant. Limite chiant.

Très con.

Voire absurde.

Alors Tía Sonora raconte des conneries en tirant les cartes dans une caravane qui sent le moisi. Sa gueule sent le moisi. Son corps aussi.

Mais les têtes.

Les douze têtes. Alignées au bord de la route à la sortie de Ciudad Juarez. Douze apôtres de la Sainte-Cocaïne.

Dans cette matinée au soleil éclatant. Guadalupe dans sa splendeur, dans sa richesse, elle qui ne savait que la moitié des choses qu'elle sait aujourd'hui. Il y avait d'abord eu l'aube limpide, la brise froide du désert, le café noir et le jus d'oranges pressées. Elle avait quitté la *finca* après s'être assurée que toutes les filles étaient bien montées dans les 4x4 et les limousines. Elle avait touché son pourcentage, avait dû se plier au dernier caprice du chef, turlutte sans capote avec obligation de tout avaler. La bien nommée « Fellation royale ». Pas encore de sida à l'époque, juste surmonter l'aigreur du sperme à l'arrière-goût de tequila.

La bite. Les couilles. Lui vider les couilles.

Avant la liberté supposée.

Un lever de soleil sur le désert dans une Coccinelle blanche.

Rouler.

Doigt d'honneur au soleil.

Doigt d'honneur au Grand Capital.

Dans le bruit du moteur, dans l'odeur de l'essence.

Les grains de sable picotent le visage.

Et Guadalupe rit. Rit. Si fort.

Ça vaut bien quelques aigreurs au fond de la gorge.

Ça pourrait presque valoir toute la merde qu'elle a avalée depuis l'âge de treize ans.

Mais comme il arrive de manière exacerbée au Mexique, le Bien est collé serré au Mal dans une étreinte de frères siamois. Exaltation tronquée par douze têtes alignées sur un muret. Te rappelle que tu es mortel. Que derrière chaque moment de félicité, guette un revers de la médaille. Christianisme. Pollution. Péché. Chute. Rédemption. Âge d'or perdu et tu l'as dans l'os.

Les têtes surgissent après un virage au pied d'une colline. Maisons chaulées, parpaings rafistolés, toits, cactus rabougris et sales. Des torches brûlent. Faites de torchons imbibés d'essence enroulés sur des tiges d'acier plantées dans la terre. Douze têtes alignées. Les yeux ouverts ou fermés, parfois l'un et l'autre, parfois les paupières entrouvertes. Yeux vitreux et bouche ouverte. Et dans la bouche, un bout chiffonné, allant du cornichon à la plus volumineuse carotte : des pénis.

Guadalupe ralentit. Des gens se signent, un autre vomit en se tenant au mur d'une maison en adobe. Camionneurs, paysans, curieux, flics aux tenues sales qui attendent les instructions et l'arrivée des *federales*.

Guadalupe ralentit, ne peut s'empêcher de regarder. Cette attraction séculaire, historique, culturelle, morbide que les Mexicains ont pour la mort.

Guadalupe se dit qu'il faut quitter ce pays avant qu'il ne sombre dans les ténèbres, coule dans un volcan de lave : meurtres, assassinats, corruption, viols, violences, vols.

Et puis ça.

Culte de la mort et du Libéralisme.

Ce n'est que le début. L'escalade meurtrière d'une nation en perdition et qui, pour cela, fascine : écrivains, scénaristes, journalistes, réalisateurs, intellectuels.

Guadalupe est partie, fin de la parabole.

Comme si de quitter ses morts ne lui avait jamais été pardonné.

D'avoir trahi, en quelque sorte.

Avec elle, cette mort dans son sillage.

Douze têtes alignées sur un muret, croquant leur pénis dans une mise en scène obscène.

Tía Sonora ne les a pas oubliées.

Ces têtes, mais surtout ces visages, qu'elle remplace par des têtes et des visages inconnus. Lui parviennent d'un lieu obscur, une malédiction. Des hommes qu'elle ne connaît pas. Des hommes uniquement. Ce don, elle ne l'a que pour les hommes, toujours. Que ce soit pour le sexe ou ce qu'on pourrait nommer ses « visions ».

C'est que la mort rôde et qu'elle l'a prise comme témoin. Ses yeux que la mort oblige à tenir ouverts : regarde.

Regarde les acteurs du drame. Regarde les têtes : revois-les en rêve. Sur la route. Les têtes transposables sur des visages sans noms. Sans les connaître ni même savoir s'ils existent.

Pierre.

Pascal.

Thierry.

Marc.

Gérard.

Lola ?

Des hommes. Pour prédire l'avenir, t'es une vraie bonimenteuse, mais pour le reste, pour cette chose précise et effrayante, tu sais qu'ils sont là, gravitent autour de toi.

Les hommes.

La *Muerte*.

Parce que, même si tu as essayé de l'oublier entre les jambes d'une petite connasse, le néfaste est sur la terre partout pareil et exige que tu le regardes.

Il n'y a pas de refuge.

Cela t'effraie, n'est-ce pas ?

Nous le sommes tous.

Maintenant et ici, le soleil se vautre sur les champs. Tu transpires dans ta caravane malgré la brise tiède entrant par la fenêtre. Les pupilles dilatées d'en avoir trop vu, de cette prescience du drame qui se joue sans pouvoir t'en débarrasser.

Maintenant tu sais.

Tu pourras mourir et dire, juste avant ton dernier souffle : je sais.

Je sais qu'on est tous liés. Que d'une manière ou d'une autre, on est tous responsables.

Même si l'on feint de l'ignorer.

Même si l'on tue pour l'ignorer.

Tía Sonora cède et se laisse aller à ses visions.

9

Ses visions la conduisent dans une cafétéria.

Pierre y est revenu. Là où il était ce matin.

Il est revenu parce que c'est là qu'il a vu le reflet de l'espoir, dans la baie vitrée face aux pompes à essence. À partir de là qu'il avait cru qu'il toucherait enfin le monstre. L'article dans le magazine, la supposition qui s'est révélée exacte : Jacques Baudin avait vu l'homme rôder près du side-car. Le side-car dans lequel on a retrouvé le téléphone de Marie Mercier. Il lui en a fallu du temps, pour arriver jusque-là. Tous ces sandwichs sous cellophane, des centaines si on les mettait les uns à côté des autres, un monticule jusqu'à devenir son propre poids, devenir sandwich soi-même, poulet et mayonnaise, mayonnaise et thon, thon et crudités, crudités et jambon, réfrigéré, sous cellophane, quand tu crèveras, Pierre, ton corps restera entier, en Technicolor, bourré de conservateurs et d'additifs alimentaires, ton corps sera mis en bière dans un cercueil triangulaire muni d'un code-barres, l'homme-sandwich exposé sous cloche dans un restoroute comme ceux des saints dans une crypte, le texte dira que tu auras été tenace, obstiné, les crocs plantés dans le bitume, rayon identique d'une roue tournant sur elle-même... Oui, il t'en a fallu du temps et tout ça est évanoui.

Adieu Lucie ?

Comment lui dire qu'il craque ?

À Ingrid. À sa femme. À celle qui a poussé l'enfant dans le monde.

L'enfant qui a connu le pire pour un enfant.

Un enfant a été enlevé. Ceci est une alerte du ministère de la Justice.

Comment lui dire qu'il arrive au bout, encore un peu et il sera même un peu plus loin.

Dans le vide.

Sans plus rien à quoi se retenir.

Sans plus rien à espérer.

Jacques Baudin a dit que l'homme avait rejoint un van Volkswagen.

Combien de putains de vans Volkswagen sur l'autoroute ?

Un van dans l'atmosphère.

Recroquevillé contre la coque du téléphone public, à l'abri fragile du plexiglas de séparation, à l'aire dite des Campanules, Pierre pleure en silence. Il fait semblant de parler car derrière lui deux personnes attendent. Bordel, mais qu'est-ce qu'ils ont à téléphoner ? ! Où sont vos portables ? Où est la technologie ?

C'est moi.

Je l'ai perdu, Ingrid. Je l'avais et je l'ai perdu. Tu peux croire ça ? Tu peux me croire ?

Nom de Dieu.

Je n'y arrive plus, tu sais. Je crois que je n'y arrive plus. J'ai besoin de te voir. J'ai besoin que tu me parles. J'ai besoin que tu me regardes.

Il faut que je sache, une dernière fois, dans tes yeux. Que tu me regardes et que tu me laisses le faire, tu comprends ?

Je dois mourir, Ingrid.

Le bout du rouleau.

Tout simplement.

Terminus.

Ce n'est pas plus compliqué. Même si l'existence est une juxtaposition d'existences, même si elle n'est pas linéaire. On peut sortir de l'ellipse, dévier sa trajectoire, partir et disparaître. Dans le cosmos. Imploser en silence.

Pierre Castan espère une seule chose :

Que Bouddha se soit trompé.

Que Bouddha soit un bonhomme jovial, obèse et heureux, mais qu'il se soit trompé.

Que la réincarnation n'existe pas.

Surtout pas.

Surtout ne pas vivre encore et encore.

L'enfer, c'est l'éternité.

10

Le silence : une sorte de cosmos, d'espace galactique dans le petit monde des humains.

H_2O – CO_2 et tout ce qui va avec.

Vie sur Terre.

Amen.

Pascal ressort des toilettes, passe devant les cabines téléphoniques et les distributeurs de café.

Forcément.

Des architectes ont étudié la question de l'organisation intérieure d'un restoroute, et il semblerait que « café-pipi-téléphone » soit une succession d'actions pouvant se grouper. Ou découlant l'une de l'autre. Ou ayant un lien durable entre elles. Un lien devenu une référence. D'abord le pipi et le téléphone. Puis le pipi, téléphone et café.

Toutes les combinaisons sont possibles.

Pascal a enfilé ses mains dans le sèche-mains ultrapuissant « Dyson ».

Des mains mouillées ou humides peuvent véhiculer jusqu'à 1 000 fois plus de bactéries que des mains sèches.

Dix secondes.

Ses paumes sont propres, ni collantes ni moites.

Il a juste ce problème avec le visage qu'il s'est rafraîchi et qu'il doit essuyer avec du papier-cul car le Dyson n'essuie pas le visage.

Forcément, donc : passer près des trois téléphones disposés sur la trajectoire des toilettes.

Les trois cabines sont occupées. L'anecdote dirait que le fait est assez rare d'un point de vue statistique.

Par automatisme, Pascal se met à lire sur les lèvres de l'homme de la première cabine.

Et Pascal est surpris. Il doit se dépêcher de retourner à son poste, mais il est surpris et marque un temps d'arrêt. Infime. Léger. Une hésitation.

Cet homme articule en silence. Il tient le combiné dans sa main, crispée. Ses lèvres bougent mais ne prononcent pas.

Cet homme souffre.

Qu'est-ce qui l'a blessé ?

Qu'a-t-il perdu ?

Va-t-il mourir ?

Nous sommes plus de sept milliards sur Terre.

Pascal ne s'en souvient plus car Pierre a beaucoup changé depuis six mois. La maigreur, les cheveux longs.

Mais il faut que ce soit lui.

Ça réduit sérieusement les probabilités. Ça rend l'occurrence bien moins vertigineuse. Ça réduit les hasards.

Aucun paradoxe de Milgram, aucun intermédiaire.

Connexions. Se font. Ou pas. Choses, événements, des gens passent dans notre dos et on ne les voit pas. Et puis, un jour, on se retourne et on les voit.

Peut-être ont-ils toujours été là.

Pierre se tourne.

Voit Pascal qui le voit.

Pierre se redresse, détache un instant le combiné de son oreille.

Un trouble, mais aucun des deux ne pourrait se l'expliquer.

Un fluide, un déplacement d'air même pas décelable.

Nous sommes plus de sept milliards sur Terre.

Et puis Pascal s'éloigne.

Son calot de cuisinier tombe de sa poche arrière.

Distrait, sorti de lui-même malgré lui, Pierre dit :

— Monsieur ? !

Une employée dont le badge indique « Sandrine », passe derrière lui, ramasse le chapeau par terre et dit à Pierre :

— Il ne vous a pas entendu, il est sourd, je m'en occupe, ne vous en faites pas.

Sandrine se sent un peu honteuse d'avoir lâché ça. C'est sorti spontanément.

La tragédie tire les ficelles.

Il fallait que ce soit eux.

Le père et le bourreau.

À ce moment précis dans les rotations de l'univers.

Que ce soit l'un pour l'autre.

Parce que la mort prend.

Aveugle.

Et généreuse à sa façon.

XII

1

Théorie de la Relativité générale : la masse courbe le temps.

Le plus court chemin n'est pas la ligne droite, mais une géodésique.

Une ellipse est un cercle en perspective.

Pierre en a conscience alors que la surface plane s'élève en colline à une centaine de mètres sur l'illusion de l'infini. Les panneaux indicateurs imposent une réduction de la vitesse, l'autoroute s'évase : un estomac avant l'entonnoir du boyau. Multiplication des réverbères, aire de repos, station de gonflage, « point route », toilettes, centre administratif et de gestion. L'échangeur ressemble à une ville miniature, station orbitale floutée d'orange dans la nuit sombre, dure, épaisse.

Une différence, toutefois : dans les stations orbitales, il n'y a pas de photos d'enfants disparus collées sur les vitres.

Marie Mercier. Visage souriant. L'attitude d'une enfance quittée pour l'adolescence au seuil de l'aigreur, contradiction des hormones et de l'iPhone, village global, un seul petit cerveau même pas fini pour assimiler tous les possibles virtuels – et la vie, la proximité, deviennent une camisole de force, tout le meilleur pour moi, princesse, présent dans l'éther tout autour, particules, ondes, pixels, on m'a promis, on me promet, je veux tout et puis on finit dans la bouche d'un cannibale qui vous touche le corps avant de vous jeter dans un bain d'acide.

Marie Mercier.

Photo multipliée.

Dans un sens et l'autre de l'autoroute.

Scotchées sur les vitres des cabines de péage.

« Disparue ». Une date. Un signalement. Des numéros d'urgence.

L'espoir.

On devrait les arracher, toutes les arracher.

L'espoir est une pute qui vous a bouffé le cœur.

Pierre ralentit, met son clignotant, se glisse dans la seule colonne de péage illuminée, celle du payable en espèces. Il approche et Pierre la voit dans la nuit : une femme jeune, blonde peroxydée, un double piercing sur la narine gauche, dans sa cabine. La seule cabine occupée. Il rétrograde, passe au point mort. Une femme seule. Une femme qui regarde passer. Déjà en surpoids à force de rester assise. Il a toujours fait plus confiance aux femmes qu'aux hommes. La plupart des femmes dont il a dû ouvrir les corps étaient mortes sous des coups portés par les hommes. Pierre a plus confiance dans la victime que dans le bourreau.

Mais il porte la marque du bourreau potentiel. Parce qu'il est un homme. Parce qu'il s'invite au milieu de la nuit à causer avec elle. Parce que, malgré les caméras de surveillance, malgré la possibilité d'une intervention plus ou moins rapide des secours, elle se dit que rien ne l'empêchera de recevoir un premier coup, une première blessure de cet homme perdu sur l'autoroute. Bien sûr, elle ne risque pas grand-chose : il lui suffit de faire coulisser la fenêtre de sa cabine. Mais son travail consiste à laisser la vitre ouverte quand passe un véhicule. Et puis, il fait si chaud, la maisonnette chargée de la chaleur du jour ayant percé à travers la marquise en tôle au-dessus de l'échangeur.

La seule cabine illuminée.

Microclimat, tropiques à l'intérieur.

Le ventilateur de poche réglé au maximum brasse l'air comme il peut.

Frou-frou, cheveux blonds sur le côté s'éparpillent sur le cou, le front, voltigent.

Pierre s'est arrêté et ne dit rien. Il ne veut pas l'effrayer. Elle le regarde, il la voit.

Radio allumée en sourdine. Un slow. Les slows sont devenus si cons qu'ils sont morts. Les slows, on les écoute secrètement, dans ses écouteurs, un peu honteux dans une arène où prêter le flanc équivaut à se saborder.

Pierre dit : je cherche l'homme qui a enlevé ma fille.

Non, il ne le dit pas, il le pense seulement, ce à quoi il pense en permanence.

Non, Pierre ne dit rien. Il la voit. Elle est déjà une ombre dans sa cage. Déjà la vie dans son dos, qu'elle distancie à chaque heure passée dans la prison miniature.

Maton. Compter des voitures. En respirer l'odeur. Encaisser l'argent.

Que peut-elle espérer ?

Que peut espérer une société où l'homme est au service de la machine ?

Pierre aperçoit un livre de poche posé près du clavier d'ordinateur. Retourné sur ses pages ouvertes.

Les mots, dernière consolation. Last call. Absolution et va te faire foutre.

Le livre est le signe. Il lui dit qu'elle le fera. Le livre aussi rassure. Comme les lunettes de vue ou le siège bébé installé à l'arrière du break. Une paire de lunettes en écaille, un siège Chicco à l'arrière et vous embarquez plus facilement une auto-stoppeuse.

Signes extérieurs. Mais on n'en est pas là. On en est si loin. Sur la planète Inconnue, avec très peu d'oxygène à disposition, très peu de temps, très peu d'envie d'aller vers l'autre, car l'espoir et l'envie nous ont quittés.

Que reste-t-il ?

Que reste-t-il au cœur de la planète Inconnue ?

Que reste-t-il qui fait que ça se passe quand même ?

Ou alors ce n'est pas ce qu'il reste, mais ce qui est à l'origine, l'impulsion première.

On nous casse les couilles avec le côté sombre de Batman.

Le côté sombre de l'être.

Mais il y a aussi la tête d'épingle lumineuse.

L'étincelle.

Pierre s'est arrêté devant la cabine, a abaissé la vitre de la portière.

Le moteur ronronne au point mort.

Et la fille lui dit :

— La nuit viennent ceux qui parlent, ceux qui n'en peuvent plus d'heures de silence, seuls dans la voiture. Celui qui ne dit rien quand il paie, mais gare sa voiture un peu plus loin et revient à pied avec une cigarette allumée, traîne à quelques mètres et puis n'y tenant plus vous adresse la parole comme si on ne savait pas qu'il allait le faire...

« Vous ne parlez pas ? Vous êtes malade ? Je ne peux pas faire grand-chose pour vous. La cabine, c'est comme un mur qui nous sépare. Vous êtes dehors, je suis dedans...

« Ils m'appellent Blondie, à force. Depuis, j'ai même renoncé à reprendre ma couleur de cheveux normale, qui est châtain, mais j'ai renoncé parce que sinon, je perdrais mon petit nom et peut-être aussi qu'ils ne me reconnaîtraient pas tout de suite et ça pourrait les surprendre, ou les rendre tristes...

« Vous auriez tort de vouloir me faire du mal. Je suis bonne pâte. Tenez, je vais vous montrer une chose. Si vous souriez, c'est que vous n'êtes pas encore mort, que tout au fond de vous, vous en êtes encore capable... »

La fille remonte son T-shirt des deux mains jusqu'aux épaules : deux gros seins blancs, qui pèsent mais pas encore mous, avec des aréoles larges et roses.

— J'ai vingt-deux ans et mes nichons, c'est ce que j'ai de meilleur à offrir. Et vous, monsieur ?

Pierre sourit.

Juste ce qu'il faut pour lui faire plaisir.

Elle abaisse son T-shirt, prend le ticket, encaisse l'argent.

Pierre démarre.

Il a tout donné.

C'était son dernier sourire.

2

Lola ne pense pas : elle suce.

Puis se relève, se tourne, appuie ses deux mains contre le tronc de l'arbre et ouvre bien son cul.

La queue entre facilement. Elle apprécie ce commercial bedonnant. Elle a toujours aimé sentir les ventres poilus rebondir contre ses fesses. Et contrairement à ce qu'on dit, elle aime les petites bites qui ne lui font pas mal, entrent dans son anus en catimini et l'excitent.

En levrette, l'homme gagne en moyenne 2,7 cm de profondeur lors de la pénétration.

Exactement ce qu'il faut à Lola. Elle ne voudrait pas mais se met à bander, sa queue à elle qu'elle touche. Le commercial s'excite, décharge en la traitant de grosse pute tout en giflant son cul. Lola se laisse faire, la semence s'échappe aussi de son membre. Lorsqu'elle se retourne, l'homme a déjà jeté son préservatif dans les buissons.

— C'est toi qui devrais me payer, salope, dit le commercial.

Lola ne comprend pas.

— T'as pas honte à jouir comme une truie ? À prendre ton pied avec le fric des autres ?

Lola voudrait lui dire qu'il n'y a pas de honte à aimer son métier. Qu'au contraire trop de gens sur cette planète n'aiment pas ce qu'ils font, que ça les rend malades, aigris, envieux. Que ça les rend cons comme lui, que ça les avilit.

Lola lève le bras mais ne peut éviter le coup frappant son arcade sourcilière. Qui éclate. Peau douce, tendue, sur l'os. Le filet de sang coule dans l'œil. Le coup de poing dans l'estomac la fait se plier, ce qui favorise l'estocade du pied au milieu du visage. Lola tombe, face contre terre, le nez et les yeux dans les aiguilles de conifère, la terre sèche qui sent la résine mêlée au goût du fer dans sa bouche. Dans ce malheur, c'est sa chance tout de même de se retrouver le visage contre terre. Parce que le commercial continue à la frapper, la pointe de ses chaussures en cuir blessant son corps qu'elle ne parvient pas à protéger : cuisses, côtes, crâne, côtes, côtes, côtes, il s'acharne, elle vomit, dégueule son burger, du sang, de la bile. Le commercial lui arrache son petit sac, fouille à l'intérieur, récupère son argent. Prend tout finalement. Elle pense qu'il est commercial, en fait elle n'en sait rien. Elle n'aurait jamais pensé que derrière cette mollesse apparente se cache tant de violence, de ressentiment, de haine. De force, aussi. Lola ne comprend pas. N'a jamais compris, ne comprendra jamais. Elle sait, oui. La violence est une constante dans sa vie sans pouvoir l'expliquer. Elle est née dans le panier des victimes, dans le panier des différents, des sensibles, des proies. Sa vie est une tragédie, toute sa vie est inutile, juste de la souffrance ajoutée à la souffrance ajoutée à la souffrance ajoutée à la souffrance.

Bordel, Tía Sonora, tu m'as menti.

Tu savais que je n'aurais jamais aucune chance de quoi que ce soit. Tout le monde ment, même pour faire plaisir et c'est le plus humiliant.

Un dernier choc près de l'oreille et, soudain, elle n'entend plus.

Ce coup-là est différent des autres.

Ce n'est pas la mort, pourtant.

Pas tout de suite.

La mort, c'est l'absence de tout. Elle le sait. Elle en est convaincue.

Elle n'entend plus et c'est comme un apaisement.

Va savoir pourquoi, elle repense au sourd-muet avec son van étincelant.

Volkswagen gris métal au soleil.

J'ai compris qu'il était sourd une fois qu'il ne me regardait pas et que je lui ai demandé s'il travaillait sur l'autoroute parce que je le voyais toujours dans le coin, et qu'il ne m'a pas répondu. J'ai continué à lui parler quand il ne me regardait pas et j'ai compris qu'il lisait sur les lèvres. Il m'avait abordée en parlant doucement, je l'avais suivi. Il voulait prendre son temps, m'a invitée dans son van, offert à boire. Le salopard m'a droguée. Mais rien. Je me suis réveillée dans l'herbe haute, ma jupe remontée sur le ventre. Il avait bariolé mon pénis avec mon rouge à lèvres, étalé comme une pâte fondue sur tout le bas-ventre. J'ai cherché des traces de sperme sur mon corps, à l'intérieur, mais rien. Le reste de la journée, je n'ai pas pu travailler à cause de la nausée.

J'ai dû frotter avec de l'eau tiède et du savon pour que ça parte.

Je n'ai jamais compris pourquoi le type a fait ça. Il y a un an de ça, environ.

J'ai vingt-deux ans.

J'ai toujours fait plus jeune que mon âge.

Une adolescente.

Et maintenant, je crève.

Maintenant que je sais, je crève.

3

Pierre Castan.

Qu'est-ce que tu fous là, dans ces chiottes d'autoroute ?

À pisser ton eau minérale, tes cafés sans sucre, sans lait, sans rien ?

Pourquoi tu reviens, Pierre ?

Pourquoi tu enfonces le diamant dans le sillon si profond à en creuser ta tombe ?

Quelle chanson ? Quel refrain ? Quel larsen ?

Tu peux lever la tête et voir le jour depuis la pissotière en brique ouverte par le haut pour que l'air puisse y circuler. Lever la tête et apercevoir la pointe des arbres : ormes, bouleaux, chênes. Voir le ciel bleu en Cinémascope.

Seul.

Bruits de moteurs passant au loin.

Seul dans l'odeur de pisse et de terre sèche.

Bien sûr, Pierre fait comme s'il l'ignorait mais dans son dos, il y a l'affichette avec la photo, la date, l'heure, le lieu, les numéros d'usage et la mention : disparue. Un descriptif physique de l'enfant : précis. Tellement précis quand on connaît son enfant par cœur, votre peau soudée à la sienne.

Marie Mercier comme Lucie Castan.

Pierre se souvient de son affiche à elle dans les toilettes d'un restoroute : l'affichette de sa fille dont on avait crevé les yeux. Exactement comme sainte

Lucie, nom de Dieu. Quelqu'un avait même ajouté au stylo le dessin d'une bite près de sa bouche. Pierre avait délicatement décollé la photo avant de la plier dans sa poche et de la brûler plus tard. Peut-être que tout a commencé à cet instant, la traque, la folie, la soif de vengeance. Il avait délicatement décollé la photo, les petits bouts d'adhésif récalcitrants s'incrustaient sous ses ongles, maîtrisant du mieux qu'il pouvait les tremblements de ses doigts.

Parce qu'il a su.

À ce moment précis, il a su qu'on peut tuer – non, pas seulement tuer, mais massacrer – pour un dessin obscène dessiné sur le visage de sa propre fille.

Parce que la frontière est ténue. Elle est juste là, derrière ce cordon de laine tendre et rouge, si facile à couper : la haine, la colère, la guerre. C'est là, tout près, la corde raide en laine de mohair, si douce au toucher, qui peut se briser d'une seule main, rien qu'entre le pouce et l'index.

Ça rebondit dans le corps, une balle de flipper, l'acier fait mal dans les artères, passe et repasse encore, éclate, se multiplie, devient de la chevrotine qui se glisse dans les veines, les vaisseaux les plus fins, jusqu'aux capillaires.

Ça rebondit comme un trois auquel on juxtapose un jumeau identique, devient trente-trois, puis une fratrie : trois cent trente-trois.

Rebondit dans la bouche quand on le prononce.

333.

666 divisé par 2.

La moitié du diable.

L'autre moitié, qu'est-ce que c'est ?

Qu'est-ce que c'est, Pierre ?

Pierre se retourne, même pas surpris, même pas peur. Mal, ça oui, toujours, mais la peur des fantômes, il y a longtemps qu'il ne l'éprouve plus.

Pierre pousse la porte d'une cabine de toilette.

L'homme assis sur la cuvette n'existe pas et pourtant, il n'a aucune peine à reconnaître Marc Mercier. Depuis le temps qu'il trotte dans sa tête, le suicide qu'il a appris par les journaux. Dans ses yeux, ça se voit dans les yeux, un fluide, la rencontre des souffrances, des blessures extrêmes.

Quand un père mort rencontre un père mort-vivant :

L'autre moitié, celle qui nous fait tenir, qu'est-ce que c'est ? Quel est le contraire du diable, Pierre ? Son inverse proportionnel ? Est-ce nous-mêmes ? Notre lâcheté ou la réelle sublimation d'un idéal ? Quel est le sens des mots, Pierre ? Amour, paix, justice, bonheur. Qu'est-ce que ça veut dire quand tu quittes l'alphabet, quand tu t'éloignes du langage, quand tu deviens muet, plus un son, plus un bruit, rien que ton haleine, tu ne peux plus rien dire, absolument rien, juste une lame de rasoir qui rencontre des veines, dur sur tendre, baignoire remplie de sang, plus rien dire. Pierre, nom de Dieu, toi qui as encore cette force, ouvre-lui le ventre à ce fils de pute, déroule ses putains de neuf mètres d'intestins, étale-les au grand jour. Fais sortir toute cette merde, Pierre. D'où je suis, je peux te le dire : d'être gentil, d'être doux, d'être faible, ça ne sert à rien. Rends les coups, amplifie-les, meurtris et châtie. Va, Pierre...

Pierre Castan a honte.

Il a honte, mais c'est plus fort que lui. Devenir mauvais est avilissant, mais c'est tout ce qu'il lui reste.

Pierre donne un grand coup de pied dans la porte qui rebondit sur ses gonds, claque contre le mur. Et quand la porte se referme sur la serrure, Pierre frappe encore et la serrure explose.

Le tintement du métal sur le sol carrelé ne le réveille même pas d'un mauvais rêve.

Non.

Il se fige.

Le bruit du moteur qu'il estime à une trentaine de mètres derrière le mur des toilettes. La crécelle du frein à main qu'on tire. Boussole dans la tête.

Et la boussole dit : une voiture s'est garée derrière la tienne.

Parking vaste et désert, pourtant.

Pourquoi derrière ma voiture ?

La boussole confirme : les emmerdes sont là.

4

Julie Martinez se gare à quelques mètres derrière la voiture suspecte.

Renault Mégane III RS au cul d'une Vel Satis de même marque.

Aire de repos déserte.

Moteur ronflant au point mort.

Renault Mégane III RS : 0 à 100 en 5,9 secondes, 0 à 200 en 22,9 secondes. 265 chevaux qui ne demandent qu'à avaler de l'asphalte plein pot.

Julie a son petit côté beauf, question voitures. D'ailleurs, elle ne s'est pas gênée pour acheter une

Subaru Impreza WRX aux enchères des services de l'État. Elle n'arrive pas exactement à cent en 5,9 secondes, mais y travaille lors des stages de conduite et s'en approche aussi décomplexée que n'importe quel individu muni d'une bite et d'une paire de couilles.

Gaspard attend une vérification de la plaque minéralogique par la centrale.

Chaleur. Rien ne bouge. Grésillement du talkie-walkie.

Julie fixe les alentours. Julie fixe les toilettes. Ne pas bouger pour l'instant. Ne pas bouger tant que l'autre ne bouge pas.

Puis la réponse par fréquence radio que Gaspard n'a pas besoin de répéter : « Véhicule suspect confirmé. »

Suit le nom et prénom du propriétaire du véhicule.

Julie capte : « Pierre ».

Bingo.

C'est tout ce dont elle a besoin pour l'instant.

Gaspard se tourne vers Julie, ils ont eu beau baiser il y a moins de 24 heures, c'est toujours elle la supérieure hiérarchique :

— Qu'est-ce qu'on fait ?

Julie attend que l'adrénaline redescende. Appel d'air dans les poumons.

Livre de bord de Jacques Baudin. Ils étaient revenus à la cabane, le corps avait été détaché. Dans le tiroir de la table, le carnet sale, empreintes. Écriture d'enfant. Notes sur l'inframince. La petite vie sans rien, les gestes, l'activité du néant. Onze fois : Pierre. Onze fois : visite de Pierre. Onze fois : Pierre est venu aujourd'hui. Onze fois : Pierre cherche. Onze fois : Pierre n'a rien trouvé... Chaque fois, avant le point final : Pierre n'a rien trouvé.

Julie est confuse : ça faisait presque huit mois qu'elle n'avait pas baisé.

Elle pense : je suis toute mouillée.

Inondée du sperme de Thierry Gaspard.

Elle pense : nom de Dieu, qu'est-ce que ça vient faire là ?

Maintenant.

Les femmes sont-elles sexuellement vulnérables ?

Sa culotte en est trempée. Elle a encore envie. Elle voudrait baiser l'après-midi entier et l'excitation de la traque décuple son envie. Alors, elle le dit, sans vergogne :

— J'ai encore envie, Thierry. J'ai encore envie de ta queue, c'est terrible.

Le lieutenant Gaspard ne sait pas quoi répondre, trouve quelque chose, finalement :

— Qu'est-ce qui se passe, Julie ? C'est la chaleur ? Toute cette merde d'enfants disparus ?

Julie Martinez voit des morceaux de sucre se dissolvant dans une tasse de thé chaud, deux sucres qui s'éparpillent avant de disparaître dans l'estomac d'une vieille conne aux cheveux mauves.

— Je veux deux patrouilles en renfort. Tu restes près de la voiture et tu me couvres. Il est dans les toilettes.

Thierry Gaspard veut y aller à sa place. Toujours cette histoire du mec qui devrait y aller à ta place. Tu leur ouvres les jambes et ils se sentent responsables de toi.

Julie balaie la remarque d'un geste de la main et confirme :

— C'est un ordre.

Et sort de la voiture.

Le vent chaud la frappe de plein fouet. Mais elle préfère ça à la climatisation. Ne pas rester entre parenthèses, mais dans la vie, dans les éléments. Sa gorge se serre, plus de salive dans la bouche. Elle avance lentement vers l'îlot des toilettes en briques rouges. C'est exactement le genre de situation qui peut dégénérer d'un moment à l'autre. Rien ne justifie que tu sortes ton SIG-SAUER, mais tu souhaiterais fortement l'avoir bien calé dans ta paume.

Julie est à mi-chemin, s'arrête et réfléchit. Elle fait une chose, tout de même : sort son arme, déverrouille la sécurité, engage une balle dans le canon et remet le SP2022 dans le baudrier qu'elle laisse ouvert pour assurer une prise plus rapide.

Les cigales sont déchaînées, les mouches se posent sur sa bouche, son nez. Elle les chasse avec des gestes agacés. La sueur coule dans ses yeux qu'elle essuie du revers de la main. Les rafales de vent portent dans leur sillage l'odeur stagnante provenant des toilettes. En ce moment, il existe ailleurs des milliers d'endroits plus agréables où passer l'après-midi. C'est un des grands mystères de l'humain que l'abnégation. Ce qu'on est capable de s'infliger par inertie – l'existence serait une sorte de prison, séquestré malgré soi dans un lieu et un temps déterminés –, ou par choix – dans ce cas, il serait question de rigueur morale, le sale boulot que quelqu'un doit bien exécuter pour qu'un minimum d'organisation sociale puisse subsister.

Thanatopracteur, croque-mort, ambulancier, égoutier, infirmier.

Flic.

Ici et maintenant, Julie.

En même temps, souhaiterait-elle être ailleurs ?

Non.

Mise en danger. Exposition. Secret du grand shaker des émotions. Se sentir plus vivante ici et maintenant que de glander sur une plage en sirotant des cocktails.

Julie Martinez s'accroupit, prête à se jeter à terre. Prête à sortir son arme. Elle ne se retourne pas. Elle sait que Gaspard la couvre, les bras sur le capot, le flingue tenu dans la main droite, elle-même calée dans le creux de la paume gauche, paré à faire feu, à limiter l'effet du recul.

Julie a une seule carte à jouer. Un seul mot qui est un prénom. Tout ce qu'il lui faut. Sans même avoir retenu le nom de famille, sans savoir qui se cache derrière cette identité, prologue à une personne. Elle sait que l'homme n'est pas recherché, inconnu des services de police. Mais Julie sait aussi qu'il y a toujours une première fois, que l'on ne peut décidément se fier à personne dans ce genre de cas.

Un suspect.

Suspect d'avoir été présent onze fois sur le lieu d'un suicide qui est à confirmer.

La dernière fois, c'était hier.

Quelques heures avant la fin de Jacques Baudin.

En ce moment, un médecin légiste travaille sur son corps. Dans un lieu frais, insonorisé, silencieux. Dans un sous-sol.

Alors, Julie dit le prénom.

Sans savoir que cet homme-là a ouvert des centaines de corps lui aussi. Qu'il en connaît la mécanique, les réactions chimiques, les composants moléculaires. Des corps. Et pourtant, malgré les longues années d'études, les cas par cas, les séminaires, les perfectionnements, les mises à niveau, les technologies à intégrer régulièrement dans le cursus, les articles dans les revues spécialisées, malgré toute cette science, cet homme-là n'a jamais autant appris sur lui-même qu'à travers sa douleur.

— Pierre ? appelle encore Julie.

Elle entend sa propre voix et s'étonne elle-même du ton employé.

Comme une hésitation dans le fait de dire et de prononcer ce nom.

Pierre.

5

Pierre Castan est surpris d'entendre prononcer son prénom, là, au milieu du rien, dans la solitude d'une latrine publique. Des mois que personne ne le nomme plus. Anonyme et seul. Renoncer à son identité, devenir pure volonté, le bras vengeur.

Pierre voudrait à la fois aller vers cette voix et la fuir.

Aller vers, parce que c'est une voix dans laquelle résonne de l'empathie, un peu rauque, sensuelle. Il ne dirait pas douce, mais pourrait le devenir, et Dieu sait qu'il en aurait besoin, de douceur. Un paquet de douceur, des tonnes, sa peau entière la réclame.

Fuir, parce que la douceur potentielle signerait la fin de la quête, de la déshumanisation qu'il s'est infligée.

Un relâchement et tout s'effondrerait, ne serait plus capable de chercher et de tuer.

Fuir, parce que, pragmatique, Pierre sait que seuls les flics peuvent avoir appris son identité. Plaque minéralogique et voilà. Quelque chose a foiré quelque part, le petit train de l'anonymat a déraillé. Le pire est sur le point de se concrétiser. Car Pierre Castan ne voit aucune solution à son problème si ce n'est de se désintégrer sur place et de disparaître, amas de poussière.

Ne pas répondre, repousser le moment fatidique et devenir poussière.

Mais la voix continue :

— Pierre, écoutez-moi. Lorsque vous sortirez, montrez d'abord vos mains. Nous voulons vous poser quelques questions au sujet de Jacques Baudin. Répondez, Pierre.

Pierre s'est adossé au mur.

Jacques Baudin.

Il pense : Jacques Baudin est mort et c'est à moi qu'ils en veulent.

Il passe sa main sur son front, ses yeux.

La trame s'effiloche. Quelqu'un tire le fil. Ou plutôt : le fil est resté accroché et quelqu'un le tire sans le savoir.

Que reste-t-il ?

À vivre ? À souffrir ?

Vingt centimètres de briques. Ce serait facile : apparaître d'un coup, la main comme si elle tenait une arme et peut-être que tout finirait. Une balle dans le cœur. Au lieu de ça, il faut que tu tiennes, Pierre. Lucie n'a que toi. Ingrid n'a que toi. Si tu meurs, elles meurent avec toi.

La mort définitive : l'oubli.

Alors Pierre montre une main, puis l'autre, et sort lentement comme le lui a suggéré la voix de cette femme. À ce moment, deux camionnettes de la gendarmerie pénètrent en accélérant sur l'aire de repos, troublent le calme, l'intimité presque, des regards qu'ils se portent.

Elle, Julie Martinez.

Lui, Pierre Castan.

Ils se souviennent l'un de l'autre sans savoir d'où ni pourquoi.

Deux âmes vieilles ayant gardé la trace d'un regard.

Leurs yeux ne se quittent pas. Il voit la femme : vive, forte, tenace, la vie en elle qui cherche à remonter les trompes jusqu'à l'utérus. Elle voit l'homme : anéanti mais tenace, dur, désespéré, prêt à s'effondrer, mais qui tient, tiendra ce qu'il faudra tenir, le temps d'accomplir sa tâche.

Julie connaît ce visage. Et bêtement, stupidement, elle ne peut s'empêcher de penser à cette phrase qu'elle a relue cent fois sur l'autoroute : derrière les panneaux, il y a des hommes.

6

Pierre montre donc ses mains, puis son corps. Il fait comme on le lui a dit, comme on le lui ordonne maintenant, les bras éloignés du corps, les bras levés.

Il regarde la femme qui lui a parlé, les hommes qui se sont multipliés derrière elle, qui le pointent avec leur arme, et il comprend que c'est fini : le flingue dans la boîte à gants, les coupures de presse dans sa mallette, son identité bientôt révélée.

La chasse est terminée.

La vengeance s'achève dans le rien. Sur une aire d'autoroute où tout a commencé.

Dans le rien, comme sa fille. Disparue dans le vide.

Ils peuvent bien dire qu'ils font tout leur possible, qu'ils enquêtent. Il n'y a que lui pour savoir combien il est difficile, improbable, de retrouver un ogre.

La pugnacité.

Et une lame plantée dans le cœur.

Et une aiguille dans le cerveau.

En permanence.

Personne d'autre que lui ne peut savoir ce que ça signifie.

La foi incommensurable que ça donne, celle de retrouver un homme parmi des milliards d'individus.

Et pourtant, il n'est pas loin, l'autre n'est pas loin.

Comment leur expliquer ? Comment expliquer l'intuition ? Les minutes, les heures, les jours, les mois passés avec une seule idée en tête, les sensibilités que l'on développe, les mondes parallèles et les recoins de l'espace-temps.

Les hommes en uniforme approchent, s'emparent de lui, le poussent contre le capot de sa propre voiture. Le menottent dans le dos. La voix de la femme l'a trahi. On prend les clés dans sa poche, on ouvre la voiture, on découvre l'ensemble des éléments qui font de lui un suspect réel, à présent. La femme semble désolée, cherche à tempérer.

On emmène Pierre Castan dans la fourgonnette bleue.

L’un d’eux tire sur les menottes.

Pierre plie les genoux pour atténuer la douleur aux poignets.

Début de l’humiliation.

7

Lola appelle.

Dans sa tête.

Parce que sa langue a gonflé dans sa bouche, une drôle d’inertie l’empêche de crier.

Et puis qui viendrait ?

Qui viendrait ici ? Dans ces fourrés salis par le smog, les papiers gras, à la lisière des champs.

Fourrés.

Va te faire mettre, Lola.

Par de petits pédés rentrés, des hétéros curieux. Ça intrigue les hommes, excite les femmes. Gros seins, belle queue. C’est l’époque qui permet ça, les progrès de la médecine, Lola en profite, ne crache pas sur l’époque formidable par certains côtés.

En profitait.

Parce que qui viendrait ici ?

Alors qu’elle ne peut plus bouger, incapable de parler. Les jambes qu’elle ne sent plus. Il faudrait une ambulance, des mains expertes, des gestes précis.

Et encore.

Parce que les coups ont brisé des choses à l'intérieur de son corps : organes, os, poches liquides.

Pourtant le monde n'est pas si éloigné, elle pourrait presque le toucher, il est à une vingtaine de mètres sur le parking, derrière des buissons malades où s'accrochent des lambeaux de mouchoirs sales.

Lola pense et comprend soudain : lorsque ce type sourd m'a chloroformée, j'ai dû ma vie à ma bite. C'est ça qu'elle comprend. Et maintenant, je dois ma mort à ma bite aussi.

Tía Sonora :

Lola, je ne sais pas si c'est un morceau de bonheur ou de joie ou de n'importe quoi d'autre.

Parce que Lola va mourir, seule comme la chienne qu'elle est. Ces voix, ces bruits derrière les buissons sont les dernières choses qu'elle emportera de cette saloperie d'autoroute, putain, elle pense, putain de merde. Elle cherche encore à bouger, à faire sortir un son de sa gorge, mais c'est un souffle et ils ne l'entendront pas.

Je ne sais pas ce que c'est, je préfère appeler ça un répit, voilà, un moment de répit.

Il faudrait que quelqu'un approche l'oreille de sa bouche.

Mais tu vas aider un homme, ma fille, un homme à trouver ce qu'il cherche. Et ce qu'il cherche n'est pas au fond de ta gorge.

Il faudrait un enfant, pense Lola.

Alors Lola appelle.

Projette son âme, ses pensées, tout ce qu'il lui reste d'énergie dans le ciel de l'aube.

Elle appelle les morts, convoque les saints, les martyrs, les pénitents, Dieu et le Diable.

Elle appelle la terre où la Mort et la Vie se mutilent et s'exacerbent.

Elle appelle le Mexique.

Elle appelle Tía Sonora.

Pour lui dire : il était une fois.

8

Et l'enfant arrive.

En ce moment, il longe l'autoroute par le grillage. Il n'a jamais compris l'utilité de ce grillage, d'ailleurs. Lui va et vient par-dessus cette barrière quand il veut. Il sait seulement que ça délimite un espace, celui de son gagne-pain. Sous son T-shirt orange délavé, dans les poches du jeans crasseux, il a deux téléphones portables Samsung, la façade d'un autoradio Pioneer, une cinquantaine d'euros, une carte d'identité, un permis de conduire et deux cartes de crédit Visa-Mastercard. L'enfant avance parallèle à l'autoroute de manière à ne pas se faire repérer. Il lui reste quelques kilomètres pour revenir chez les siens. Retrouver le campement, boire, manger et dormir. Il est fatigué, la plante de ses pieds brûle dans ses baskets qui lui font des cloques sous le gros orteil. Malgré cela, l'enfant aime ce jeu de ne pas se faire voir. Il pense qu'il pourrait comme ça traverser tout le pays sans jamais rencontrer personne, comme ces loups ou ces ours qui viennent de très loin jusqu'ici foutre le bordel dans les montagnes. Il aime ce jeu parce qu'il est encore un enfant. Huit ans. Cheveux noirs, peau mate.

Sale et libre.

Il avance, se cache, attend.

Et avance de nouveau.

9

Dans la fourgonnette, on a déplié une table et trois chaises de camping. Sur lesquelles sont assis, respectivement : Julie Martinez, Thierry Gaspard et Pierre Castan. Pierre Castan est menotté, mains dans le dos.

Sur la table – pas encore mis dans des sachets en plastique transparents, mais manipulés par les deux gendarmes au moyen de gants de chirurgien :

Des coupures de presse relatant les disparitions de : Catherine Mangin, Lucie Castan et Marie Mercier.

Trois cartes géographiques détaillées du périmètre où ces enfants ont disparu.

Une carte autoroutière avec les aires de repos et de ravitaillement, les points routes, les stations de gonflage, les péages, les unités administratives.

Des dépliants de stations-service et de motels près de rocades.

Cinq carnets remplis de notes (numéros de plaques minéralogiques, description de personnes et de lieux, fréquences de passages par types de véhicules).

Un Taurus PT 22.

Pas de port d'arme.

Pas de carte d'identité.

Pas de carte de crédit.

Pas de permis de conduire.

Pas de téléphone portable.

7 300 euros en liquide.

Et un tas de questions à poser à ce sérieux prétendant à la perpétuité.

D'où les chaises et la table pliante.

Ne pas s'écarter de la piste chaude, très chaude sur laquelle est tombée Julie Martinez.

D'ailleurs, le ton de sa voix a durci.

Quand elle a vu l'homme sortir, elle a baissé son arme.

Encore maintenant, Julie n'est plus aussi convaincue qu'elle suit la bonne piste. Plutôt un chemin parallèle : cet homme est une énigme.

Le ton de sa voix a durci, mais elle se force.

Comment expliquer l'intuition ?

Laisse tomber, Julie.

Pierre Castan, 46 ans, marié, domicilié, etc.

Les infos de la police de la route. Pratique. Mais il faudrait que monsieur Castan s'explique, ouvre sa putain de bouche.

Que faites-vous sur cette autoroute ?

Depuis combien de temps ?

Comment justifiez-vous la présence de cette arme dans votre boîte à gants ?

Où sont vos papiers ?

D'où vient cet argent ?

Votre femme est-elle au courant de votre présence ici ?

...

Pierre demeure immobile et silencieux, tête basse, regarde ses pieds.

Casier judiciaire vierge.

Je cherche celui qui a enlevé ma fille.

Six mois, deux semaines et trois jours.

Pour le tuer.

Je n'existe plus.

De mon compte épargne.

Ingrid attend.

...

Pierre Castan relève enfin sa tête. Fixe Julie. Julie seulement.

Regarde-moi dans les yeux.

Pense.

Réfléchis.

Relie les points invisibles disséminés dans l'espace.

Le dessin apparaît :

— Nom de Dieu, fait Julie.

10

L'enfant ne sait pas quoi faire.

Sous la jupe relevée, il voit apparaître ce beau cul dans la lumière tamisée des buissons.

Le corsage déchiré : un sein rond et dur. Un sein comme il n'en a jamais vu, miracle de la chirurgie esthétique.

Et puis le reste : le visage tuméfié, le sang séché sur le front et les pommettes. Le bras désarticulé faisant un drôle d'axe sur le sol. L'arrière des cuisses lacéré par les talons d'une chaussure.

L'enfant ne voit pas le pénis sur ce corps de femme. Il serait troublé, ne comprendrait pas. La peur, l'instinct lui disent de fuir. Mais la curiosité le retient. Le corps à moitié nu, le sang déjà séché. Il regarde autour de lui. Caché par les feuilles, il voit plus loin deux voitures garées près des toilettes : deux femmes et un homme gesticulent, puis l'une des femmes entre dans sa voiture, referme violemment la portière et démarre. L'homme et la femme qui restent se regardent et se serrent dans les bras.

L'enfant s'approche du corps, s'accroupit. Il n'a pas peur, ni du sang ni de la saleté. Le sang et la saleté font partie de son quotidien. La violence aussi. Sa main écarte les cheveux noirs et découvre le visage de Lola. L'enfant parle à ce visage, le questionne, lui demande si ça va, s'il l'entend. Ses doigts sont rêches, les ongles sales.

Les gestes doux, la main chaude réveillent Lola.

Une seule paupière s'ouvre. Hémorragie interne, zone moteur atteinte. Paralysie faciale. Lola tousse, crache un caillot de morve et de sang coagulés. Surpris, l'enfant recule. Regarde à nouveau autour de lui. Le corps inerte lui faisait moins peur que ce subit regain de vie. Lola bouge les doigts, murmure :

— Il faut que tu dises...

L'enfant ne sait pas quoi faire. Lola essaie de sourire, elle a appelé à tout hasard dans le néant et l'enfant est venu. Lola sait que c'est la seule possibilité, la dernière. Non pas de sauver sa vie, c'est trop tard, elle le sait au fond d'elle-même mieux que n'importe quel médecin. Mais la dernière chance d'accomplir la seule et unique tâche pour laquelle elle a peut-être vécu. Brève existence de souffrance et de misère : être femme dans un corps d'homme, un corps qui n'a jamais été le sien. Sans pouvoir achever sa métamorphose.

Elle sourit, Lola. Les dents cassées, les gencives en sang. Elle ne veut pas effrayer l'enfant qui hésite et puis enfin approche comme elle le lui demande. Tout est si fragile, être le maillon d'un projet plus vaste pareil au destin ou de ce qui s'en rapproche.

Maintenant, l'enfant écoute et Lola dit.

XIII

1

Sandrine écoute et se ronge un ongle jusqu'à la chair. C'est le troisième depuis le début de la réunion. Elle sait que tout ce qu'elle voit et entend n'est pas bon pour son plan de carrière, qu'elle a trimé inutilement depuis quatre ans dans ces restos à la con, les mains aux fesses, les blagues salaces, les horaires impossibles, l'odeur de friture dans les cheveux, tout ça pour rien, bientôt tout va s'effondrer sans qu'elle puisse intervenir, enrayer la machine des employés en colère.

Un barbu au ventre proéminent a pris la parole. Le barbu au ventre proéminent est le leader, sa chemise rayée est auréolée de sueur. Il demande :

— Qui vote contre la grève ?

Aucune main ne se lève.

— Qui s'abstient ?

Sandrine voudrait lever la sienne, hésite, n'ose pas. Elle voudrait passer « manager », c'est tout ce qu'elle demande, gagner trois cents euros de plus par mois, se payer de nouvelles fringues, partir au Maroc quinze jours, se trouver un mec bien.

Le barbu sourit :

— Qui vote pour la grève ?

Toutes les mains se lèvent. Vingt-cinq employés absolument amers et revanchards. Cette histoire de vol de viande et de surveillance accrue des employés a dégénéré. Elle a soudain révélé les salaires merdiques, les horaires impossibles, les conditions générales des salariés des restoroutes se dégradant de jour en jour. Les franchises de Lucino sont l'avant-garde mécontente du réseau autoroutier national.

Qui fait tache d'huile.

Les employés ont été avertis du décès de Gérard Lucino en début de matinée. Il y a d'abord eu une sorte de silence stupéfait d'une dizaine de secondes, et puis le brouhaha a pris le dessus. La mort demeure incompréhensible et, d'une certaine manière, Gérard a bénéficié d'un tout petit moment de recueillement solidaire face à l'angoisse existentielle majeure de l'humanité.

À huit heures trente, lorsque est survenue cette altercation entre une dénommée Corinne et une cliente à propos d'un pot de ketchup mal fermé et d'une blouse à cinquante euros, Henri Clams – le barbu – a pris la balle au bond. Syndicaliste sur la brèche, il a senti que le moment était favorable pour entamer le putsch.

Dans chaque franchise de Lucino, il y a un barbu qui, en ce moment même, fait procéder au vote à main levée en faveur d'une grève générale des restoroutes.

Sandrine a suivi le mouvement à contrecœur.

Un seul employé n'a pas pris part à la réunion improvisée : Pascal.

Pascal fume sur le parking.

Il voit les voyageurs plantés devant les portes vitrées automatiques qui ne s'ouvrent pas.

Incrédules.

Ils ont faim, soif, doivent aller aux toilettes.

Non, les portes ne s'ouvriront pas.

Pascal a enlevé son calot en papier, dénoué son tablier de cuisinier.

Un sentiment l'oppresse.

Quelque chose de bien plus subtil et inquiétant qu'une grève.

Le visage de l'homme de la cabine téléphonique.

Pascal n'arrive pas à l'oublier. Cela lui confond les pensées.

Il a ôté son tablier et sa calotte pour ne pas que des gens lui demandent ce qui se passe, pourquoi le restaurant n'est pas ouvert. Il aurait de la peine avec toutes ces bouches qu'il ne pourrait pas regarder en même temps.

Pascal est un animal doué d'un instinct supérieur.

Et l'instinct lui dit de foutre le camp.

Très vite.

Il regarde sa montre : 15 h 40.

2

— Qu'est-ce que vous espérez ? demande Julie. Le retrouver et vous faire justice ?

Pierre écoute. Est obligé d'écouter. Le sermon, toutes ces conneries sur l'État de droit, le vivre-ensemble et la délégation de l’usage de la violence à une entité supérieure, ces conneries rousseauistes sur la légitimation du contrat social.

Comment lui dire que c’est un discours dans une langue qu’il ne comprend plus ?

Comment lui dire que, passé un certain seuil de souffrance, on devient un chien fou, qu’il n’y a plus de lien social, qu’il n’y a plus de lois, qu’il n’y a plus rien à respecter si ce n’est la soif du mal.

Tuer, et puis tuer encore.

La moitié du Diable.

L’autre moitié, qu’est-ce que c’est ?

Les règles sont faites pour préserver le bonheur.

Les règles sont faites pour ceux ayant tout à perdre.

Les règles sont faites pour ceux vivant de l’autre côté du mur.

Mais pour les autres ?

Pour l’autre moitié, qu’est-ce que c’est ?

Détruire. Se venger. Faire mal. Assainir.

La défaite.

Complète et totale.

Pierre Castan regarde la femme, puis l’homme.

Leurs uniformes ne signifient rien pour lui. Il leur demande de lui détacher les mains, il voudrait fumer. Il voudrait que cela s’arrête. L’homme regarde la femme, mais la femme est perdue et ne sait pas quoi répondre.

Pierre Castan est foutu, de toute façon.

Son chemin s’arrête là, la vengeance ne s’accomplira pas.

Alors, autant déballer :

— Jacques Baudin, je l’ai rencontré plusieurs fois, oui. Peut-être onze fois, comme vous dites, je n’en sais rien. Il me montrait ce qu'il trouvait sur l'autoroute, je cherchais quelque chose ayant appartenu à... Lucie.

— Continuez, dit Julie.

— Je lui demandais si parfois il ne remarquait pas un comportement bizarre, quelque chose qui sortirait de l'ordinaire, n'importe quoi, un visage récurrent...

— C'est vous qui avez alerté la police ?

— Je l'ai trouvé pendu dans sa baraque... Ce type était trop attaché à ses objets, à son travail pour se pendre...

— Et alors ? demande Thierry Gaspard.

Cet *alors* est mal venu, pense Julie. Mais Thierry est un homme et perd de sa lucidité face à un autre homme qui est une menace potentielle.

Pierre Castan le fixe d'un regard dur :

— Catherine Mangin, Lucie Castan, Marie Mercier : trois enfants disparues sur l'autoroute. Trois lieux différents, une même constante. Ce type travaille sur l'autoroute...

— C'est une hypothèse sur laquelle nous travaillons, fait Gaspard.

— Ah oui ? Depuis quand ?

— On se calme, intervient Julie. Pourquoi êtes-vous retourné chez Jacques Baudin ?

— J'ai lu l'article sur le téléphone portable trouvé dans le side-car. Je me suis souvenu que Baudin avait vu un type rôder autour de l'engin. Quand il a vu Baudin, il a pris la fuite, il a rejoint un van. J'étais retourné chez lui pour en savoir plus. C'est là que je l'ai retrouvé mort. Le type aussi a dû lire l'article sur le side-car, vous comprenez ? Il y est retourné avant moi.

Gaspard est sur le point de dire quelque chose, mais Julie pose son index en travers de sa bouche.

Maintenant, il faut du silence, Gaspard.

Écoute.

3

Sur son chemin, l'enfant cache une partie des cinquante euros, l'autoradio et un des téléphones portables dans un sachet en plastique qu'il remet en place dans un trou au pied d'un arbre, le bouche avec de la terre et le recouvre de feuillages. Dès la première fois, il a toujours pris son dû sur ce qu'il volait. Instinctivement. Au commencement était le libéralisme.

Après ça, il court sans plus s'arrêter.

4

Pascal ne peut plus entrer dans le self-service. Les gros bras du barbu empêchent tout employé de briser la grève.

Pascal les regarde tour à tour avant de se fixer sur le plus balèze des trois :

— Je veux récupérer mes affaires dans mon casier.

— Personne ne sort, personne ne rentre. Personne ne s'en va non plus. On est solidaires, bordel !

Pascal pense : mes clés, mon portefeuille, ma veste.

Pascal sent la panique monter. Une peur incontrôlable. L'enfermement au-delà de la surdité. Non seulement privé de bruit, mais aussi privé de lumière.

Tout va alors très vite. La main à plat, il casse le nez du balèze d'un geste unique et fluide. Un mouvement porté par le corps entier. Les deux acolytes commettent l'erreur de vouloir intervenir et Pascal démolit la rotule du deuxième et endommage les testicules du troisième. Pascal pénètre dans le bâtiment vide. Il trottine jusqu'au sous-sol, rejoint son casier : ses clés, son portefeuille, sa veste. Le reste, le déo, les magazines, la brosse à dents, sa dernière fiche de paie, il s'en fout. La sortie de secours lui évite de repasser devant les trois enfoirés.

Son Volkswagen est l'issue.

Foutre le camp.

Le visage de l'homme de la cabine, il s'en souvient maintenant.

Le père de Lucie.

Lucie qu'il n'oubliera jamais.

Bien qu'elle n'ait jamais voulu de sa présence.

Comme les autres.

Morte de peur.

Son petit corps fondu dans l'éther.

Météore dans le cosmos.

5

Tía Sonora entend frapper à la porte de sa caravane. Elle a de la peine à remuer ses cent kilos, alors elle dit d'entrer bien qu'elle n'attende personne.

Elle reconnaît Diego du campement près de la bretelle. Il reste près de la porte. Tía Sonora l'impressionne, baleine échouée sur la banquette et autour d'elle des statuettes, des bocaux avec toutes sortes de petits animaux et de reptiles à l'intérieur, noyés dans l'alcool. Des photos de saints, un autel voué à la Vierge Noire à côté duquel brûlent deux bougies. Diego a entendu des légendes à propos de Tía Sonora, elle peut te faire tomber le zizi si elle veut.

— Referme cette porte, bordel ! Tu vas faire entrer toute la chaleur !

Sa voix gutturale recouvre le bruit du ventilateur qui souffle dans un mouvement de rotation et agite la dizaine de papiers tue-mouches pendus au plafond.

Tía Sonora allume une cigarette, s'éponge le front avec un mouchoir ratatiné par la sueur. Son double menton s'anime lorsqu'elle demande à Diego de parler, nom de Dieu. Cette femme-là a fait chavirer le cœur et monter la bite à des milliers d'hommes. Et comme il arrive souvent, Diego a eu vent d'une légende qui est exactement à l'opposé de la réalité. Tía Sonora, au temps de sa splendeur, te rappelait, au cas où tu l'aurais oublié, que tu en avais un, de zizi. En ce sens, elle a accompli des miracles.

Donc, la vieille baleine s'impatiente, remue sur la banquette qui grince, dit à l'enfant soit tu causes, soit tu te casses.

L'enfant inspire un grand coup, fixe la moustache sur la lèvre supérieure de Tía Sonora et se lance.

Quand il a fini, la grosse Mexicaine se signe rapidement et termine cul sec son verre de tequila.

L'enfant sort. Elle se dit qu'elle va devoir bouger son gros cul d'obèse.

Et le chercher.

Lui.

Une promesse.

L'autoroute est un territoire.

Avec ses habitants.

Ses âmes en errance.

Flux et reflux.

Les hommes ont leurs habitudes, dessinent des ellipses.

Suivre la chaleur des corps, les ondes infrarouges.

Et le trouver vite.

Bordel.

6

— Capitaine Martinez ? Vous avez une minute ?

Julie tourne la tête, aperçoit le gendarme adjoint de 1re classe Spiris : sérieux et longiligne entre les deux portes ouvertes du fourgon. Les portes ouvertes, c'est à cause de la chaleur étouffante. Le soleil frappe la tôle et transmet la chaleur à l'intérieur de la camionnette. Spiris voit les chemises coller aux corps de ses collègues et du prévenu menotté, il devine le soutien-gorge blanc du capitaine. Rien de bien sexy, un soutif sportif de maintien. Julie Martinez en profite pour descendre du fourgon et aller aux nouvelles. Le soleil est voilé, à présent. Un vent chaud s'est levé. Julie passe une main sur son front, éloigne Spiris afin que Pierre Castan n'entende pas :

— Que se passe-t-il ?

— Des nouvelles du service de renseignement. Le commandant Loubès demande que vous le rappeliez d'urgence.

— Merci, Spiris, et apportez-nous des bouteilles d'eau, s'il vous plaît.

Julie lève la tête, regarde un tourbillon de poussière tourner sur lui-même et s'élever à quelques mètres du sol. La température semble avoir grimpé encore de quelques degrés. Il faudrait pouvoir s'enlever la peau tellement il fait chaud. Le portable manque de glisser dans sa main. Mains moites, pulsations en hausse, visage empourpré, mais c'est bien plus que la chaleur, c'est de l'émotion.

Fais pas ta chochotte, Julie, bon sang. Assure.

Elle cherche dans son répertoire, trouve, appuie sur la touche verte.

Loubès décroche aussitôt :

— Nom de Dieu, Martinez, c'est pas trop tôt ! Où étiez-vous ? !

— Avec un suspect.

— Résultat ?

— Négatif.

— Oubliez votre homme et ouvrez vos oreilles. Après recoupements, on a trouvé ça : 23 septembre 2011, station-service des Mimosas. 5 janvier 2012, station-service des Acacias. 15 août, station-service des...

— Son nom.

— Vous avez compris, Martinez ?

— Son nom, j'ai dit.

— Pascal Folier.

Julie raccroche.

Game over.

Julie est tétanisée.

C'est là, tout près.

C'est bientôt.

Alexandre Spiris la sort de sa léthargie, lui tend une bouteille. Elle dévisse le bouchon, porte le goulot à ses lèvres. Mais toute l'eau de la terre ne parviendrait pas à humidifier sa bouche.

Elle ordonne à Thierry Gaspard de venir à elle.

Il n'y a plus de queue de lieutenant qui tienne, plus d'amour ni de sexe.

Il n'y a plus que la chasse.

7

Pierre Castan s'est redressé sur sa chaise. Les antennes déployées, l'instinct à fleur de peau. Cliquetis des menottes sur les tubulaires du pliant.

Il entend :

— Thierry, je veux tous les hommes ici présents avec nous. Alerte rouge, faites converger le maximum de patrouilles à la station-service des Campanules. Priorité absolue, alerte maximale. On tient notre suspect numéro un. Un employé présent sur les sites des trois disparitions. Spiris, je veux que vous suiviez avec vos collègues et Pierre Castan, vous nous collez au cul, c'est compris ?

— Capitaine, je ne crois pas que...

— Il vient avec nous. Ce n'est plus un suspect, Gaspard, mais un témoin potentiel. Si l'homme était là le jour de la disparition de sa fille, peut-être le reconnaîtra-t-il.

Le bruit les fait tourner la tête dans une même direction.

Pierre Castan est debout, il tire sur ses menottes, traînant la chaise dans son dos.

8

Vitesse au compteur : 185 km/h.

Julie Martinez au volant.

Gyrophare enclenché.

Ray-Ban sur les yeux.

Ça chie dur.

Thierry Gaspard tend ses jambes, s'accroche à la poignée au-dessus de la portière.

Dossier :

Pascal Folier, 31 ans, enfant de la DDASS, trois séjours en maison de redressement, petits délits avant une condamnation de 3 ans en 1999 pour viol en groupe alors qu'il était mineur au moment des faits, accident de la route en 2005, séquelles : surdité. Employé depuis trois ans comme cuisinier dans les franchises « La Cloche » gérées par Gérard Lucino.

Potentiellement :

Un homme dangereux.

Un taré.

Thierry Gaspard se crispe sur son siège, ferme les yeux.

Thierry Gaspard sait.

Thierry Gaspard a senti la menace.

— Je l’ai vu, dit Gaspard.

— Qui ça ? demande Julie.

— Le suspect, dans les vestiaires de l’aire des Campanules.

Julie ne dit rien. Thierry voit bien qu’elle serre les mâchoires.

— Je ne pouvais pas savoir, dit Gaspard.

— C’est ça, le problème, dit Julie. On ne sait jamais rien.

9

Tout est virtuel.

Si on y pense.

La vie d’abord.

Si on y réfléchit bien.

Sérieusement.

En prenant le temps.

Et Ingrid réfléchit.

Entre deux clignements de paupières.

La vie.

Le fric.

L’amitié.

L’amour.

Le lien social.

Tout est virtuel.

Sauf cette bite dans son dos qui va et vient.

Les images muettes défilent sur l’écran : grève des

employés de restoroutes. A65 bloquée. Ils ne sont pas plus de cent et foutent déjà un bordel monstre.

Le jeune gars derrière elle se donne à fond, la bourre comme une garce. Une vieille garce, l'opinion qu'elle a d'elle-même.

Dans le cul, c'est parce qu'elle veut se sentir humiliée, bien chienne, sans amour, surtout pas d'amour. Ni d'amitié. Pas de fric, pas de vie ni de lien social.

Une corde pour se pendre, c'est tout.

Le reste ne sert plus. Ni matrice ni utérus.

À cause de l'ivresse permanente, il lui faut du temps pour comprendre.

Pour voir.

Autoroute A65.

Pierre.

Une ampoule s'allume dans son cerveau rétréci.

Bingo.

Elle serre ses fesses, va chercher la queue avec cette rotation du cul particulière, le jeune gars gicle, arrose son intestin.

Ingrid attend la dernière goutte et se libère.

— Fous le camp, dit-elle.

Le jeune homme la regarde.

— Sale pute.

Et la gifle.

Il remonte son jeans, récupère sa housse à pizza et se tire.

Il pourra raconter ça aux copains.

Lui aussi aura baisé la vieille garce.

La porte claque.

Elle allume une cigarette et monte le son : le mouvement de grève s'embrase, se répand.

Grève : action collective consistant en une cessation concertée du travail par les salariés d'une entreprise.

Au temps pour les sandwichs thon-mayonnaise.

10

Le bouchon s'est formé six kilomètres en amont de la station-service et ne cesse de croître dans leur dos. Les véhicules freinent, enclenchent leurs warnings. Julie emprunte la voie d'urgence. Dans le rétroviseur, les collègues suivent. Se méfier des voies d'urgence, une portière qui s'ouvre, un passager qui descend. Un enfant. Ce serait le comble.

Martinez serre les dents.

Concentrée sur la route.

Il y a confluence.

Thierry l'a vu. Lui a parlé.

Il a dit à Julie des yeux vides, l'absence de regard.

Forcément le temps rétréci.

Du Big Bang au Big Crunch.

Naissance et mort.

Il n'y a de sujet qu'individuel.

Chaque sujet est miroir du monde sous son point de vue.

Sa distance à lui de la courbe de l'autoroute. Son angle de vision.

Le monde n'existe pas hors des sujets qu'il inclut.

Tout se tient entre parenthèses.

Au fond, mouvante dans le mirage de chaleur vacillante : la station-service.

La confusion n’est pas tant due à la trentaine de manifestants et à leurs banderoles, aux trois bidons mis en travers de la voie de droite qui ralentissent le trafic.

Le bordel est dû au trafic lui-même.

L’entropie.

Mesure du degré de désordre d’un système.

Tant que ça roule, ça va.

Quand ça ne roule plus, ça devient exponentiel.

Le moindre ralentissement et c’est la congestion.

Autrement dit : tout système clos porte en lui son désordre.

Et croît avec le temps.

Inexorablement.

Le changement d’état révèle ce désordre.

Second principe de la Thermodynamique.

Autrement dit : le bordel naît du bordel jusque-là contenu dans un ordre apparent.

Le chaos est la règle.

L’ordre est l’exception.

Gardiens de l’ordre, n’est-ce pas, Julie ?

Les manifestants regardent les flics, croient qu’ils viennent pour eux.

Rien à foutre de ta petite vie, mon gars.

De vos merdes de boulots.

Chacun les siens, de merde, de boulot.

Tout est fragile.

Convection : transport de chaleur par l’ensemble des molécules.

Entropie encore.

Dès la naissance, les cellules portent en elles leur dégradation.

Il faut rester humble.

Ne crois pas que tu le tiens encore, Julie.

11

Lunettes : noires.

Robe : noire.

Collants de contention : noirs.

Chaussures : noires.

Évoque le veuvage permanent.

Vieille, grosse et pauvre.

Du Sud.

Ce qu'elle est.

Pourtant, assise à l'arrière de cette Mercedes break abîmée, Tía Sonora dégage une indéniable dignité.

Autrement dit : la classe.

Et ça, ce n'est pas donné à tout le monde.

Au volant, le chauffeur improvisé est le père de Diego : Diego senior.

On assume sa paternité, oui ou merde ?

Moustache, chemise blanche à manches courtes. Conduit pieds nus et ferme sa gueule sous les lunettes fumées.

La classe, mais de se faire baiser par un embouteillage, ça entache drôlement une réputation. C'est pourquoi, au passage des gendarmes sur la voie d'urgence, Tía Sonora dit :

— Suis-les.

Diego appuie sur l'accélérateur, collant au train du convoi.

Où il y a les flics, il y aura Pierre.

Mouche à merde.

Lucilia Caesar.

12

Pascal a roulé sur une trentaine de kilomètres avant le bouchon suivant. Un petit con lui a fracturé sa portière pour lui faucher son autoradio sur le parking. Alarme désactivée depuis ce jour où elle s'était mise à sonner sans qu'il s'en rende compte et avait réveillé tout le camping. L'autoradio, il s'en fout, il ne peut pas l'écouter. Ce qui le dérange est le trou sans les petites lumières sur le tableau de bord et la serrure endommagée. Pascal aime que son bus soit parfait.

Et maintenant, ce problème de grève se propageant d'un restaurant à l'autre. C'est con parce que la sortie n'est pas loin. Pascal prend le risque et emprunte à son tour la voie d'urgence. Dans dix minutes, il est dehors.

13

Henri Clams est soulagé d'apprendre que les flics ne sont pas là pour eux. Julie expédie ses arguments, n'en a rien à battre, de ses revendications. Des miettes de croissant sont restées coincées dans sa barbe. Clams la rebute d'entrée de jeu.

— Pascal Folier travaille ici ? demande-t-elle.

— Pascal ? Le sourd ? Ce connard vient de démolir trois collègues... Un casseur de grève, l'enfoiré de première classe, si vous voulez savoir...

Julie ne relève pas, mais cette nouvelle ne présage rien de bon.

— Où est-il ?

— Où il est ? L'enfoiré s'est tiré il y a un moment...

— Combien ?

— Je sais pas, vingt, trente minutes.

— Plutôt vingt ou trente ?

— Ben, je dirais vingt.

— Son véhicule, vous le connaissez ?

Le barbu s'inquiète. Quelque chose ne tourne pas rond.

— Vous venez pour cette histoire de bagarre, c'est ça ?

— Je vous ai posé une question, bordel !

— Hé, oh, la miss, on la prend sur un autre ton, d'accord ?

Julie pose sa main sur le cou du barbu et serre. Gaspard regarde ailleurs. Une prise soudaine, d'une force décuplée par le stress. Le pouce de Julie comprime l'artère :

— Ton nom, Ducon !

— Cl... Clams. Henri Clams.

— Écoute, Henri Clams, ta petite grève de merde, je m'en bats les nichons. Alors, deux choses : d'abord je la prends sur le ton que je veux et ensuite tu vas me décrire le véhicule de Pascal Folier. C'est d'accord ? Bouge la tête si c'est d'accord.

Henri Clams est sur le point d'étouffer. Quand il se sera repris, dans quelques jours, après la grève et le reste, il déposera plainte contre l'officier Julie Martinez. C'est dans ses cordes, Henri Clams est une vraie petite merde avec quinze kilos en trop.

Julie relâche sa prise.

— Je... Un van, ouais, c'est ça... Un van...

— Couleur ? Marque ?

— Gris. Gris métallisé. Un VW, *California*, je crois.

Julie s'éloigne, se retourne :

— Au fait, quand vous déposerez plainte, mon nom est Martinez.

14

La Mercos entre dans le parking de la station-service et Tía Sonora se dit qu'elle a fait fausse route. Comme les grévistes, elle aussi pense que les flics sont venus pour la manifestation. Par la vitre de la portière, elle regarde le ciel et se dit que désormais – dans ce bordel grandissant – l'unique chose qu'elle est capable de prévoir, c'est qu'un orage éclatera sous peu.

Ciel bleu devenu blanc, puis gris.

À présent noir et menaçant.

Peut-être qu'il te faut retourner au Mexique, ma vieille. Attendre et crever gentiment chez les tiens, petite crise cardiaque entre deux galettes de maïs et une bouteille de Mezcal.

Calme, allongée sur le côté, tandis que la réalité s'effacerait dans la pointe fatale d'une lance torturant sa poitrine.

Emphase.

Mais comment imaginer sa mort autrement ?

Le temps imaginaire,

le temps de l'emphase,

est celui du regard baissé.

Tía Sonora a toujours regardé la terre plus que le ciel. La terre, c'est là où elle vit. Le ciel, c'est bon pour rêver ou alors quand elle baisait dans la nature, les jambes écartées sous un homme.

Baiser en regardant le ciel, tout de même.

Tía Sonora sourit, tire le loquet de la portière :

— Cinq minutes, Diego.

Elle ajuste le châle noir en coton sur ses épaules malgré l'étuve. La sueur coulant sur son dos la fait frissonner.

Depuis le temps qu'elle côtoie la mort, elle n'aurait jamais pensé l'incarner.

15

Ils ont eu l'obligeance de le menotter par-devant et non plus dans le dos.

De lui donner à boire, aussi.

Ballotté sur le siège arrière, il a suivi le convoi, la nausée au bord des lèvres.

Maintenant, il est dans ce parking et il attend enfermé dans la voiture.

Prostré.

Et il prie.

Pierre prie.

Il ne demande pas à Dieu, non. Dieu est mort. Il demande au hasard, il demande à l'inconnu, au mystère, à n'importe quoi.

Il est dans cette voiture.

Spiris est dehors et fume.

Il est prisonnier.

Son collègue fume aussi.

Il est à la merci des événements, de gens qui savent quelque chose mais ne veulent rien lui dire. Cette femme, cette Martinez, sait pourquoi il est ici. Il y a un sens et il en est exclu.

La voiture est verrouillée.

Alors, il demande au hasard, à l'inconnu, au mystère, à n'importe quoi, de le remettre au centre du monde. Parce qu'il sent l'odeur de l'homme, l'odeur de celui qu'il cherche. L'odeur n'est pas une senteur, mais une prescience. Cet endroit, des dizaines de fois, il y est venu. La piste. Mais quelque chose lui a échappé. Quelque chose que les autres ont maintenant. Que Martinez possède et dont il est exclu alors qu'il a tant lutté pour l'obtenir.

Voilà pourquoi il prie et demande.

Personne ne le regarde. Les regards vont vers Julie et Gaspard, vers les grévistes, vers l'embouteillage monstre qui se profile, vers les événements.

16

Ce moment de flottement précédant l'action.

Ce moment que Julie déteste.

Contacter, rassembler, diriger.

Procédure.

Elle espérait y échapper dans un premier temps. Débarquer dans le self-service et coincer le gars à la fraîche.

Maintenant, elle ne peut pas continuer seule. Hiérarchie oblige. Pyramide, échelle. Hautes sphères, préfecture et compagnie. Deux hélicoptères sont en route, tout le ramdam et peut-être que l'homme leur a déjà échappé.

Le système est lourd.

Peu réactif dans ce cas spécifique.

L'homme seul a encore une chance.

Et dans un certain sens, c'est bien comme ça, pense Julie.

L'attente.

Julie regarde Thierry qui la regarde.

Ils se comprennent.

Elle espère ne pas le regretter, et puis même : elle s'en fout.

La machine est en route.

Cavaliers seuls ? elle demande.

Gaspard sourit et acquiesce.

Ils s'éloignent.

Julie porte l'appareil près de sa bouche.

Annonce son message.

Avant de régler son talkie en mode « fuck off ».

17

Personne, sauf une femme en noir, vieille, grosse et bancale marchant vers lui.

La mort n'est pas blonde avec des sous-vêtements noirs.

Pierre la voit, il se redresse.

Peut-être la fatalité, alors ?

Tía Sonora approche, lente, elle a cent ans, deux cents ans, trois millions d'années. Elle est comme chaque fois qu'une tragédie est en cours. Comme une tortue. Comme les premières gouttes tombant en ce moment sur la terre sèche et dure, comme le vent soulevant la poussière, faisant tousser les hommes et voltiger les papiers sales.

Ils se reconnaissent et sont liés. Elle lui offre la dernière chose qu'il peut espérer, elle lui offre l'exutoire à sa colère.

Que lui donne-t-il en échange ?

La possibilité de lui offrir ce qu'il désire le plus.

Elle lui offre la vengeance.

Ce que peut espérer un homme quand il a tout perdu.

Ce qu'Ingrid attend devant sa télévision.

Elle se touchera et prendra toutes les bites de la Terre tant qu'il ne l'aura pas fait.

Dans son cul, là où l'on n'enfante pas.

Ingrid se redresse sur son fauteuil.

Pierre se redresse sur son siège.

La vitre à peine baissée pour laisser passer un fil d'air.

Pour laisser entrer le message.

« Celui que tu cherches est sourd. »

Pierre regarde Tía Sonora. Il voit les têtes coupées alignées sur le muret comme elle les a vues il y a longtemps.

Ensuite, il voit Pascal.

L'entend parler à Lucie quand il lui proposait des frites.

La tête penchée.

Le regard absent.

Ingrid exhortant leur fille à dire merci.

Merci.

Mon Dieu.

Les rhizomes sont en action, les connexions :

La cabine téléphonique.

C'était lui.

Le sourd.

Tía Sonora s'éloigne avant que Spiris n'ait pu la rejoindre.

Grésillement sur la radio de bord, puis la confirmation :

« Ici, Martinez. Gaspard et moi, on prend le suspect en chasse, un dénommé Pascal Folier. Il est au volant d'un fourgon Volkswagen *California* gris métallisé immatriculé BE-439-ZF. Terminé. »

18

Le problème, c'est que d'autres cons ont tenté le coup de la voie d'urgence et voilà le résultat.

« Glue », pense Pascal.

Il éteint le moteur.

La pluie mouille le pare-brise, brouille l'image du serpent de véhicules devant lui.

Pascal se sent presque dans un cocon.

Les gouttes résonnent sur le capot et le toit du fourgon.

Il ferme les yeux un instant, ferait volontiers une sieste. Il se sent soudain très fatigué. C'est toute une vie de fatigue qu'il ressent maintenant. Il aimerait bien entendre, oui, sortir du trou où il est enfoui depuis son accident. Se libérer.

Où et quand cela a-t-il commencé ?

Espace et temps.

Qui est responsable ?

Pascal se masse la nuque. Il n'arrive pas à réfléchir. La perspective d'un arrêt prolongé lui provoque de l'urticaire. Putain d'eczéma. Pascal commence à se gratter les coudes, la saignée des bras.

Continuer à pied et abandonner le van ?

Rester dans le van et attendre ?

Un nouvel éclair suivi du tonnerre résonne dans sa poitrine.

19

— C'est qui, la grosse ? demande Spiris derrière la vitre.

— Je dois pisser, lui répond Pierre.

Spiris se redresse, cherche le capitaine du regard, ne la trouve pas.

— Il doit pisser, dit Spiris à son collègue.

— Et alors ?

— Et alors, c'est toi qui l'accompagnes.

— Ah, ouais ? Et pourquoi ?

— Parce que t'es deuxième classe et moi première. Putain, vas-y, je sais pas où elle est, Martinez, si ça se trouve elle va débouler d'un moment à l'autre. C'est moi qui prends les ordres.

— Ouais ? Ben, je suis toujours pas convaincu que c'est moi qui dois y aller.

— Bordel, Dunand ! T'as pas besoin de la lui tenir, merde !

— T'offres l'apéro.

— J'offre l'apéro. Grouille-toi, il commence à pleuvoir.

20

Le père est un fauve.

Père ?

Il ne reste plus que le fauve.

Dunand ne voit rien venir. Il a 26 ans. De nature plutôt joviale avec une tendance naturelle à la paresse. Il a tout de même fait ses classes. Un léger embonpoint et ses connaissances en informatique le destinent à l'administration.

Le coup le surprend, il s'affaisse, essaie de se retenir au lavabo. Le deuxième coup arrive, d'une violence inouïe. Il sent une côte se briser dans sa poitrine, la douleur pointue le fait hurler et il tombe.

Mais personne ne viendra.

Du moins, pas tout de suite.

La cafétéria, le hall, les toilettes sont vides.

Piquet de grève.

Pierre enroule ses menottes autour du cou de Dunand et serre. Le métal blesse la chair, contracte la trachée et l'œsophage. Pierre serre davantage, il attend l'évanouissement, lâche le corps qui tombe au sol, la tête rebondissant sur le carrelage. Il cherche les clés des menottes, ne les trouve pas. Il prend le pistolet du gendarme, le chargeur qu'il enfile dans la crosse et le coince dans sa ceinture, sous sa chemise.

Il sort de la cafétéria sous le regard étonné des quelques grévistes délégués à la surveillance du bâtiment qui ne voient pas revenir le flic avec lui.

— Dans quelle direction est parti Pascal Folier ? demande Pierre.

Un homme hausse les épaules et lui indique du menton : là-bas.

Sous l'auvent où ils se sont réfugiés en prévision de l'orage, les grévistes de piquet détournent la tête, fixent l'autoroute en contrebas des escaliers. Les flics ont leurs préoccupations, eux ils ont les leurs. Le flot immobile des véhicules est devenu horizon. Des klaxons, des hurlements. Des discussions animées.

La Mercedes arrive silencieuse et Pierre descend les marches pour la rejoindre.

Nouveau coup de tonnerre.

L'eau enfin.

Beaucoup d'eau.

Il faut laver la terre.

21

Julie Martinez et Thierry Gaspard ont dû abandonner leur voiture. Impossible d'aller plus loin malgré la sirène. Sous les trombes d'eau, c'est le sauve-qui-peut généralisé à l'abri des véhicules : trains routiers, caravanes, voitures, camping-cars, camionnettes... Seuls les motards l'ont dans l'os et résistent stoïquement à l'abri de leurs pèlerines. Julie et Gaspard avancent à pied, essaient de trottiner dans les flaques d'eau, slalomant entre les véhicules. Difficile de lever la tête sans se faire gifler le visage par la pluie et le vent. Au milieu des voitures, ils ne cessent pourtant de chercher le van gris qu'ils repèrent enfin derrière un semi-remorque dans lequel hurlent des cochons. Au fur et à mesure qu'ils s'approchent, l'odeur des bêtes effrayées se fait plus entêtante, à la limite du supportable.

Merde et pisse. Peur. Panique.

De l'eau dans la bouche, Julie voudrait dire à Gaspard de l'attendre.

Il la précède d'une vingtaine de mètres quand la porte latérale de la fourgonnette s'ouvre et que la lame d'un couteau s'enfonce dans le ventre de Thierry.

Très vite, son sang se mélange à l'eau et disparaît sous le châssis.

— Thierry, non !

Thierry Gaspard se retourne.

Le mauvais pressentiment de Julie s'efface. La chemise mouillée plaquée sur le corps du lieutenant, elle voit ce torse qu'il y a peu, encore, elle léchait, la sueur qu'elle léchait. Thierry, le visage crispé, ne comprend pas le soulagement de Julie qui s'approche et lui dit :

— Sors ton arme. On y va ensemble.

22

Il les voit dans les rétroviseurs extérieurs. C'est facile, ils sont les seuls humains dans la tourmente, un de chaque côté du van.

Pascal se dit que ça y est, ça devait bien finir par arriver tôt ou tard.

Garde à vue. Mise en examen. Enfermement. Expertise psychiatrique. Condamnation.

Sa réaction est due à la panique.

Il respire.

S'isole.

Se rassemble.

Se contient.

Ne bouge pas.

Ce sera dur, entendu.

Mais qu'est-ce qu'ils ont contre toi ?

Une présence dans le périmètre des enlèvements ?

Ton passé de jeune voyou et un viol dans une tournante ?

Depuis, tu es devenu un employé modèle.

Ton trou de balle d'enculé a cicatrisé.

Aucune trace. Ils pourront démonter le camion pièce par pièce.

Tout a été effacé.

Pas de corps, pas de délit.

Miracle de la chimie.

Ils ne pourront rien prouver.

Absolument rien.

Les murs seront les plus difficiles à supporter.

Tu es habitué au silence.

Tu es dans ta forteresse.

Il faudra que tes murs soient plus solides que les leurs.

Et quand tu sortiras, parce qu'ils seront obligés de te laisser sortir, tu en choisiras une.

Jolie comme tu sais les choisir.

Et tu lui donneras tant.

Qu'elle restera à jamais près de toi.

Les portes du van s'ouvrent à l'unisson : de chaque côté, le canon d'un pistolet. Dans ces cas-là, de ne pas entendre aide énormément. Tu commences maintenant, Pascal. Garde-les à distance et tout ira bien. Il y aura ce moment difficile en attendant l'avocat commis d'office, mais bientôt tu reprendras ta vie.

Il y a tant d'autoroutes.

23

Ils avancent sous la pluie.

Ils sont trois.

Pascal au milieu, mains attachées dans le dos.

Martinez et Gaspard le tenant chacun par un bras.

On les observe derrière les vitres embuées des véhicules.

Personne ne souhaiterait être à leur place.

Ni être arrêté par la police.

Ni être la police.

Le délinquant sous la pluie.

La police sous la pluie.

Julie, Thierry, Pascal.

Les trois avancent à contresens sur l'autoroute.

Au bord.

Du précipice.

Qui est à peine un dénivelé, un bourrelet sur la campagne qui s'étend plane jusqu'à se confondre avec les nuages noirs vautrés sur l'horizon.

La terre fume sous les éclairs et les trombes d'eau.

Les trombes d'eau ne creusent pas de rigoles sur la terre devenue aussi dure que du béton. L'eau s'installe en de petits réservoirs, coule suivant d'infimes pentes aléatoires, s'accumule en flaques gigantesques.

Bientôt, ils atteindront la voiture de patrouille, après le camion, là-bas.

La pluie violente et les rafales de vent les obligent à baisser la tête.

Ils ne voient pas l'homme arriver vers eux.

Le vent le pousse.

Convergence : en réalité, ils sont quatre à se retrouver dans le rouge de la cible.

Dans l'œil du cyclone.

Au moment de se croiser, Pascal lève la tête.

La lame sort du manche.

Longue, effilée.

Pierre enfonce la lame tandis que Julie et Gaspard continuent d'avancer et font contrepoids malgré eux.

Pierre fait remonter le manche du couteau du nombril jusqu'aux poumons, déchirant tout sur son passage.

Pascal se soulève.

Le gitan a dit à Pierre comment faire.

Pour que l'autre ne survive pas.

Julie et Gaspard veulent réagir mais Pascal s'écroule, s'accroche aux deux gendarmes et les entraîne dans sa chute.

Pierre ne s'arrête pas.

Il aurait pensé le faire souffrir davantage, le regarder dans les yeux, lui cracher au visage, lui mettre ses couilles dans sa bouche.

Au lieu de ça, Pierre passe par-dessus le corps de Pascal.

Continue d'avancer.

Indifférent.

Aux cris des témoins dans les voitures, aux injonctions de Martinez qui lui dit de s'arrêter.

Pierre sort le pistolet de sous sa chemise.

Une seule minute devrait suffire.

Enjamber la glissière, descendre le talus, franchir la barrière.

Derrière lui, Gaspard a déverrouillé le cran de sûreté, pointe son arme.

Julie lui fait baisser les bras.

Sa main tremble : « Laisse-lui encore un peu de temps. »

L'auteur remercie François Bon d'avoir laissé croiser ses personnages avec quatre figures apparaissant dans son livre Autoroute *(éd. du Seuil, 1999) : le couple aux alliances, la fille dans la cabine de l'échangeur et le cantonnier. Des morceaux de paroles de ces personnages se mêlent aux dialogues avec Pierre Castan, car les livres se nourrissent aussi de livres. L'auteur a emprunté à François Bon le témoignage en italique des mammouths sous le tracé de l'autoroute, l'inventaire d'objets trouvés par Jacques Baudin ainsi que le fragment de la lettre d'amour déchirée, elle-même citant un extrait de* Au-dessous du volcan *de Malcolm Lowry.*

Cet ouvrage a été composé et mis en page
par GRAPHIC HAINAUT

Imprimé en France par CPI
en janvier 2020
N° d'impression : 3036589

Dépôt légal : février 2017
Suite du premier tirage : janvier 2020
S30848/01